陈应松精品文集 卷八

陈应松 著

怪力乱神的神农架

中国言实出版社

图书在版编目（CIP）数据

怪力乱神的神农架 / 陈应松著 . -- 北京 : 中国言
实出版社, 2020.5
　（陈应松精品文集 ; 8）
　ISBN 978-7-5171-3458-9

　Ⅰ . ①怪… Ⅱ . ①陈… Ⅲ . ①文学评论－文集 Ⅳ .
① I06-53

中国版本图书馆 CIP 数据核字（2020）第 069550 号

责任编辑　代青霞　李昌鹏
责任校对　张国旗

出版发行　中国言实出版社

　　　地　　址：北京市朝阳区北苑路 180 号加利大厦 5 号楼 105 室
　　　邮　编：100101
　　　编辑部：北京市海淀区北太平庄路甲 1 号
　　　邮　编：100088
　　　电　话：64924853（总编室）　64924716（发行部）
　　　网　址：www.zgyscbs.cn
　　　E-mail：zgyscbs@263.net

经　　销　新华书店
印　　刷　北京中科印刷有限公司
版　　次　2020 年 6 月第 1 版　　2020 年 6 月第 1 次印刷
规　　格　710 毫米 × 1000 毫米　1/16　12.75 印张
字　　数　189 千字
定　　价　558.00 元（全八卷）　　ISBN 978-7-5171-3458-9

目录

怪力乱神的神农架

——在湖南师范大学的演讲

首先我要感谢湖南师大，感谢韩少功先生的安排。一是因为这里是韩少功先生的母校，在这里谈文学真的是班门弄斧，自己找抽，也希望师大师生们包容我接下来的胡说；二是因为在研究我作品的朋友中，有几篇论文出自湖南师大，这些文章也是我非常喜欢的。比如，我记得的有罗伟、邵峰、张伟等研究生的毕业论文，有从楚文化研究入手的，有从生态文学这一块研究我的，有从底层叙事和苦难叙事研究入手的，当然，师大老师也写过我不少文章。可见，湖南师大的师生对我不薄，我要特别感谢湖南师大的老师，在指导学生论文选题时想到我这样一个湖北作家，我想这就是缘分吧。我也愿意与大家一起交流分享我的文学发生地神农架的故事。

神农架说白了就是一个怪力乱神的地方，这里的怪力乱神横行肆虐，湖南湖北都曾是一个国家，它叫楚国，而楚人好巫鬼，但那些巫鬼似乎全部在神农架这个地方聚合了，鬼神住在神农架。当然，湖南也是鬼神横行霸道的地方，湘西这个地方就鬼魂乱窜，竟然有世界上最怪力乱神的赶尸。有一个道县，有数千个"鬼崽"，那儿有个鬼崽岭，在那里发现埋在地表层的地下人物石雕群像，还有大量露于地表，规模数千个，这些人物石雕像大的约1米，小的约30厘米。在另一个通道县则充斥着投胎转世的人，当地叫再生人，

1

这些人满口鬼话，都说记得他们的前世，完全是半人半神。在通道县，怪力乱神满街走，这是非常有意思的。反正，在楚国这块地方，巫鬼们活得非常惬意，魅力不减，热情不衰。

在神农架——实际上它也是屈原的故乡，秭归在神农架南坡，当地山民认为野人就是山精木魅，山精木魅又叫山魈、山鬼、山混子，屈原写过山鬼。所谓山混子，就是在深山老林游手好闲混吃混喝的小混混，说是因为人死了精气未化，在某一个刮风打雷下雨的深夜就突然力大无穷，顶开棺材，浑身披着的白毛跑着跑着变成了红毛，就是红毛野人，它们身材高大，健步如飞。神农架人还坚信人一天十二个时辰有两个时辰是牲口，其余时间才是人。如果野兽要吃你，你那时刚好是牲口。这个怪力乱神我写进了长篇小说《猎人峰》和《到天边收割》中。大家知道地球有四大未解之谜：一是野人，二是百慕大，沉船无数。但神农架有许多类似的地方人进去就会失踪，叫迷魂墑。我在小说《云彩擦过的悬崖》中写到一个小孩丢失的故事，是个真实事儿，这个小孩在板壁岩失踪，第二天人们找到他时，他出现在山底下一条河的对岸，已经死了，身上全是干的，河水汹涌，他是怎么过去的？而且他的脖子上有一个洞。我当年挂职时神农架林区党办一个叫严永西的官员，他也在板壁岩迷路，转了一天一夜没有转出来。我在获得鲁迅文学奖的小说《松鸦为什么鸣叫》中写到一个皇界垭，汽车翻越此垭时司机耳朵里会出现敲锣打鼓的声音，一时迷糊，汽车就开进了悬崖，这个地方也是真实存在的，在道路不好的上个世纪，经常发生车毁人亡的悲剧。世界第三个未解之谜是飞碟，又叫UFO，据中国第一野人迷张金星的书中叙述，他在海拔二千八百米的南天门住时看到过许多飞碟。还有人目击到有一队的飞碟在神农架山顶上飞过。有文章说，神农架是外星人的基地。世界还有一个未解之谜是尼斯湖怪。在神农架，也有水怪，看到水怪的人太多了。比方说，有一种水怪叫"大癞嘟"，就是一种巨大的癞蛤蟆。你在岸上行走，它突然从水里伸出长长的爪子来抓岸上的人吃。如果你反抗它，用石头砸它，那么你的周围几米见方的地方就会电闪雷鸣，下起暴雨，几米之外，依然阳光灿烂。这种大癞嘟就是神农架的水怪，经常出没的地方是在神农架新华乡烂棕峡里，人进不去那里，峡谷里有许多双头金龟。我在神农架挂职的时候，还是那个党办的严永西，在他的自传书上说，一次他经过一个山中大水潭时，看到一个巨大的水怪，高昂起长长的头在水上簌簌地奔跑。新华乡还有一处森林中的深潭，在石屋头村和猫儿观村之间，前后至少有二十人在同一深潭里看到许多巨型水生动物。我在那儿听他们说，每到六月至八月，这种怪兽就会活跃出现，浮出水面时，嘴里喷出几丈高的水柱，接着冒出一阵青烟。水怪一出现，天就会下大雨。他们叫这些水怪"癞头疱"，皮肤灰色，头扁圆形，有两只灯笼一样的大圆眼睛并放光，嘴巴张开后足有四尺多长，前肢端生有五趾，又长又宽，满身癞疱。这个会使我们大家想到灭绝的恐龙，蛇颈龙或者薄板龙。恐龙灭绝了，在神农架有没有遗存，这个水怪究竟是什么东西，谁也说不清楚。神农架是大约一亿年前从海底钻出来的陆地，七千万年前还是沼泽，这里生活着无数古老的大型兽脚类如板齿犀、利齿猪、箭齿象等动物。因此，有恐龙躲过第四纪冰川灾难残存下来，也不奇怪。在座的同学应该都知道第四纪冰川期也就是冰河时期，是从二百五十万年前开始并一直持续至今的，而这个冰川期还没有过去，南北极还有大量的冰川，在中国许多地方依然有冰川存在，我们现在依然是生活在第四纪冰川期里。而关于野人之谜，科学家推测它们是拉玛古猿和南方巨猿的后代，这两种巨猿也都灭绝了。在神农架红坪的犀牛洞里，发掘出了南方巨猿的化石，如果野人真是巨猿的后代，都是不可思议的事，但世界的秘密太多，留着人们去破解。

　　神农架的怪力乱神事件太多了，比如在神农架的夜晚，山上会有奇怪的光团，我将其写进了《马嘶岭血案》，而这竟然是真实的。有明确记载，二十世纪八十年代初中美科学家在神农架联合进行生物考察时，住在深山里，晚上有一个很大的光团出现在他们的帐篷外，怎么赶也不走，后来有持猎枪的，用枪朝那个光团开枪，但消失一会儿后又出现了。一连几天，光团都在那儿流窜，就像是监视他们一样，至今没有一个说法。神农架老君山一个叫戴家山的村庄有一块田，在夜晚就会发出明亮的光束，可以照二百米远，只在二月和八月出现，你走近又不见了。神农架还有人见过棺材兽，见过驴头狼，见过脆骨蛇，见过土蛋等数不胜数的怪事。

　　神农架的怪力乱神，还表现在风俗习惯上。最奇怪的是那里喝酒有一百〇八种酒规。比如敬酒，有个人来给你敬酒，你看着他将酒倒入酒杯，他一饮而尽，然后你再看着他将酒倒入他的杯中，将杯子放到你面前。这是什么意思？就是要你用他的杯子将酒喝干。你还没喝，一桌人都说给你敬酒，都将酒喝下，再用各自的杯子倒满，放到你面前，你面前马上摆了一排杯子，你必须一杯杯喝了。这种敬酒方式，在全国是独一无二的。这种敬酒很容易让人喝醉，甚至喝死。比方，喝过一巡，桌上有十个人，你必须喝十杯，还加上自己的酒，叫门杯，就是十一杯。酒过二巡呢，又是十一杯，三巡呢？在神农架，每年都会有喝酒喝死人的报道和传闻，但酒规如此，死了也要喝。这是什么原因？我刚开始到神农架去，觉得不解，后来终于明白了，这是因为深山老林，过去有土匪下蒙汗药，你喝下，再用你的杯子敬酒给客人喝，这表示这酒我没有下毒，杯也没毒。客人喝干，可将杯再斟满还给对方，这叫"回杯"，这是回敬反击的机会，而且机会平等。另外，给对面或斜对面坐的客人敬酒叫"对面笑"。主人如果先喝一杯，再按座次轮转叫"转杯"，大家一起给一个人敬酒叫"放排"，客人敬酒时，再把他的门杯斟满叫"添财"。你如果将门杯和别人的敬杯喝了斟满依次往下传就叫"赶麻雀"，隔一人敬酒叫"跳杯"或"炮打隔山杯"，客人喝得慢，没及时还杯，另一个人又来凑热闹再给你敬一杯叫"催杯"，几个人约好同时和另一人一起喝杯酒叫"抬杯"，还有"左右杯""同凳杯""转弯抹角杯""急流水"，等等。更奇怪的是，你喝酒时洒了一滴要罚三杯，喝酒不得屁股抬起来，就是不能起身，这表示对别人的尊重，只要抬屁股就罚三杯。还有一个怪力乱神的酒俗，你进了山民家的门，人家给你端来一个杯子，你以为是茶水，仰头就喝，一定会后悔，那是酒。进门一杯酒，没有茶，这酒叫"冷疙瘩酒"，也叫"冷酒"。喝了冷酒，马上正餐，是喝热酒。所以，我劝大家去神农架游玩，别到山民家去，你一定会喝挂掉的，结果就是有去无回。

《论语》中说："子不语怪力乱神。"孔子不谈论怪力乱神，因为孔子比我们高级，是个圣人，但我们是社会闲杂人员，是作家，我们就是靠怪力乱神为生的。如果你给一个作家说，我们在通道县又发现了一个再生人，你是否有兴趣去采访一下。这个作家去还是不去？回答是屁颠颠地赶快去。中国文学的怪力乱神始于《山海经》，大家去看就知道了。明明是一些鬼扯，但被一些人引用得头头是道，仿佛是官方文件，是比如今 GPS 更准确的地图。

听说湖南有个教授终于在《山海经》中找出有一个英国,这个英国是现在欧洲英国的发源地,说是在湘西,也是盎格鲁－撒克逊人的祖先,也就是说,湖南人是英国人的祖先,湖南话就是英语,那长沙话就是伦敦话了,反正此教授说整个人类都起源于湖南,中国人有点爽了,最不爽的是英国人,前两年才研究出来,英国人的祖先是非洲人,不到两年,他们的祖先又变成了黄种人,从非洲一下子又跑到亚洲中国来了。

但我去神农架不是因为这些怪力乱神追新逐奇去寻找野人的,作为一个作家,我还是想找一个地方,来表达我对文学的看法,而且这个地方必须是安静的、遥远的、荒芜的。如果说这世界哪儿最荒芜,那就是森林,森林是世界上最大的杂草。我当时想,这个地方也必须是别人从未写过、从未涉足的领域。后来,我的几乎所有的小说,都写的是与神农架有关的故事,它叫神农架系列小说。

关于对神农架的歌颂和表白,我实在是不厌其烦地在讲。比如,从这里可以看到二亿五千万年至六千五百万年前"燕山造山运动"而导致的扭曲狰狞、褶皱断穹。能清晰地看到第四纪冰川经历的刨蚀地貌和 U 形谷,巨大的冰斗、角峰、刃脊、漂砾,冰川运行时巨大的擦痕等。可以看见因为高寒而在湖北任何地方看不到的冰雪、雪线、凌柱、冰瀑。看见因地壳碰撞和挤压而产生的河流、瀑布。看见那些躲过第四纪冰川而侥幸活下来的草木与鸟兽。我今年发表在《钟山》上的长篇小说《森林沉默》中,借一个研究生花仙子的口写过对森林的感受,有这么一段:"森林里的东西,我们真的什么也不知道,那是我们祖先的远古的家当。那些草木、山川、河流,远离了我们。一些生活在这儿的遗民,与它们融为一体,看守着我们祖先的财产,却不知道它们的珍贵和秘密。那些来自上帝对大地生命的悸动,苍穹下沉默的群山,是静止的神祇,它们因静默而庄严优雅。竹鼠在竹根下噬咬,鹰在峡谷盘旋,鼯鼠在林中滑翔,鸣禽在大喊大叫,松鼠在树上神经质转圈……这一切,对我们究竟意味着什么?美丽的旷野、山冈、峡谷和森林,到处是断裂的石峰,隐藏的树林,飞泉流溅,矿脉闪耀,蒸气弥漫,没有像一座山和一片森林那样更充溢着生命的激情了。它流水丰沛,源源不断,它的生命深邃,绵延,永远有着大自然赋予的青春。"

今年一个夏天，我都在神农架生活，我也像你们的杰出校友韩少功先生一样，处于半隐居状态，我住的地方虽然没有韩少功的八景那么有景色，但神农架我认为就是天堂，夏天太凉快了，没有一丝灰尘，桌子一个月不抹也没有关系。

早些年我去神农架挂职深入生活，是有写作私心的，但现在我已没有了私心，神农架成了我肉体与精神即灵与肉的双重故乡。对我当时为什么要去神农架，我也在想这个问题，平时没有怎么思考过。中国的文学照我看实际上是一种割据，就像封建割据一样的，每个人占了一块地方而已，莫言占了山东高密东北乡，韩少功占了湖南汨罗的马桥村，贾平凹占了商州的棣花村，张炜占的是胶东海边的一个鱼廷鲅村，阎连科是耙耧山脉。他们虽然占的只是一个村一个乡一个镇一座山，但割据的地盘还是很大的，就像韩少功说的，回到乡野，无碍放眼世界，整个中国整个世界都属于他们。这就像当年阎锡山占了山西，刘文辉占了四川，但是也有小的土匪，如湘西的土匪他就只占湘西，更小的土匪就在一个山头、一个村庄、一个小湖为王。在二十世纪九十年代，湖南安乡出了个悍匪叫张君，安乡与我的家乡公安县紧挨着，此人杀人越货，在武汉敢抢最繁华的武汉商场，竟然查不出一点线索。这是流寇，流寇没有根据地，下场都是很惨的，张君是在回到常德抢劫而东窗事发的。写作不能像张君，要像梁山上的宋江、卢俊义、林冲、武松，瓦岗寨的翟让、程咬金、秦琼一样倚仗着天险称王，中国文学的割据是从二十世纪八十年代开始的文学圈地运动，在二十世纪八十年代出道早的作家，他们每个都攻占了一个山头一块地盘，但我虽然在二十世纪八十年代写作，却是写诗歌，等我转行写小说时，文学的圈地运动结束了，自二十世纪九十年代之后，在中国，你要想在小说界成名是非常之难的。也就是说，留给后来者的地方已经不多了，都基本被二十世纪八十年代的那些"大土匪"大作家瓜分光了。我写小说发现写什么也不中用，怎么写都不行。你玩先锋，你玩不过余华、苏童，搞寻根文学，搞不过韩少功，搞乡土文学搞不过莫言、贾平凹、张炜，搞城市文学搞不过王安忆。那么，我就想到我也去占个山头试试，到当时还没有开发的神农架刨一块地方种上我想象的粮食，这就阴错阳差歪打正着在神农架扎下了根。

　　说到神农架，还有一个让人不明白的地方，有一个独特的地理标志，就是每到夏季，这个时候几乎每天下一场雨，于是神农架有了雨季。这就奇怪了，雨季出现在云南靠东南亚的某些地方，在四季分明的湖北哪儿有雨季？关于神农架是否存在雨季，学界有争议，但不可否认的是，这里的雨水太充沛。神农架是南北气候的交汇地带，南方的暖湿气流过不去，就停留在了这里，因为这个地方就是秦岭，是秦岭的余脉，也是四川大巴山余脉，而秦岭是中国南北方的分界线。虽然二十世纪七十年代这儿的森林几乎全部被砍伐，可没过几年，一旦封山育林，保护天然林，又重新出现了一个森林。我写过《豹子最后的舞蹈》，写的是神农架最后一只豹子被一个女青年叫陈传香的打死了，成就了一个英雄，灭绝了一个物种。但现在，豹子又回来了，还有人多次目击到了老虎。独特的地理气候、独特的民俗文化和独特的生存方式是可以用来成为独特的文学元素与文坛抗衡的。

　　我认为，像莫言、张炜、贾平凹、韩少功，他们的存在简直与这个时代无关，就像几颗孤星在深邃的天空上闪烁，而文坛大多数人还没有走上像希腊神话中的奥林匹斯神山，大部分作家的作品还没有长出天使神灵一样的翅膀，还拖着沉重的世俗的肉身在尘土和泥泞里挣扎。我们不过是在写一种叫小说的文字，而那些大家是在创造一种叫小说的天体。除了天分以外，作家创造神灵之前，要像那种独特的气候条件一样，也为自己创造一个文学的小气候，雨水充沛，森林蓊绿，百兽奔跑，百鸟翻飞，河流蜿蜒，峡谷幽深。

　　我虽然不是为了怪力乱神去的，可事实上神农架的怪力乱神成就了我，事情就这么滑稽。那么，神农架给文坛带来了什么呢？它对我又意味着什么？

　　神农架系列小说刚开始在文坛出现时，文坛可能缺少像我这种充满力量感的叙述，小说的硬质恶化，虚假情感横行，越来越脱离中国当下的生活。作家在城市的浮躁中，在网络文学的商业暴力中无所适从，面对我的所谓苦难叙事、底层叙事感到新鲜，于是《马嘶岭血案》《太平狗》《母亲》《豹子最后的舞蹈》等引起了关注。另外我多少沾了一些生态文学的光，并没有打算专门写生态，最后我还是被归类在这类更有永久价值的文学中。而苦难叙事，主要指我，被评论界批得一塌糊涂，说我展示暴力血腥，说我的小说就是诉苦大会，贫下中农诉苦把冤申，弄得我非常沮丧，甚至不想写了。当然，喜欢、同情、支持、宽容和理解我小说的人还是多数。甚至有的认为我的中篇小说是近年最好的小说，也获得了几乎所有国内的中篇小说奖，包括鲁迅文学奖。

我的情绪波动特别大，不过我还是对我书写的对象充满自信。我的文学世界正在慢慢脱离世俗的泥潭，向上飞升，我认为我有了生长翅膀和飞翔的能力，努力将小说写得好看一点，是我的目标。我时常鼓励自己，我是为喜欢我的读者写作的。我的心中，读者第一。因为，你说你要面对这个世界，面对未来的时候，你必须先面对读者，真心喜欢你的读者。一个好作家，一定能征服好读者。好作家，要求助于好读者，因为你作品中留出的一半的想象空间，是靠读者填满的，靠读者完成的。

我今天总结我时，我不认为我非常努力，但我在做一件事，就是将一座本来是优质旅游地的山冈，让她披上神性的外衣，我干的是在神农架造神，调动所有的文字来一场造神运动，把神农架从形而下拉向形而上。神农架海拔三千米，说高不高，说低不低，也不在信仰区域，没有那么纯净的雪山，也没有忠实的信徒，没有人去朝拜这座山。人们去那儿大多是猎奇，是避暑。现在全国许多人住在那儿，在荒郊野岭深山老林里找野人，还有人在那儿辟谷，导游小姐干的全是误导，她们的导游词是错的，还附带兜售一些伪民俗，可以说，俗不可耐。去神农架，不要听导游小姐的胡说。

神农架本不是一座神山，不像珠穆朗玛，也不像西藏拉萨，我现在想来，我将这座山赋予神性，将神灵们安置在山上，我一定会得到回报。一个作家，一定要彻底地尊敬和信仰一座山、一条河、一棵树，让一座山或者一条河成为神灵出没的地方。另外，我要做的是要让我笔下的神农架在地理上离世俗更偏僻，更荒芜，更高远，更洁净。当你进入的时候，你才会虔诚地、安静地对待你写的所有对象。一座高不可攀的山，这是我所想象并景仰的。那么神农架，是我作品中的神山和灵山，与那个旅游的目的地国家森林公园、国家地质公园、国家湿地公园的神农架几乎没有关系了，那儿对别人就是个避暑之地、滑雪之处、户外运动场所，是一个被商业绑架和抢掠的淘金之地。我写的神农架是一个独立存在的世界，一个传说中充满魅惑的山冈。一个真正的好作家接过上帝给你的活儿，就是要改造一块地方，改造一块地方的生态，让这块地方适合诞生神灵和幻想，诞生新的童谣，诞生新的神话和传说。

神农架对我意味着什么？实际上意味着就是重建一种文学，重建一种文学的趣味，重建我们对河流山川森林的尊敬，重建一种语言，一种与大山相匹配的灵动的语言，一种坚硬的、陡峭的、热浪滚滚的语言，一种闻所未闻的深山老林的故事。再有就是从流寇到重建自己的根据地，有了一个安身立命之所。有了这样一块领地，就像那些大兽一样，具有强烈的排他性，这里不仅是人与兽、草与木、雨与雪的生死场，也是自己生活的生死场。在这里去审视世界，世界到底对我的存在意味着什么？

我虽然不是为了怪力乱神去的，可事实上是神农架的怪力乱神成就了我，事情就这么滑稽。比如，我的长篇小说《猎人峰》，写了野猪比人还精明的故事，人与野猪的大战，人失败了。中篇小说《豹子最后的舞蹈》，是写豹子家族最后一个生存者向猎人复仇的故事。还有《巨兽》，是一个山村被一头隐隐约约的巨兽折磨得死去活来的故事，这头从未现形的巨兽，造成了巨大的恐慌和悲剧。我最新的长篇小说《森林沉默》，写到了一个人给一头小熊喂醉醒花酒，让它产生幻觉，帮他杀死了自己的仇人。写到了森林里有九头鸟赶着一群野猪用嘴犁地。写到了因为杀死豹子，豹子的眼光最后沉入地下凝结为一颗豹目珠，这颗珠子为镇山之宝，被杀豹人挖走后山体松动，泥石流、地震、洪水都出现了，于是这座山的厄运开始。因为削平山头建造飞机场，挖走了一兜千年大药王，这个药王疙瘩被卖到城里，但这个咕噜山区的人从此失去了药王的庇护，疾病丛生，得绝症，灾难连连，等等。怪力乱神的故事是文学的原生态，就像袁隆平最早发现的野生稻，没有那几株野生稻，也就没有了以后的杂交水稻，也就没有了袁隆平。怪力乱神作为文学的源头，可以重建文学的强健基因，可以冲击读者，冲击文坛因现实主义而钝化的大脑、麻木的激情。怪力乱神不是发源于巫鬼，而是来源于土地，来自我们相当陌生的生存现状，有它的异质感、粗糙感，有生命的野性和韧性，有戏剧性，有穿透力，对文学的规则有颠覆性，文学在当下真的需要这在民间和大地上诞生的"他处的生活"和怪力乱神，而新的文学的正当性就成立了。从一定意义上说，读者的接受是文学正当性和新规则、新样式确立的前提。就像阎连科说的，你给读者一滴水，就是告诉他们一个大海。如果你给读者一棵树，同样是要让他们看到一片森林的景观。问题是，你要有一滴水，要有一棵树，一棵特别的树，它是那个神秘的、浩大的、带点邪顽的森林基因。

一个作家跟一个普通读者或者一个城市人，热爱一座山，热爱的目的和作用是不同的。为了一部小说，为了一个文学，我去热爱一座山是全身心地托付。但一个人喜欢一座山，顶多将它当作一个知己，不会当作神一样供起来，还有人把它当作生命的终结点。比方说，神农架每年都有一些精神出现障碍的人，到这里的森林里去结束生命，他认为这很浪漫，这种热爱是残酷的、狂热的、恐怖的、偏执的。我的热爱就是完全彻底的归附，我创造了神，我供奉神，我求得宁静和单纯，我宁愿让自己变得愚昧，也不要去亵渎这座山。我举个小例子：今年夏天我在山里行走时，在海拔一千多米的地方突然发现了一株小构树，构树怎么会在这样的海拔出现？构树是很贱的树，在平原上任何地方生长，在水泥墙上也生长，灰头土脸，疯长过后也没有任何用，不成材。神农架长的树都是很稀有的树，构树是怎么飘来的，并在这里出现？它的周围全是我喜欢的树，不能让它在这里扎根繁殖，我就将这棵构树苗拔掉了。结果坏了大事，当天晚上，我散步的时候，因为蹦跳了一下，就崴了脚，踩到一块石头，我听到我脚里的撕裂声，知道出事了，后来被送到镇医院拍片，诊断为肌腱撕裂，脚踝尖骨折，整个脚都青肿了。我在山里几十年行走，从来没有崴过脚。快三个月了，还没有痊愈。我的强烈感觉是，神农架的一草一木都是有神灵的，不能动它们，否则就会有灾祸上身。我自己造的神，我自己信了，也同时得到了应验。再或者，哪一座神，不是我们人类自己造的？

山川河谷，一草一木，在很久以前上苍就把它规划好了，我们不得有半点破坏和毁灭，要相信山上全是神灵。我发表长篇小说《森林沉默》后有个创作谈，叫《我选择回到森林》。我前面说到韩少功先生，他选择回到他下放的地方汨罗八溪峒，他除了冬天去海南外，基本上都在那个地方。我前几年去汨罗讲课时去过他的家，当地人叫他韩嗲，那个地方在水库边，风景绝美，简直是世外桃源，但也有一种寂寞的感觉，就是天荒水远之地，很像古人"行到水穷处，坐看云起时"的地方。韩少功穿力士鞋，有粪桶、粪瓢，有全套农具，自己种的橘子、辣椒、茄子、葱蒜，我们那次去，把他刚成熟的橘子全摘光了，他依然乐呵呵的。他把这称为一种半隐居的生活，实际上那里成了一个文学的重要聚集场所，相当于文学的延安或者布达拉宫什么的，许多文学人都是带着朝圣的心情去拜访韩少功的。

我回到森林的想法很简单，那里夏天凉快，空气干净，没有俗务，没有应酬，没有烦恼。我看了韩少功的访谈，他也说去汨罗半隐居是增加他接触文人圈以外生活的机会，更重要的是可以实现自然与文明之间、体力劳动与脑力劳动之间的平衡，他觉得这是更符合人性的生活。他说，写作者首先是看世界，如果视觉图景都是雷同的，会有疲劳感。从审美的角度来说，我们会去寻找有个性的地方。中国的城乡接合部占很大比重，不像一些发达国家已经完全没有乡村了，我们有自然的文化差异，这对写作者来说是不错的条件。我选择乡下，因为我不好热闹，喜欢和文学圈外的人打交道，比如商人、农民、工人，他们的知识都是从实践中成长起来的，是原创性的。

托尔斯泰也说过这样一句话，人到了六十岁就应当回到森林中去，他觉得森林更适宜人在名利无所谓的老年时代生活。在离莫斯科很远的图拉，那个托尔斯泰庄园我去过，就是在森林里面，而且这个森林与他有关系，因为在他埋葬的那儿，有一大片苹果树，都是他亲手种植的，至今还结着当年的果。他在莫斯科城中的那个楼房，我们也去过，在图拉的托尔斯泰庄园里，他睡的床只有我们的沙发宽，长度也没有两米，估计得蜷着脚睡觉，但在莫斯科的房子非常豪华，餐具、家具都精制得不得了，床也宽大。在图拉森林中的庄园他会干农活儿，还会耕地、喂马，教庄园里农民的孩子，他的庄园有三个村庄。在莫斯科那样的大都市，他过的是土豪生活，肯定有过声色犬马，和普希金一样，普希金当年在圣彼得堡就是声色犬马，每天晚上都要参加舞会，现在我们看他是打肿脸充胖子，装逼，其实负债累累，他之所以要与丹特斯决斗，也是想了结这种荒唐的生活。托尔斯泰年轻时也是个纨绔子弟，十八岁就继承了那个大庄园，可六十岁后果然就隐居在了森林里。我说我回到森林是我最好的选择，顺应了人生的节律。在八景水边隐居的韩少功，他的《山南水北》有过许多在那里生活的描述。韩少功曾引用农村的老话，他说在那个地方，可以上半夜想想自己，下半夜想想别人。这样的隐士就不是一个闲客，而是更深入地参与和审视我们这个时代，在这样远离文学的地方和时刻，有自省、慎独的可能。并且将过滤掉生活中丑陋的、痛苦的、恶的东西,而愿意为了自己的身心健康,放大生活中美好的、快乐的、善的东西。自我放逐,乐在山水。古人有语云:山能平安,水可涤心。还说山含瑞气,水带恩光,自然有不言之教。水中的恩光是什么光,只有体验过的人才知道。

怪力乱神的神农架除了让文学自我疯长外,却是最健康健壮的,逃离物质的裹挟,回归清透的生活。当生态农业如火如荼,生态写作固然也时髦,但生态的生活更紧迫,不要化学农药,不要膨大剂催熟剂除草剂,不要商业操作的文学同样是更有价值更有营养的。

最后我想说的是,神农架于我,文学不是最重要的,被信息屏蔽、躲开商业追杀、被那个我们已经厌倦的熟人圈子遗忘、自得其乐的生活最重要,文学是让人记住乡愁的,而森林是我们人类最古老的乡愁,是我们最初的故乡,文学的作用就是唤醒人们以及人的灵魂回到故乡,文学最终的目的也就达到了。谢谢大家。

将地域文化变为小说

——在重庆青年作家讲习班的演讲

来到重庆，与重庆作家交流，有一种亲切感，原因是我写的神农架与重庆有一山之隔，翻过大九湖的山就到了重庆，大九湖基本上是来自四川的移民，神农架有几个乡说的是重庆话，过去叫四川话，吃的也是重庆火锅。神农架有一条川鄂古盐道是从重庆巫溪县宁厂镇和巫山县大昌镇过来的。有首民歌叫《只怪是个背盐的》这么唱："大宁厂，开盐行，累坏了湖北小儿郎。大昌街上开黑店，油渣子被窝钻心寒。杨溪河，到马堰，川垭子就在大路边。有钱的哥哥吃顿饭，无钱的哥哥吃袋烟。八树坪的苞谷籽好卖钱，杀得老子好过年。阴凉树，蝌蚂井，路过三墩子继续行。太平山，自生桥，黑水河来把艄弯。娘娘坟，水井湾，苞谷荞麦当的饭。铜洞沟、黄柏阡，放马场有个孙玉山。漆树桠，下碑湾，碑湾有个李子端。青树包，我直接走，一直走到鸡鸣口。天晴之日心欢喜，天雨之时有些愁。有钱的哥哥拉一把，无钱的哥哥对岸哭。水田坪还不要紧，薛家坪有个葵花井。九道梁下无心坐，接着又上蟇阳坡。杨岔河，水不浅，七十二道脚不干，接着又上獐子山。獐子山上横起过，门古寺前坐一坐。过了狮子岩，又下上当河。上当河上有个扯垮庙，薛蛟薛葵取的宝。过了下店子，才到房县城。一路五百四十里，磨掉了好几层脚板皮。不怪天，不怪地，只怪是个背盐的。"

　　说到底，神农架文化与过去称为的川东文化有极大的相似性。神农架有个地方叫"一脚踏三省"，就是渝、陕、鄂交界处。神农架山是巴山与秦岭交会之地。最美的景点神农谷，过去老地名叫巴东垭，就是巴山之东的意思。所以，渝东山区和神农架就是一体。在地质学上它叫准扬子台地，关于三峡的起源，即地质学上称的第三纪早期，巫山是华夏大陆的屋脊，这也就是三百万年前的事。在巫山经过三次间歇性抬升，形成了如今的三峡，形成了长江。因此，我们两省市共有三峡文化和传说的记忆。在地质地貌、风土人情上几乎是一样的，方言是一样的，饮食是一样的，动植物是一样的。我们的地域文化是一样的。如何将我们的地域文化变成小说呢？这是一个很大的问题，也是我们都在努力践行的问题。我只能以自己的体会来说说。

　　我到过太多的地方，每个地方都有一批热心于研究、整理、考证、搜集、书写当地地域文化的作家和学者，但是很奇怪，写出有影响的文学作品并不多。特别是虚构性的作品，也就是小说。有的地方有非常好的地域文化，可是没有好小说表现，这个问题在全国普遍存在。但是，比如神农架，为什么我们作为外来人，没有进行系统地、深入地对当地文化的研究，却写成了比较好的小说呢？

　　我的老家与神农架有很远的距离，是湖北的江汉平原，我从小就没有见过山。我第一次看见山是在十八岁，是我们县与湖南交界的一座小山，叫黄山头。我第一次看见快下雨时，山头有云雾笼罩。有人告诉我说，这比天气预报还灵，叫：黄山有雨山戴帽。我于二十世纪八十年代在县文化馆干临时工，一次去武汉出差，在省文联认识了从神农架来的胡崇峻，他是汉民族神话史诗《黑暗传》的搜集整理者，小有名气。他听了我的情况，说你干脆到我们那儿去，神农架急需要人才。那时他只是神农架群艺馆的普通馆员，但非常热情，回去后四处帮我跑调动，但最终未能如愿。那时我就记下了"神农架"这个名字，心里一直非常向往。特别是它的森林和大山。我虽然没到过神农架，但我写了不少有关神农架的诗，什么森林、动物，完全是凭想象。2000年，那时我的写作遇到瓶颈，我就向作协提出去神农架挂职，获得了批准，挂了个林区政府办公室副主任，是省委组织部发的文。我从武汉坐火车一个晚上到十堰，再坐大半天汽车到神农架。我记得是十一月份，那个时候的神农架还没有大规模开发，还没有大名气，旅游才开始，路还没修好，所以保持着如今再也见不到的古朴和原始状态。路边全是大树，树上覆盖着厚厚的苔藓，往下滴着水，金丝猴爱吃的松萝很长，挂在树上飘荡。山上好多野柿子树，叶子脱光了，挂满小红果，美艳极了。再看箭竹丛，每个间距都是那么大，长方形，像人工栽培一样。一去就爱上了它。野马河峡谷里巨石磊磊，水流充沛，不知道是从哪儿来的。云山茫茫，古木苍苍。那些山像大海凝固的浪头一样起伏没有尽头。满山红叶，沸腾如火，很高的山尖上还住着人，炊烟袅袅，仿佛仙境。我没见过仙境，我当时的感觉这就是仙境。神农架把我从几十年的生活中一下子拔出来了，生命的感觉完全变了，过去在雾霾一样的文字里和环境里生活，现在天清气朗，天高地阔，随便来一段文字也不是过去的气象了。

再深入，神农架的风俗、传说、民歌，包括它的酒规都很奇怪，很有意思。特别很多关于土匪、野人和神奇动物的传说是我感兴趣的。我还调查了神农架的民歌和文化生成的来源，对川鄂古盐道也有兴趣，特别是森林和动植物，是我的最爱。

那些历史和虚无缥缈的传说对我的冲击不是很大，最大的冲击来自现实。我过去是写诗的，我喜欢优美的东西，但在这个深山老林里，我看到的东西，看到的现实却不优美，像石头一样砸我的心窝子。农民住的是垛壁子屋，干打垒，穷得令人无法想象。我在一个农户家的卧室里见到一头牛，就在床旁边，地上一大堆牛屎。主人说，怕牛被偷才这样。还有妇女不认识一百元的钱。有的一家祖孙三代睡一张床。深山里的人不仅穷，而且懒。我当年看到的苞谷地，杂草比苞谷长得茂盛。山上田地瘠薄不长庄稼，本来产量低，荒草无人薅，与庄稼夺肥，那不饿死人吗？那时也不兴出外打工，不知道男人们都在做什么，种田的全是妇女。女人们一个比一个干瘦，瘦得不成人形。我在大九湖还碰到一件恐怖的事：一女的在田里劳动，骂了她老公一句，她老公拿起斧头追了几里路。当时我们正在村主任家，妇女跑到村主任家，那男人追过来要杀她。村主任说，这个女人好惨，老公动不动就卸她膀子，让她脱臼，脱臼之后就跪下来求他，才让她膀子复原。我们劝他，拉他，拉不住，我们走时，那男人又拿斧头追他老婆去了。我们在后头吓唬他，说你敢打你老婆，我们就把你抓去。唉，谁知道那个可怜的女人那天遭了什么罪。我因为没管到底忏悔了几天，很郁闷很痛苦，觉得这深山里的男人太狠心，野兽一样的。这些都是我亲眼所见，心里常常充满悲愤，充满对老百姓悲苦生活的心痛，那种感觉无法用语言形容。

我在那里挂职一年，得到了很多诸如此类的故事素材，也得到了一些考证和调查的东西。但是我不想成为学者，写些田野调查之类，我写小说的冲动战胜了其他。诚然，它的森林、鸟类和深厚的文化可以吸引人一抒笔墨，作为一个作家，用虚构的手段写现实是最负责任的。虚构有时候最能反映现实，驾驭现实，深入现实。虚构是一个神奇的过程，小说是有力量的，力量来自虚构世界中的巨大波及能力，意有所指，也意无所指。因为，我此时的虚构，不过是假托虚构的外壳，借用虚构的艺术特性、延展力量、艺术手段，直指社会的深处。虚构的小说，有时候胜过任何艺术体裁的能量，我们也可以叫它假戏真做吧。

但地域文化又不是小说，谢天谢地，如果所有研究地域文化的人都有能力把他们掌握的故事写成小说，现在小说的队伍可能要增加一倍。在这里，阻挡许多人成为作家的，主要是情感冲动、虚构能力、想象能力和表达能力起到了决定性的掣肘作用。由虚构到现实，这条神秘宽阔的通道是与作家平时的艺术创造和探索勇气紧密联系的。文化学者的关注比较理性，更注重事实存在的说服力，是比较专注和较真的人。而想将文化变成小说的，是注重事情的趣味和意蕴，情感的表达放在第一位，对读者的诱导和灌输也是他看重的。当然，往高处说，文化学者有本职事业心，而虚构小说家有社会责任感。他们关注的东西的确不一样，同样是表达文化，但小说作家放在对底层人和底层民生细枝末节的关注上，不重视那些无关紧要的来龙去脉，以感情的跳跃跌宕作为思考和写作的动力。以我写中篇小说《豹子最后的舞蹈》为例，我到陈传香的村里去，就是想去看看课文上读过的《打豹英雄陈传香》。去了发现根本不是那么回事，我小说开头有段话：当人们肢解这头豹子时，发现皮枯毛落，胃囊内无丁点食物。从此，豹子在神农架销声匿迹了。也就是说，这只豹子是饿死的，根本不需要打就要死了，当时是记者瞎编的。回来后我至少一两个月沉浸在一种悲伤的情绪中不能自拔。我是这么想的，这只豹子在这块山林里最后的生存历程是什么？它还有爱吗？它会怀念它的母亲吗？它会找猎人复仇吗？它的旷世的孤独吸引了我，也击倒了我。我一直想它的故事，我可以写一篇报告文学，也可以写一篇很好的散记，但写小说是最适合的，因为冲动和悲愤让我浮想联翩。于是我就把它写成小说，因为小说可以让我模仿一只豹子的内心，用第一人称来写，我就是这只豹子，我有我的家、我的母亲、我的兄弟，它们是怎么生活的，最后怎么被猎人斩尽杀绝的。最后剩下我一个，我要怎么样报复这个猎人家族。我好几天没吃食物，因为太饥饿了，来到这个村里，看到一个小孩，想把他吃掉，结果被一个年轻姑娘打死了，最后一句话，"我看到了我的母亲"。因为它的母亲也是在一场山火中被人打死的。

创作完成之后，我出了这口郁气。现在，这个中篇小说被多个国家多个语种翻译了。它的作用和意义肯定比一篇豹子被打死的真相的报告文学或者一个豹子怎么最后死去的考证文章强大。事实是，我还专门采访过陈传香，她在林业局打扫厕所，很可怜。一个英雄最后竟是这般下场。她一只膀子已经小中风，因为过去生小孩难产，用拖拉机从林场拖到木鱼镇已经昏迷了，手一直压在背后，到医院手还是一直压着，等她醒来，不知道自己的一只手到哪儿去了，她的丈夫没有发现，连医生也没发现她的手是压在背后的，结果永远残疾了。她给我讲了她是怎么红的，怎么成为全国的女英雄，甚至追求她的情书是用麻袋装的，有几麻袋。当时我完全可以为《知音》之类的刊物写一篇报道或者一篇特写——《访打豹英雄陈传香》。可是，我写成了小说。大前年陈传香去世时，我还真想写，用非虚构重新写这个人。我琢磨，她内心一定伤痕累累，过去如何把她"炒"成一个英雄，后又是如何对待她，充满了血与泪。但是，我却只写了豹子。因为我认为，那只她打死的豹子比她更可怜，更有文学的意义。

文学的意义是否大于文化的意义？文学是文化的最高表现形式，是形象化了的文化，是美文化了的文化。这个观点我想大家没有异议，因为我们是虚构作家。许多当地的文化学者，含辛茹苦地把某个文化苦心求证成为当地的文化，比如都在争炎帝，争牛郎织女，争李白，争诸葛亮的躬耕地隆中，争潘金莲，甚至西门庆，不都是当地学者的功劳吗？好比他们是在拼命地生

17

产土特产，而作家是在拼命地倒卖、贩卖土特产。

这里说到了一个我的观点：写小说就是卖土特产。其实是个二道贩子，譬如我就是一个恶劣的典型，我根本不是神农架人。但是，说实话，我对地域文化不是特别有兴趣，我感兴趣的东西是经过我的大脑变形过后产生的一些稀奇古怪的故事。怎么一步一步、一点一滴地考证，对于我这个神思乱想的人来说，没有什么吸引力和用途。我满脑子想的是怎么将他们的地域文化研究成果变成我的神农架小说。但我的小说有些东西又是可以考证的，地质地貌和风俗人情，绝对都是神农架的，只要写到它的动植物、百姓生活，甚至地名等，都是真实的存在，大部分的故事也不是我编的，就是在这里收集到的。还是以《马嘶岭血案》为例，它是二十世纪六十年代发生在天葱岭上的一个真实事件，我是在神农架林业局查到的。两个农民挑夫偷林业踏勘队的海拔仪和钱财，一共杀了七个人，这太震撼了，这种事情只有在神农架荒山野岭才会发生。如果把这个事仅仅写成二十世纪六十年代的故事，写得再惊心动魄，也就一个旧案而已，没多少现实意义。你卖土特产，可以卖神农架的烟熏腊肉，但不能卖神农架几十年前的腊肉。我可以以旧翻新，把它梳理打扮一番，成为新鲜的腊肉。也就是把历史现实化，把旧闻新闻化，它的意义一下子就不同了。所有最残忍的最原始的杀戮就赋予了现实的意义，直指现实的心脏，城市与乡村，知识分子与农民，贫与富，爱与仇，都有了凛冽的寒光。另一部长篇小说《猎人峰》，我写了大量的民俗，特别是猎俗，神农架狩猎的习俗。但我不是展示习俗，也不介绍卖弄习俗，我写的是人与野猪较量的故事。写野猪的小说很少，我就来凑一个吧。在神农架，猪是最厉害的，有一猪二熊三虎之说，这是神农架地道的"土特产"。这里面我写到了神农架人的生命观非常奇怪，他们相信人一天有两个时辰是兽，其他时辰是人。到山里打柴、挖药、行走、种地，如果被野牲口吃掉，那么你当时在它眼里是兽，也许是只羊子。我觉得这个传说太神奇。我写一个镇长，一个女孩在他家里做保姆，镇长想占有她，她看到映在墙上的是一只老虎想吃她。这个小说里写到一个割漆的农民碰到几只小豹子，他手剁了小豹子，母豹要吃他，他当时就祈祷，你不要吃我，我很可怜，我肚子也饿，我想去喝点水再死。他于是跑到溪边去喝水，溪水一照发现自己竟是一只羊子，心想怪不得豹子要吃我，因为我是一只羊子……这些故事就在神农架人嘴边，就在故事书里。所以，好作家想将文化成果转化成文学作品应该是不愁材料的。

地域文化是独特的，但地域文化也有共性。比如，许多地方的故事是相同的，许多地方的山歌是一样的。过去编地方传说故事集，编民歌集，大多是你抄我，我抄你。在我们鄂西的恩施、宜昌、神农架，走到哪儿旅游，导游都是唱相同的民歌，你想想这可能吗？这就是伪民俗伪文化，作家不能这样。作家虽然虚构，但不可与任何小说有同质性，独得不能再独的就是好小说。

好小说的特点是不能与任何地域混淆的。这包括作品的民俗、语言、故事、环境、引用的民歌与方言。有个神农架当地作家在作品中写到了森林、高山、溪流这些字眼。我说你写的森林是哪个森林，花木是哪儿的花木，溪流又是哪儿的溪流呢？他马上明白了。再写就会写到有飞燕草，有鸽子花，有野马河，有神农溪，有太子垭，有头顶一颗珠、江边一碗水、七叶一枝花的森林，有粉红杜鹃、粉白杜鹃、灯笼花、珍珠树、巴山冷杉、秦岭冷杉、领春木、珙桐、独摇草、商陆、五味子、金丝猴、驴头狼的森林。写鸟就不会写百鸟争鸣、群鸟乱飞了，就会写铜蓝鹟、灰胸竹鸡、强脚树莺、红腹锦鸡、黄臀鹎、环颈雉。你写喝酒就写神农架的苞谷酒和酒规，你写冬天就写神农架的火塘和腊肉吊锅，其他的，与你无关。

虚构中的真实性虽然重要，但独特性更加宝贵。土特产只有货真价实才是紧俏货。我写的神农架，在其他地方不可能发生，大到地质地貌，小到生活细节，包括草木和生活习俗等，都是某一地独有的。比如，我在《马嘶岭血案》中写到打雷下雨这山岭一带就会听到轰隆隆的枪炮声、马嘶声。其实在神农架天葱岭一带的确有这个神秘现象。我写到这群人的驻地发现了一种神秘的光团纠缠他们。事实是，当年中科院科考队在这里调查植物资源时，就发现有一大团亮光每晚在他们帐篷周围跟着他们，用枪都打不走，大家都不知道是什么，有人说这是外星人的飞碟，当地人称之为"鬼火"。在《狂犬事件》中，我听神农架的人说那一年狂犬大咬村民与牛羊，政府发动群众扑灭了几条疯狗。我采访当时的村主任，他给我讲的事我闻所未闻。他说被咬的一位妇女打狂犬疫苗，必须打五针。她打了三针，舍不得，她的牛也被咬了，就给牛打了两针，结果人和牛都死了。我们只是知道患狂犬病的人怕光怕水，还会像狗一样不停地叫，直到死。我听当地人说，人患狂犬病以后，会呕出狗形一样的血块。狗咬后百日内不能听锣鼓。如果突然一阵锣鼓响，他狂犬病就会发作，一路狂奔至死。这些太独特了，我写进小说，注定会被大家接受和记住。

一个地方的文化形态，不是一个文学呈现，且常常被旅游部门、文化学者和政绩工程绑架。当地作家利用它的边角余料，写一点不痛不痒的历史故事，既不像非虚构，也不像虚构。这类作品很多，原因也很多。比如，因为掌握材料太丰富，壅塞了虚构和想象的空间。比如，因为生在此地，对故乡下不了狠手，等等。但重要的问题还是没找到一种转换方式。说得艺术一点、专业一点、神秘一点，是有一个转换音符在引导着我们。因为论证考证的理性语言与小说的音乐旋律是不一样的。一个文化专家，一首民歌也就是它的准确性，是生活歌谣，还是祭祀歌谣、时政歌谣？是情歌，还是童谣？但一个小说家他听出了唱歌人心中的情感，他（她）唱这首民歌时的表情，音乐中蕴含的生活意义，几句歌牵出的一个充满传奇或伤感的故事。小说本身，并不全部来源于地域文化，它还与自己的读书，自己的视野，自己的思考、笔力和自己的审美个性、做人境界有关，与作家情绪的极不稳定性有关。我想了想，排除小说神出鬼没的因素，有以下几点是可控且须注意的：

一是放开写人物，克制写民俗。

我常常看到有些作家太注重写熟悉的民俗，写它的方言，写当地的生活方式，写得很多很细很琐碎，陷入民俗的泥潭不能自拔。民俗不是文学，文学是人学，是探讨人性、研究人性的，民俗只能是人物事件环境的一部分。我的写法是在我的作品中有一些民俗的元素和符号就可以了，不能把读者的视线和注意力都牵扯到这上面。就好比每到一个地方，总有一场民俗晚会，还都少不了抛绣球入洞房。这些民俗本来就俗，再多表现有什么意义？独特依然是对民俗取舍的标准，民歌、歇后语、传说等都是一样的，适量就好。

二是放开描写，克制交代。

地域作家因为参与了地域文化的考证调查，有津津乐道地为地域文化辩护的心理，有谨小慎微怕出差错让当地文化人笑话的心态，从开头一直到结尾都是论述性、交代性的文字，缺少描述性的语言。这种文字从一开始就限制了作家的才华，作家是野性狂奔的，不能让文字限囿于干巴巴的交代，没有幽默感，缺少温热度，逻辑性过强。否则的话，作品只是文章的条理而不呈现出生活断裂残缺的自然状态，不符合生活本身的混沌性质、泛滥性质和多义特征。文学有一些感叹式的、诡异丛生的、神经质的内心独白。但论述交代是不带感情的，客观的，甚至会很迂腐学究气，平铺直叙，少对话，按时间发展顺序推进情节。许多作家太熟悉自己家乡，只顾去交代历史过程、事情经过，只进行外部世界的解释描摹，不会将自己带进作品，不会进行场景描写，不懂得以对话推进故事发展，用对话刻画人物。

三是形象胜过考证。

小说不承担考证的责任，这是地域文化专家的事。文学是虚虚实实的东西，如今中国有多少花果山水帘洞，有多少桃花源。作家切不可在你创作的作品中把大量的时间、才华都消耗在无谓的考证上，好像不去做这件事在当地就得不到尊重。在一个地方，允许一部分人去考察考证，但要提倡更多有虚构能力、想象能力的人来写小说，一样是在宣传地域文化，而且宣传的效果比研究地域文化更有效。大家为什么都到凤凰去呢，是因沈从文而去，并不是因某一位民俗专家而去。莫言也是，别人到高密是因他写的《红高粱》，到那儿去找红高粱，还办上了红高粱节。你看，就几块红高粱地，就成了旅游景区，全世界的人都往那儿跑。这不是考证出来的，是作家写出来的。所以，我们作家的工作就是要将一个地域写出它的独特和神奇。

四是虚构能力激活事件本身。

每一个地方堆积着一堆从历史到现实的事件和故事，甚至每一个村都有说不完的故事，每一年又会发生大量新的故事，每一个家族都有壮丽的、艰辛的、悲惨的故事。雨果说过，每一个墓碑下都是一篇长篇小说。这样看来，每个村庄应该出十个优秀小说家，去采访和书写村庄墓地里成百上千的长篇小说故事。可是我们看到的那些写某地域的小说太拘泥于历史事件本身，虚构能力不足。所谓大胆的虚构这是胆量，但虚构靠的是想象，想象力是实打实的。一个人能够操纵他想写的题材和故事，上天入地，并且把看起来很珍贵的故事素材打碎、揉搓、替换、舍弃。许多大家都写了他们当地发生的历史故事，大作家没有一个不是靠此为生的，贾平凹不是又写出了《秦岭志》

吗？什么莫言、张炜、韩少功、张承志，以及国外的作家都是在打深井掘地三千尺，挖掘本地的写作资源。但是想一想，他们哪一个是按照事件本身原原本本、老老实实地叙述的？事件只是一个背景，事件本身不构成小说。极强的虚构才能激活一个事件。

还有一个要做的是激活历史。一个作家首先要了解当地的历史，这都很自觉，这不是问题，没有被激活的历史是一个坟墓、一堆废墟，要让历史为我所用，从墓地还魂。我们生活在这个时代，有太多的问题需要解决，作家就应该把自己参与进去，贡献自己的一点力量来解决这些问题。把历史的痕迹转变成鲜活的现实，这是一个作家应具备的本领，因为你活在当下，而不是活在故纸堆里。假如我要写一个三峡纤夫，我不会过多写他过去怎样，我要写他现在怎么生活。不管他多老了，也要写现在。只有写现在，才是我们作家值得付出的。

末了，在座的作家是否还记得因为三峡工程，在宜昌曾经挂牌过"三峡省筹备处"？它包括整个三峡地区，湖北的宜昌、恩施、神农架和整个重庆。虽然三峡省最终没有出现，但至少证明湖北与重庆地域的紧密结合程度和亲缘关系。三峡水库这个世界第一大水库边，就住着我们两省市人民。常言说，一方水土养一方人，我们可以用更多时间探讨我们的地域文化，也希望更多的作家书写壮美的大三峡故乡。一个地域养育并出现的作家，是地域性的，也注定是世界性的。

文学在文学之外

——在锡林郭勒《民族文学》2016年蒙古族作家笔会上的演讲

　　来到锡林郭勒大草原，这是世界闻名的大草原，也是蒙古高原的一部分。成吉思汗在此征战，忽必烈在此建立大元帝国。这里激荡着辽阔的英雄气质，粗犷的民族血性。我们不过是匆匆的过客，这里是属于蒙古人的，草原、羊群、蓝天、白云。我们浮光掠影地写一首诗可以，写一篇散文可以。但要写出惊世骇俗之作，得住下来，感受这块土地的性格，承接草原生活的磨炼。住下来也未必就能写一部关于大草原的作品，文学作品的出现有偶然性，所谓踏破铁鞋无觅处，得来全不费功夫。那些千古流传的杰作，并不是作家诗人们有意为之的，有的简直是悲惨生活承受的结果。杜甫写《茅屋为秋风所破歌》，是因为他在草堂那个地方，迅猛秋风刮走了他自己搭建的茅屋顶，全家遭受凄风苦雨无处躲藏时的悲凉啼号之音，写这首诗，就是长歌当哭："八月秋高风怒号，卷我屋上三重茅……床头屋漏无干处，雨脚如麻未断绝。"这是何等悲惨的生活！李白写《蜀道难》，也不是领受什么领导旨意去采风，去写个反映建设者们养护公路的风采。一个是他送自己的好友王炎入蜀做官，对他的一种奉劝提醒，在四川做官如走蜀道；二是他本人就是从四川出来的，深知那儿的道路太危险，有深切的感受。不然，他不会出蜀之后不再入川，在平原的湖北一待十年，娶妻生子。看看这些句子："噫吁嚱，危乎高哉！

蜀道之难，难于上青天！……尔来四万八千岁，不与秦塞通人烟。西当太白有鸟道，可以横绝峨眉巅。地崩山摧壮士死，然后天梯石栈相勾连……朝避猛虎，夕避长蛇，磨牙吮血，杀人如麻……"他如果没有走过，他如何能写出这样惊心动魄的句子？那个时代的王昌龄、岑参等都是有戍边经历的，都是九死一生，于是才有了他们的那些边塞诗。

厘清源头——这是我讲的第一个问题。我们要清理源头才知文学究竟是从哪儿来的。我们的少数民族作家，有着各自民族的生命图腾、文化基因、生活习俗、信仰崇拜、生存环境、民族性格，这才导致了各自民族文学的完全不同风格，不同质地，丰富多彩。甚至一个很小的民族都会有伟大优秀的作家和作品。这些作品直接影响了汉族文学的创作，影响了他们的生命观、世界观。比如，藏族文学、回族文学、蒙古族文学、维吾尔族文学，等等，有时只要他们一写就震惊全国。在文化上他们并非强势，但在文学上少数民族作家的创作却呈现出强势姿态。并非少数民族作家个个都是天才，主要是文学之外的东西成就了他们，比如独特的文化传统、纯真的信仰、清洁的心灵与感悟、与大自然的共存、迥异的生活环境和生活方式。有人问英国作家伍尔芙写作是由什么构成时，她回答说，谁跟你谈写作？作家不会谈，他关心的是其他的事情。

作家不会谈那些琐碎的技巧，许多作家掌握了但羞于谈它，有的是蔑视它。作家真正感兴趣的的确不是文学本身，是文学之外的东西。"汝果欲学诗，工夫在诗外。"这话是陆游对他的儿子说的。

写作固然有技巧，技巧也是可以传授的，但有许多东西不可传授。一个人的历练、学识、生活遭遇，一个人的精神世界，都是独一无二的。另外，你对什么有兴趣，你掌握的生活素材，也决定你的写作。如果你们能到我的书房去看，书柜里三分之一是文学书籍，但至少三分之一的书与文学不相干。特别是我案头的、手边的，一定不是文学书籍，那些大量做了记号的、翻开的、折页的、堆积如山的、乱七八糟的书，是资料和日记。比如，我现在写字桌堆放的是大量的神农架的资料，神农架植物、神农架民间故事、神农架山锣鼓、神农架中草药、神农架手抄唱本，各种与神农架有关的旧报纸、旧杂志。所有能够弄到的神农架的历史、地理、民俗、方志，等等。我的《马嘶岭血案》是根据神农架一个旧案写的，我的《狂犬事件》是根据神农架一张旧报纸上的一则新闻写的，《松鸦为什么鸣叫》是根据我采访的一个神农架山民写的。就是这些杂乱无章的东西，可能别人不要的，甚至是垃圾，经过我们的手，点石成金，成了文学作品。所以，要谈文学，仅仅谈你怎么刻画一个人物，怎么使用语言，怎么结构布局一个小说，都是没有用的。

伍尔芙说的"关心的是其他的事情"，这些其他事情成为作家盯住的首选，它们与作家的职业看起来不相干，但是真正的文学人应该明白这个道理，一个好作家的修炼也许就在此。

在外国作家中，我们可以找到伍尔芙说的蛛丝马迹。梭罗是一个典型的例子，他是因为住到了瓦尔登湖边才开始写《瓦尔登湖》这本书的。他自己开荒种地，春种秋收，是生活选择了他，确切地说，是生活态度、人生观念选择了他，他没有首先选择文学，文学只不过是依附在他生活中的一个意外收获。帕慕克在《我的名字叫红》中的表现，更像是一个有工匠气息的细密画家。白俄罗斯作家阿列克谢耶维奇，是核泄漏受害者，大量时间采访了更多核泄漏事故的受害者，才有了那部获诺贝尔奖的《切尔诺贝利的回忆：核灾难口述史》。日本的大江健三郎本来可以用更多时间写小说，但他却选择了到冲绳调查一些历史，三番五次地去，调查第二次世界大战中日本军队杀冲绳人的事件和冲绳两个岛上居民自杀的事件，这个要冒着生命危险，因为有右翼分子扬言要暗杀他。可他毫不畏惧，写出了《冲绳札记》。梭罗也让我们想起韩少功，韩少功在湖南汨罗的八景湖边，写了《山南水北》。那个地方我去过，也摘了他种的橘子，去的人几乎将他的橘子扫荡一空。看到韩少功穿着解放鞋，挑粪桶，自种自吃的幸福，这与文学有什么关系呢？这与一个人的生活态度有关系。

我当时去神农架，根本没写东西，消失了一年多，别人以为我不再写作了，但是，我在神农架深山老林里，在与文学不沾边的地方获得了真正的文学。我认为，一个作家要有六分行走、采访、调查、搜集，两分案头工作，两分写作。这个比例不能颠倒。

第二个问题，什么是真正的现实？

作家们对写现实基本有共识，但未必有个人的认知。就像现在写底层一样，谁不写底层？写现实也都在写，如今百分之九十九的作家是现实主义，翻开一本文学杂志，几乎全是现实主义。但我不这么说，我认为写现实写底层是靠自己的权利争来的，是靠自己的立场抢夺过来的。你写的未必是真正的底层，你写的现实也未必是真正的现实。维特根斯坦说托尔斯泰，他是一个真正的人，他有权写作。这话耐人寻味。谁剥夺了他说话写作的权利？没有，除非他自己自动放弃了，自己解除了武装。这种作家在当下比比皆是，他自己把自己的写作权利拱手让给了别人，也不排除有一股势力将他手中的写作权利悄悄拿走了。

现实有真假，有取舍，有态度，有立场。如果我们说的现实，不仅仅是领导口中提倡的那个现实、号召写的那个火热的现实，那么你的现实就是真的，就是文学需要的现实。如果一个作家他承认并且关注这样的现实，他就是维特根斯坦评价托尔斯泰的"真正的人"。比如，黑砖窑的现实、强制拆迁的现实，集资传销、制假造假、司法不公、群体性事件的现实。

如果仅仅是火热的改革开放的现实，至少是不全面的。要电视报纸上的现实，也要阳光照不到的、连上帝也遗忘了的犄角旮旯里的现实。

我们作家需要的现实，是所有生活的现场。是有情感投入的现实，有爱憎的现实，有心灵触动的现实，是新闻背后的现实，集体话语之外的现实，往往被我们的政治生活、经济生活、文化生活忽略、遮蔽和限制了的现实，是大家不愿说，也不敢说的现实。

文学的特殊性在于它不是一个单独的存在，它寄宿在现实生活的母体上，文学不是一门单独的学问，研究文学的要研究作品的社会意义、思想价值、文化信息量、历史分量、对社会进步的推动和曾经发生过的影响。

我认为，陆游说的"工夫在诗外"的最大意义是告诉我们，诗与作诗没有决定性的关系，他的意思与伍尔芙有异曲同工之妙。如果他儿子想学写诗，诗仅仅是技巧问题，跟他父亲学就行了，同样可以与父亲齐名，但这是不可能的。技巧可以教，技巧也很重要，技巧不决定一首诗的好坏。

我们必须调整我们眼睛的聚焦点，作家首先要做的是建立起自己对社会的评判标准与体系，学会观察现实和社会的方法，进行精神与情感的积累，再建立独立的表达方式。再开闸放水，写字成文。

作家是由社会存在决定的，同样也受大环境的影响。我不久前在莫斯科参加第二届中俄文学论坛，听到俄罗斯的作家和诗人对当代为什么出不了托尔斯泰和陀思妥耶夫斯基的见解，他们认为当下的作家写作过度地个性化，看重网络技术。在网络这个虚拟的世界，他只看到自己是唯一的主体。所谓的个性化是网络时代的重痾，已经无可救药。现在的诗人与世隔绝，不关心世界的任何事情，俄罗斯诗人和作家中，现在"我"字出现的频率最高。他们说，在东方哲学中，"我"是整个社会和自然的一部分。意思是中国作家肯定比俄罗斯作家们更加关心社会。其实，恰恰相反，大家害同样的病。我理解俄罗斯作家说的个性化，是指自我意识膨胀的自私和自恋。

作家要为所处的时代发言，当他意识到自己扮演的角色后，自然会有一种责任感。写到后来，他觉得他应该对历史负责，他要争着代表即将遗忘的、暧昧的历史发言。再后来，当他越来越有自己的风格后，越来越自信后，他要为所有死去的人说话。即替死者说话，追求永恒。再后，他有预言未来的冲动。如果再往深处，他成了通灵者，他写的每一个作品都带着大地的嘱托，大地的象征与隐喻。

我们必须抢夺现实的资源为文学服务。我们老在作品写我、写"我们"的时候，整个世界整个国家都会让"他们"弄得面目全非，混乱失衡。我们陶醉、沉溺在"我们"的那些琐事之中，整个社会资源、国家财富都被"他们"不知不觉地瓜分光了。一个作家首先应当是一个战士，如果他只是一个玩家、一个闲客，整天笔下是对悠闲生活的展示，对过往岁月的回忆，对亲朋友情的怀念，对玩赏趣味的醉心，很难说他是一个有意义有品质的作家。我们的文学杂志充斥着这类作品，什么亲情回忆、游山玩水、琴棋书画、玩石赏玉、家长里短、心灵鸡汤。文字是有重量的，作品是有立场的。

用什么样的现实题材才能让自己的写作利益最大化，才能让自己体制内外通吃，什么样的姿势既让读者喜欢，也让领导喜欢，我不会考虑这些，会算计的人，大家也一眼能看出来。把一个题材写到什么份儿上，写到既要说话也不能让人掐到脖子，还要能进入所有评奖行列，这样左右逢源的作家不仅吃香也带坏了一批人。还有一些作家是忌惮于现今的形势，虽然知道什么样的作品是好作品，但如果让他冒险，他是不会干的。若本投得太大，干脆走折中吧，于是平庸成了一些人的选择，对尖锐疼痛的、惊心动魄的现实躲开，对敏感的题材回避，对沉重的话题绕道，减轻作品中的不利因素。觉得现今是非常时期得规避风险，得说话谨慎、行事小心。

我自己是那种从野外回到文学殿堂的人，我就是一个野人，从神农架跑出的野人，没有什么规矩，心中有横冲直撞的冲动，我有对世界对人生对文学的直觉理解，我比较相信直觉。我的文学世界不赏花，也不赏玉，不玩石，也不玩虫。文学是天苍苍，野茫茫，风吹草低见牛羊。是戈壁黄沙，大漠烽烟。是开疆拓土，短兵相接，是厮杀搏斗，流血流汗。文学不是有闲阶级的玩物，是村妇莽汉、土匪巫婆的舞台。

当文学打扮得不是那么温文尔雅时，站在文学神圣殿堂的门口，那些里面的人对他不屑一顾时，他有可能是真正的文学，而里面的人，是假文学。

第三个问题，现实不是现实主义。

关注现实变成了现实主义，是因为当下的作家在不停地被灌输和提倡的现实主义面前，丧失了虚构的本领和操作技能。现实之后，就成了主义，作品写得太实。

固然，强大的写实能力对于一个作家是至关重要的，如果有强大的写实能力，在表现生活、取信读者方面，会让大家心服口服，因为真实是文学的第一生命。又因为写实，自然而然地归类为现实主义。过去我也声称过，不相信虚构，这种强调，是想证明我的作品不是躲在象牙之塔里虚构和凭空捏造的产物。虽然我反复强调我的一些作品都来源于真实的事件，比如我前面说过的那些小说，是实实在在的山民生活，有故事依据、发生场景，但没有强力的虚构，这些小说能成功吗？能成立吗？什么样的现实才能成为文学，一直是作家在写作中感到头疼的事。我自己每写一篇都会有新的苦恼和新的体会，必须有虚构的能力和力量，有一种上天入地的本领，对事物，对现实的象征和隐喻部分要充分地挖掘，不被表象的东西蒙蔽，不拘泥于某一件事情的前因后果，不急于将故事的现实意义表达出来。我看到一些作家谨小慎微地叙述、求证、奔向主题、到达结尾。一开始就在训练自己那种井井有条的叙述，生怕拖泥带水灰尘扑扑弄脏了页面，试图在自己的小说中建立起一种让前辈认可的艺术秩序，一种有极强逻辑性的小说，即现实——故事——思想——结局。这造成了作家有真实可信的生活，但也四平八稳。

在写作的视野上显得逼仄、场子太小，表达怕碰上东西伤了自己。不敢把故事放到一个极端的、地理标志明显的地方，好像自己生活的地方、自己的脚下没有很好的、很特别的、很有意思的、很有文学性的自然风貌、风俗特点、奇闻趣事。在那片地方，没有历史的纵深，没有前人的幽灵，时间打下的印痕不深，甚至那里的人也无趣，生活平庸，饮食简单，天不高，地不阔，穷山恶水。有的人恨不得生在西藏，生在内蒙古，生在新疆。可是他们忘了，刘亮程虽然写的是新疆，但他很少写我们见惯的新疆的文化符号，他写的是一个最没有特点的、没有趣味的、没有历史的、沙漠边沿的、几乎遗弃的、荒凉贫穷的小村庄黄沙梁。这是让我们深思的。

还有一种最不该的现象，大家一窝蜂地去写这个地域、这个民族的一些特色。以我所知道的，鄂西的作家以及写鄂西的作家，把土家族的摆手舞、毕兹卡、哭嫁、裸体纤夫、女儿会等挖了好几个回合。湘西的作家以及写湘西作家，包括网络作家，把赶尸、放蛊、巫傩、剿匪也写滥了，几乎挖地三尺，翻来覆去。把那些本来很是文学的东西弄得不像文学了，没有真文学的味道了。过去一说到神农架就是野人，就写野人，可是我到了那里，决不会写野人，我写的是一些被认为最没有文学性的东西。就是高寒山区山民的最朴实的、贫穷的山里生活。

有地理和民族的辨识度是容易的，但有文学意义的辨识度却是难的，占有独特的写作空间是难的，独自经营一块田是难的。就算给了有些人一个裸体纤夫，一个磕等身长头的朝圣者，一座喜马拉雅山，一座大兴安岭，一个八百里秦川，一个锡林郭勒大草原，他未必能写出与之匹配的作品。

非现实主义一样可以表现现实，一样成为文学。如果你的思维开阔一点，写歪一点，别人就不会将你套上现实主义。话说回来，你写得很现实主义，但未必让人承认你是现实主义，你归不到流派中去。与其如此，不如剑走偏锋。你写怪一点，就有人会来主动将你归类到另一种主义，虽然主义不是重要的。要有自己偏执的嗜好，要有独立意志贯穿写作的始终，目中无人，什么流派、主义、传统、流行式样在你写作时统统都是不存在的，不合理的。

我们的写作有一种集体无意识，一个地方的作家，写的题材、内容、手法、语言都差不多。如果此刻有一个人不一样，完全是异端思维、逆向行驶逻辑的，我就佩服这个人。海明威说过一种纽约作家——是塞在一个瓶子里的蚯蚓，在互相接触当中，在一个瓶子里汲取知识和养分。就是说，他们没有自己，只能从他们身边的作家交往中得到灵感，互相因袭模仿。

少数民族作家因为有极强的土地意识，又有原始信仰的支撑，即使使用汉语写作，因为不是汉族人，对汉语有特别的敏感和体悟，作品的空间感很大，稍有天分就会出现非常不一般的作品，这里可以举扎西达娃、阿来、乌热尔图等例。他们的作品都是写现实的，但都不是现实主义，而是有极强烈的现代主义特点。这个原因我没弄清楚。我想，也许是因为少数民族作家也就是边地作家，依托高原大地、森林河谷，在地域、民俗、民风、语言上有典型的另类操作性。因为身处文坛边缘，没有焦虑和浮躁，倒是因为更接近自然和民间，有足够的养料滋养自己的写作。狂野的大地和山川河流是神灵和鬼魂居住的地方，是民间故事、传说和神话的保存与漫漶之地。他们随时可能被其他更加开放自由的写作方式唤醒，成为文坛的异数。

我的神农架系列小说和近期的长篇小说《还魂记》，不管怎样，作为作品，有现实主义的气场和手段，但不是现实主义的写法。现实主义的那种批判精神、参与意识、同情之心，依然是我拥抱的，不过我的着力点是在拒绝与当下文坛的合流上，走一条自我决裂、单打独斗之路。可以现实，但不必现实主义。现实不是现实主义，也不是写实。

第四个问题，几点建议。

我没有资格为蒙古族作家指点迷津。我只是以我多年的写作体会提几点建议。

蒙古族作家中优秀的作家作品很多，我读过的有玛拉沁夫、李准的小说，我认识的就有好朋友邓一光和郭雪波的小说，还有鲍尔吉·原野的散文，他们的作品最有发言权。

一是守土有责。

守住自己的乡土，守住自己民族的骄傲，守住自己的根，就是守住了自己的血脉与文化基因。守土有责，我们今天讲的是责任意识，但也是一种写作的宿命，是一个作家怎么也褪不掉的文化胎记。不要相信作家是万能的，是什么都可以写的，他顶多就能写他脚下的几寸土地。要往深处开掘，强化所写生活的文学意义，对自己的土地施加影响。文学是要有方位感的，要有地理标识。但也要先想想文坛是否缺你这个品种。文化符号不等于好作品，湖北的长篇小说扶持，各个地区的长篇题目几乎把他们的文化符号全端出来了，应有尽有。但我们看的不是他的文化符号，是他想写什么，想表达什么，如何写。往往文化符号的作品没有竞争力，这些作家没有动脑筋，不是从自己的内心出发的。他写的一定是表皮，不会有震撼之处。他即使想把某个地域的历史和历史的英雄写出气魄来，但肯定是虚张声势。小说的力量是从内部拱出来的，就像竹笋。要相信一个本民族的作家，没有别人比你写这个民族更适合的。这个民族的神韵是在你的血液中的，祖先的暗示总会在你的身上显灵。生活方式决定民族的性格，而在文字书写时，民族深处的某些东西会被唤醒和激活。但我们的背景仅仅是民族，没有个人的生命探索为路标，没有孤军深入的勇气和决绝，这片土地只是大家的土地，没有打上个人的标记，任何一个民族的文学都不可能仗着人多势众就能征服读者。每个民族的文学必须是由一个人的精神史显现的，要相信祖先的英灵一定游荡在我们笔下，我们所有的文字来自神灵和祖先的暗示。

二是超越民族。

文学是人类共有的精神记忆，是指向永恒的。文学有自我写作的边界，但文学的意义没有民族界线。当我们强调文学的民族特性时，我们不能狭义地去理解民族和地域。印度的圣雄甘地有一句话："无论世界多大，它只是一个村庄；无论村庄多小，它也是一个世界。"如今任何一个民族都不是封闭的，哪怕他住在沙漠里、草原深处，他也可以随时与这个世界沟通。不同民族的文化壁垒不再是狭隘的对立，而是可以互相打开，互相碰撞和交流。因为文化的影响与融合，强势文化的介入，我们各民族的趋同化也十分严重，以至于民族成了一个符号，有时仅仅是一个胸牌，一次会议的代表和一次评奖比例的分配名额。民族的沧桑虽是一个国家一段历史的见证，但个人的受难却是最有文学价值的。文学推崇的是极端个性化的表达，并且不惧怕强势民族的文化挤压，在夹缝中求生存，在夹缝中显力量。有的作家宣称他之所以要宣扬他本民族的信仰，就是要在现今发起一场精神圣战。这种情怀不管出于什么目的都值得敬佩，因为他有一种超越姿态，即把自己民族文化和精神的伟大之处，提供给更多的人，让世界更加纯洁美好。一个民族其实是多个民族融合而成的。一个民族的文化必定含有多个民族的基因，我们的写作在全球化浪潮中，在地球村的意义上，是没有国界的，人类的许多情感是共通的。我们要写出让任何种族、任何国家、任何肤色的人能够欣赏并可以接受的作品。我自己的体会是，我的一些作品被翻译，我大致知道了那些国家的读者他们关注中国作家的哪类作品。比如，我的神农架系列中的生态作品是他们喜欢的，因为我翻译得最多的是《豹子最后的舞蹈》《太平狗》《巨兽》《松鸦为什么鸣叫》等。这些都与动物有关，与人和自然的关系有关。这些题材是没有国界和民族之分的，大家都关心地球的未来。

三是专业高度。

过去认为文学仅仅是反映生活，并有一种观点，熟悉生活、热爱生活就可以写出好作品。现在我们明白文学是由一个人的精神高度决定的。文学是生活，但文学是精神世界里的生活，是虚拟的现实，是一个人的精神史和思想史。有专业高度的作家首先是他的精神高度被人吸引。他创造的艺术境界，他坚持和提倡的艺术是常人难以企及的。作家首先是智者，作品中如果只是琐碎生活的堆砌、展览，无法成为真正的文学。过去，一个文盲也可以成为作家和诗人。在二十世纪八十年代，我们中国的作家大多是工人、农民、战士，而那时外国作家的介绍，全是大学毕业，当时觉得不可思议，有这么高的学问他为什么不去做研究，还干作家，是为什么？好像作家只能是命运不好、文化不高的人从事的苦职业。现在完全变了，八〇后、九〇后的作家，硕士博士很常见。当大家的文化水平都很高了，读者的级别也上升了，作家必须跟上时代，提高自己的素质，提升写作境界。

如今这个知识和信息爆炸的时代，知识与学问从来没有像现在这样普及过，点开百度你可以获得一切知识，还有数不尽的网站、图书馆、博物馆、大学、电视、报纸、维基百科，一个手机可以装下全世界数千年的知识遗产，装下整个宇宙的奥秘。即使你不能成为一个思想家，你也应该成为一个类似的思考者和学问家，成为一个学有专精的人，至少比读者高明，知识比他们丰富。比如，我去神农架，我必须要弄清这个地方的森林情况，它的植物、鸟兽、地理，你不花大工夫简直是不可以动笔的。一个作品的好坏，是由作家的品质修养、心性和血性决定的，也与他偏执如一的喜好有关。征服读者在这个时代越来越难，一个作品不能让读者看到你毫无技术含量，没有思想高度，平庸无趣的写作只能证明你自己的思想平庸和想法单调。有的作家是把自己当战士使用的，有精神输出的欲望，有强烈的精神取代和俘虏他人的霸气，有强烈的才华表现欲和道德炫耀感，要用作品在他人的内心留下神圣的痕迹，有不惧一切的牺牲精神。

怎么写也许很难，也许不难。比如，现在的人很聪明，当明白现实主义和现代主义是怎么一回事之后，他很容易上手。可以有足够的时间在家里试验足够多的开头，找到足够好的语感，找到足够的自信。生活变得越来越简单，时间总是在作家这一边。优雅的主妇式的写作可以和孤独痛苦的卡夫卡式的写作并行不悖。但并非你就可以走很远，有些人也想搞象征和寓言，因为现实主义太久，写成惯性，会不伦不类。这就是一个不断试验的过程，一个顺手的过程，一个由业余到专业的过程。作为孤独的思想者和探路者是必需的，这是由"匠"到"家"的升华。

我讲的大致就是这些，祝愿蒙古族作家在中国文坛上有无愧于这片草原这个民族的作品源源不断地涌现。想到蒙古族就想到独具魅力的长调和呼麦，只有独特的表达和高难度的技巧才有独特的艺术，文学当然也不例外。

小说的位置

——在新疆《回族文学》笔会上的讲课

　　小说是虚构的，这毫无疑问。但是你想一想，这个虚构的过程又是十分神奇的，它是这个世界上不存在的一个东西。比方说，你写了一部书，这部书或许在几千年中，或者是有人类以来，它是不存在的，现在它成了一种事实。但在虚构的途中，究竟有什么样的设计，怎样建造，然后怎样把它安放到一个适当的位置，这是一个很苦恼的问题。比方说，你就这一方水域，要造一艘船，首先你要有这样一个船坞。多大的船坞造多大的船，然后这个船还能在里面航行。那就要考虑水的深浅，船是尖底还是平底：尖底吃水深，平底吃水浅。首先要把船能建造得出来，然后让它能够下水航行。有位置的盘算，还有分寸的把握。网上有一个段子，说等我有钱了去买一个航母来放在我家的鱼塘里面。这是搞笑，你的一个鱼塘是放不下一艘航母的。鱼塘只有这么大，你放下了又怎么能航行呢？

　　就像我，从中国的中部湖北来到新疆，来到了很边远的地方，如果我突发奇想，面对着一个异域的壮丽的山川自然和奇异的风土人情，我有没有想到要写一部新疆的作品？如果我突发了这样的冲动，我将面临写作的第一个难题：

第一，远与近的问题。

也就是说，你究竟是想写远呢，还是想写近？这就是一个位置的确认。好的作家，他深知小说是一个远不得又近不得的活计。既不能远，又不能近，多远？多近？远到哪儿？近到哪儿？

文学不是科学，它没有那种精确的计算、逻辑的推证。比如说喀什，对你们是远的，对我们是更远的。能写吗？有些人写近，成功了。比如新疆刘亮程，写自己的村庄，茅屋、土路、镢头，甚至一只蚂蚁、一棵小草，近到你熟视无睹的地方。远的，云南的范稳，写《水乳大地》的。他不是藏族人，他也没生活在西藏，但是他一辈子就是跑藏区，他写远，成功了。还有一位写西藏成功了的，就是《十月》杂志的宁肯，写了《天·藏》。张承志是写远最成功的作家。有的人写很近，近到自己的家里，阳台上，自己的生活，却不成功。当然，这种写，大部分不会成功。有的人写得很远，写穿越。穿越到宋朝、唐朝，写到金星、火星上去了。这是一种远。

还有一种远，比如马尔克斯的《百年孤独》，他是写拉丁美洲的百年历史。俄罗斯作家索尔仁尼琴，也写了一部两千万字的巨著《红轮》，从1914年的八月第一次世界大战开始写起，一直写到卫国战争结束。这够远的了，但这对中国作家来说算近的，他只写了几十年的历史。我们国内的作家动辄就写一百年几百年。就是因为有了马尔克斯的《百年孤独》出来之后，中国作家开始犯大头症，写家族的兴衰史了，写三代、五代，这种作品太多了，被称为家族式史诗叙事、宏大叙事的作品。还有写革命的，叫重大题材写作。所以，这些作家很有成就感，好像自己真是一个顶天立地的写作者。这太远，这与文学没什么关系。

我自己是属于写远的作家。神农架在湖北的西北部，相对于武汉，是很远的地方。一个人到远处去，他会有信仰。它相对我生活的地方，一个是城市，一个是荒野；一个是平原，一个是山区；完全不同的生活形态，不同的自然风貌，不同的风俗习惯。比方说，它有很奇怪的习俗。有一百〇八种酒规。山里人很讲究规矩，通俗说法是礼仪。礼失求诸野。有一种陌生化的效果，其实就是对一种新奇东西追逐和了解的冲动。大家都在说陌生化效果，但是后来我想与这个也没什么关系，你找到了一个从没见过听过的故事，有可能——我只能说，小说的一个核就是故事。故事对作家非常重要，也许批评家不这么认为，认为故事是通俗作家的东西。纯文学写人物，写心灵。但对于一个写作者，可能故事很重要。又遇上了一些奇怪的风俗，与你过去庸常的生活反差很大，这种远，既是心灵的渴求、补充，也是写作者对新世界的拥抱和认知。假如他给你提供了一些非常有意思的故事，为什么不可以写呢？何况，一个好作家，他知道怎么把一个故事赋予更多的内涵，写得更加文学化。感动了自己的，他一定要去感动别人。距离的远，心灵的近，我得到的是这样的东西，它与我的心灵碰撞过，与我的心灵是贴近的。纵然山重水复，千沟万壑，颠沛流离，而路途的遥远，更有陌生世界的神奇，这对作家是一种大补品。

即使到了神农架，你还可以更远。比如我的《松鸦为什么鸣叫》，是在一次吃饭的时候，一个交警说到的一个真实故事。一个残疾人，在那个很奇怪的有鬼气的公路上救人的故事。当时大雪封山了，是年底。我可以不去，我已经够了，我当时得到的东西很多了，但是我觉得我还是要去，有这样一种强烈的冲动。我叫了一辆个体户的车，翻过近三千米的冰封高山，走了三个多小时。你想想，像这样的故事，你是与死神打交道得来的，不是在一个酒吧、在咖啡厅里轻松得来的，我把它写出来，会贱卖这个故事吗？我们假设这叫作故事吧。其实是冒着千难万险去寻找一个人，验证一个事实和真相，拜访一个道德隐士，并不是功利的，有一个提升写作者境界的过程，还有一种投身某种模糊使命的过程，就是：你为什么要这样写呢，你对他的故事为何有冲动？你得捋清楚了下笔。

你写这个人究竟要多远？究竟要去寻找一个什么东西？其实寻找的是一个曾经与你的内心很接近的一个人，一个曾经与你的生活很贴近的人，看起来很远，其实就是我们身边的一个普通人，一个小人物。他与你的生活有天渊之别的远，又与你的内心血肉相连。他卑微，他内心的悲苦、他的善良、他的牢骚，都可以在你的生活中找到。他的所有感情，其实是你自己的感情。你要贴近他写，当我写到他不可理解的孤独，我就让他接近我自己的内心。这个过程就是把陌生化转换为亲切化。用一句话概括就是：题材有多远，心灵就有多近。

有人说，你这种方式不适合我，我就是想写身边的人、熟悉的事。我是什么民族，我就写我的民族。这没有问题。每个民族都有自己优秀的作家，几乎很小的民族都有他优秀的作家。当然也有与本民族深厚的文化和历史不相称的作家，他无力反映这个民族，以及他生活的土地的神奇与美丽，这就是太近的缘故。太近，没有了距离感。一个写作者与他的生活其实是有距离的，要承认这种矛盾。

去年我到我们恩施，少数民族地区，写了一篇散文《土家摔碗酒》，土家族的作者们看了，都说写得好。这个酒俗叫摔碗酒，喝了酒，叭地一下，就摔了。摔碗酒存在了很多年，几乎所有的土家族作家都写过，甚至在小说里也写过，他们为什么觉得我写得好呢？可能我的写作比他们更成熟，再者我是外来者，冷眼旁观。在动笔之前，写作之中，有这样一个意念，一定要比所有人写得更好。

对一个民族来说还是靠自己写作，靠本民族的作家来写作。一个外人如何有才华，他还是有一种"隔"，这种隔就是心理的隔，他无法更多理解你这个民族，无法与你的心灵贴近。你可以写别人地域的大自然、大异俗的东西，但是你不能进入民族的心灵，你只能揣测。但是他自己的民族他自己的祖先他理解得更深。

这就牵涉到一个怎么处理近的问题。开车的都知道，有人瞎打灯，动不动打远光灯，让对方产生视线盲区，就在你车的前面。写作者就存在一个很近的视线盲区，你认识不到身边人身边故事的价值，身边的山川风物的美丽之处，对他身边的生活缺少一盏灯来照亮。

我接触到一些少数民族作家，或者名山大川的作家，他有一种本地人的优越感，说起当地的山川风物，他头头是道，眉飞色舞，夸夸其谈，他就是写不出来，写出来也暗淡无光。而我会用另一种方式去表达我对这块地方的感受，我比当地作者的因热爱而麻木，多了一种因敬畏而警觉的写作情态。

这个"情态"很重要。举例说，他们很熟悉也热爱这里的生活，把这里称为家乡、故乡，跟外人谈起来也是津津乐道，就像来了贵客，倾其所有招待你。但是他除了热爱还是热爱。但是我的写作，我对这块土地永远是未知的，充满了恐惧的、神圣的、令人敬畏的玄想。写每一个东西，每一个山谷，坡岭，沟壑，你都有一种初次进入的警觉。说白了，就是一个把它神秘化和神圣化的过程。如果大家读过我的一些小说，像《豹子最后的舞蹈》《猎人峰》《松鸦为什么鸣叫》《马嘶岭血案》《太平狗》等。《豹子最后的舞蹈》，就是豹子复仇的故事。写豹子内心的孤独，其实是写人。这是由远而近，豹子离我们的生活太远，你如果把它当作一个孤独的人写就行，但你得了解豹子的生活习性，这是必要的。《猎人峰》写的是人与野猪的大战。就是把野猪神圣化，野猪比人还聪明，最后人打败了。《太平狗》写的是一只神农架的神犬，它跟主人一起去城里打工，主人不幸死去，他非常神奇神秘地回到了千里迢迢的村庄。说到底，就是对这片土地上发生的一切，人与植物、动物、山川河流全是敬畏的。如果你要写，就要写它从一只普通的动物，或一条普通的公路，一个普通的山冈变成了神灵，所书写的对象都是神灵，而不仅仅是我们看到的一种物质。凡是写作的对象就是珠穆朗玛，就是布达拉宫，就是麦加。在藏区，山是神山，地为圣地，湖为圣湖，把这一切都当作造物主。

　　还有一种是逃避近的，舍近求远。这是对写作真诚性的逃避和掩饰。比方说，我身边有一些女作家，农村来的，她从不写农村，非常羞于说自己是乡下人。农村的生活跟她多近啊，她总是写一些城里的生活，甚至见都没见过的生活，开口闭口就是各种名牌、豪宅、豪车。你应该出口就是野草、庄稼、小河才对，可她很忌讳，对自己的出身，她绝对不写，逃避近，你也不知道她是怎么想的。农民和乡村，在我看来是多么美的一个称呼，但是这些写作者的内心非常脆弱，生怕别人说她出身农村，还振振有词。我问过其中一些人，我说你怎么就不写你小时候在乡村的那种生活，非常亲切，肯定会打动人的。但她们却靠编故事写城市生活，写一些变态的、苍白的、孤独的、零落的灵魂，这就有很大的问题。她说乡村太近了不好写，下不了手。她甚至说那些乡下破烂的房子有什么可写的，那些烟熏火燎的灶台有什么好写的。现在村子都是一些废弃的村庄，青年人都到沿海打工去了，到处是牛羊的粪便，到处是荒草，到处是破败的景象，怎么写？我跟她们说，我就是这么写的，我喜欢写这些。那美不美呢？我认为它美，非常美。比如说，郭某某，炫富的，她的豪车，她满身的名牌，她整容的或者 PS 后的所谓萝莉脸，她的这些比你的满脸沟壑的母亲，谁更美，谁更丑呢？从文学的意义上，后者是大美，而前者是奇丑。

另外，我想给大家一个简单的说法，你写得最近的就是最远的。说是这么说，但你要表达得到位，要找到一个小说最适合的位置。你写你这个地方的生活，对全国的读者而言，你就是最远的生活。太近的生活就像新闻一样的，那不是文学。

第二，重与轻的问题。

这也是一个很难解的问题。小说远不得近不得，也重不得轻不得。

要给小说一个适当的重量。说这个小说沉甸甸的，这就是重量。但是要多重，多轻？也有形容的小说飘逸、轻灵，特别是女性作家的作品。那轻到何种地步才叫轻灵，而不是轻飘、轻薄、轻浮？散文可以轻，诗歌可以轻，小说不可以轻，小说要重。有人说，一些大作家是大动物。也有形容我的小说是一种笨重的写法，笨就是有重量，笨重的写作才压得住阵。我想以写新疆边塞诗出名的唐代湖北的岑参为例。他写的昌吉的轮台走马川。诗叫《走马川行奉送封大夫出师西征》："轮台九月风夜吼，一川碎石大如斗，随风满地石乱走。"你想象"一川碎石大如斗，随风满地石乱走"的景象。石头重，风更重，风把这些石头吹得到处乱跑。他这首诗说明了我前面说的远与近的关系，他因为是一个内地人，他来此地戍边，好像是一个粮草官员，搞后勤的。你想想这是一幅何等的景象！写重才是这首诗成功的秘诀。

一个短篇，它有一个适当的重量；一个中篇，它有一个适当的重量；一个长篇，它更有它适当的重量。再通俗一点说，它的容积究竟要多大，才能得到文坛的认可？

虽然看起来是没有标准，但是我们每个人心目中都有个标准。这个作品好不好，丰富不丰富，实际是它的容积够不够。这个作品单薄了，轻了，就是不够。我们这个时代已经不能用简单的书写来征服读者了，小说将越来越重，网络文学往往都是轻的，我们需要重的文学。你现在可以看一看那些二十世纪六十年代、七十年代的作品，都很单薄，因为那个时代只需要这样的东西，文学是一个时代的产物。现在都市的浮躁，信息如此的膨胀，你不能用重的东西去征服它，你想用飘逸轻灵、不痛不痒的东西去征服别人，我觉得已经完全没有可能。网络小说是轻的，是丝织品，而纯文学是用金属铸造的，重金属，放在那儿，你撼不动它。有多种写重的办法，我的办法之一就是在一个中篇里面让人物多一点，这就有重量。你看网络作家写的，一部长篇，就那么几个人，你觉得它轻了。我的中篇小说《狂犬事件》，里面有十几个人物，我自己认为我下了重功夫，你要重你就要花重功夫，一个一个把它写好，让别人觉得你的作品非常丰满，针插不进，而且非常迅速、快速地推进你的情节，这都是重的表现。在写法上要重，在思想上同样也要重，连风土风情、自然山川的描写也要重，浓墨重彩，不搞轻描淡写。现在的读者已经很少去阅读书籍，人们每天接受的信息是手机上的翻屏，一下子就翻过去几页。就像微博一样，你要不停地去转贴，你早上发一条微博，到中午谁都不知道了，已经出现了几千几万条新的微博，把你淹没了。一个作品也是这样的，你的这个文章马上就给你翻屏了。如果你描写的语言没有金属感、重量感的话，没有强烈的表达，无足轻重，那谁能读你呢？如今的新闻是重的，什么奇事都会发生，作家对如今的新闻是恐慌和害怕的，它们把作家的想象力远远甩到了老后头。作家在当今生活中基本失去想象力了，新闻太耸人听闻。你想民间的想象力如此丰富，作家想得出来吗？我不管它是真是假，如果你认为是小说，它也达到了目的。它靠它的重——当然也有点耸人听闻的效果来告诉你，提醒一个年轻的女子千万不要在网上跟陌生人说话，不要跟陌生人一起去喝咖啡，或者喝他的什么东西，你马上会失去双肾。

小说的重又不能与新闻比惨，小说是写心灵的，新闻是写事件的。所以，余华的《第七天》为什么受到批评？就是把新闻串串烧，那有什么意义呢？我的《马嘶岭血案》，我写的杀了七个人，后来的小说有的杀了十个、二十个。他想你也许是用惨来博得文坛的掌声，其实不是的。我承认我使用了重的策略。当然现在我不会这么写了，我现在写的荆州乡村的小说，《野猫湖》《无鼠之家》《夜深沉》等，我就使用了轻重结合的办法，不是一味地重。有人说，底层文学作家就是写血腥，暴力啊，苦难啊，其实并不是的，我也在变化，在反思。我有时候也写得非常飘逸，但我把人性、人情、人伦写重，这是我不放手的，从这三个地方出发，探究人的内心深处的细微的变化，社会变迁，甚至社会变质后，对人伦、人性的冲击与撕裂。

其实，在文学当中，杀一个人与杀一百个人没有什么本质区别，没有轻重之分，全在于你怎么写，你怎么把它写透。这个人死与没死并不重要，重要的是，你把社会解剖开了，所谓刀刀见血，是在于你下手的精、准、狠，不见得你非得割人的头才叫重。写小说不是比残暴，虽然作家总是在他的小说中杀人。但是，一个好作家绝不会在他的作品中去滥杀无辜。一刀下去，是一件天大的事情，你必须用艺术精细地证明是应该的，你必须敬畏这一刀的善恶美丑。

当然也可以由重到轻。所谓轻与重，也就是一个拿捏的标准，一个作家要有这样一个拿捏的标准，拿捏准了，小说才正好。怎么拿捏，就是要有准确的描写能力，对生活情态的把握，人物的对话，叙事，须十分得当，对情节的推进，用力不宜过猛，顺其自然，不要人为地去推动它，去造就某种重，但是在某一刻爆发力又要出现，特别在结尾的时候。中间的许多部分，需要他小爆发的时候他爆发不出来，他没有上到一个高度的能力，也就是没有炸弹甩出来，完成一次语言和情节的高潮，酣畅淋漓。

轻，是这个时代小说的主流。许多作家没有力量把它写重。我认为，要提倡有难度的写作，要给自己设置一个难度，一个又一个陡坡，一个又一个悬崖去攀，不然的话，你的作品不能得到更多高手的承认。要给自己作品一个充足的体积，不要轻易地放过各种表达，加重视觉效果，虽然我们不是用声光电，不是用图像，但是你可以用语言完成炫目的视觉效果。我个人的经验是，小说有一个抒情和宣泄的转换过程，一边抒情，一边宣泄，宣泄很重，同时又要抒情，这个抒情和宣泄有一个巧妙穿插的过程，一个并驾齐驱的过程。在很多成熟作家的作品当中，已经有了非常多的经验。

第三，大和小的问题。

还是以造船比喻，多大的船坞，造多大的船，多大的河流驶多大的船。好的小说远不得近不得，重不得轻不得，它还大不得小不得。

你太大了吧，空了，大而不当。比方说写大题材、大思想、大架构、大人物、大场景、大题目。题目大得不得了，我经常翻《小说月报》《小说选刊》后面的作品目录，这些题目都存在太大的问题，一个中篇、一个短篇，哪里需要那么大的题目？注定是一些作家无法驾驭的，绝对要写砸。像国家、爱情、村庄、生活、战争、幸福、天堂这些题目，这些作家怎么折腾都不妥，一个短篇中篇能容纳得了这么大的东西？何况一个小说要翻越多少座山？你简直是在糟蹋文学，对文学没有敬畏感，有很多作家他不想把自己写得很苦，他写到一定的地方了，写到他舒服了为止，但有的作家是要写到自己疼痛的位置为止，各人设置的高度和痛感点不同。在大和小的设置上，你的设置就小了一大截，那你只有去仰望别人。要别人仰望你，你要设置一个高度啊，一个体积啊。有的人看起来把他的题目设置得很高很大，但写得很低很小，题目很大，内容很小。像郭敬明的《小时代》，他就是写小，他宣称我就是写小，我写得舒服，都是红男绿女，满银幕都是闪亮的时尚。很多作家他不是靠作品来折腾自己的作家，他是让自己写轻松舒服的作家，这些作家比较坦率。但有的作家有野心，没力量，大架子，小格局。我前两年在《小说选刊》创作谈里面就讲，写一个中篇小说就是把自己掏空。我喜欢这种榨干自己的写作。

还有一种摊大就是写长篇，有好多作者，他中短篇都没写过，他出手就是长篇。有时候一个县，十几个人同时在写长篇，然后弄个书号自己印印，甚至是弄个假书号乱印一通。若是过去，二十世纪六七十年代，一个国家也就那么几个人在写长篇。长篇小说写作的"大跃进"，把一些人弄得不知天高地厚。这可不行。因为你的中短篇小说关都没过，你对人物的塑造，对人物表达的轻重、拿捏都没过关，你要写一个场景，对人物的各种表达，情态、状态、语态，拿捏分寸你都没搞清楚，你去写长篇？再是结构你也无法驾驭，你怎么找到你自己小说的位置呢？小说是在天空飘浮的，谁也不会理会你，你自己玩玩倒是可以。那么写小吧，写一地鸡毛，身边的琐事，小散文、小小说、小时代、小情趣、小人物，作家们心又有不甘。但很多地方的基层作家，是胸无大志的，他想我就这个水平，写点小东西算了，我就想给当地报刊写点小豆腐块儿，我就算爱好文学吧。但是我认为一个好作家是不会浪费自己的才华和经历的，他一定会有大思考、大作品。

另一个，题材不要大，不要动辄写农村六十年的巨变、民族的命运之类，动辄写三十年的改革开放。我认为，最有才华、最有能耐的就是把一天写好的作家，你把一天写好，从早写到晚。什么全景式的、史诗式的写作，在国内我认为鲜有成功者。

一个很小的东西你可以写很大，一个很大的东西你可以把它写很小，全凭你的本事。一首诗，也许只有两句话，它表达的是一个世界；一部长篇没有质量，你什么都没表达，废话一堆，浪费森林资源。不怕小，只要境界足够大。要有一种大视野、大胸襟，你如果去写终极问题，写道德与人性问题，这不是大吗？在一篇很短的小说里面，你其实是可以做到的，它有巨大的寓言和象征空间。我身边好多作家就爱写长篇，不停地写长篇，一年出来一部，鬼都记不住他。我说你还是写中短篇，他不，他就觉得他的东西大，一出来三部曲，一下子几百万字。可是他没有别人的一个短篇受尊重。国外的，卡夫卡的《变形记》，是短篇，很小，但是价值远远超过了一百部长篇。海明威也写了很多长篇，但他真正获诺贝尔奖的是《老人与海》，一个中篇。小的若是在一个封闭的空间里面就出不来；大，在一个开放的空间里面，像《巨翅老人》，插上了翅膀，就飞起来了。这种飞，就是马尔克斯由小到大的超越，飞向一个更大的空间。马尔克斯说到他写《百年孤独》的时候，他写那个俏姑娘雷梅苔丝飞上天空，是从哪儿获得的灵感。他说，我很想让她飞上天去，我要让她消失在天空中。有一天，他回来的时候，看到一个黑人老太太，　个家仆，在院子里晒床单，风太大了，几次她都晾不好，最后她的床单被风刮跑了，风太大。他终于知道了，我让雷梅苔丝就坐在这个床单上飞走。床单是一个庸常的东西，我们每家都有，我们的作家也会写床单，这是一个又轻又小的物件，但托着一个俏姑娘，飞上天空，就成了一个大的东西，大事件。这就是大与小神奇的变换。他后来有一句话说："俏姑娘一个劲儿飞呀飞呀，连上帝也拉不住她了。"床单——天空——上帝，他就是这样一步步提升和扩大一部作品的外延和巨大的空间的。

写作的过程是限制一个作家野心的过程，节俭你膨胀的写作欲望，从内部出发，而不是从外部出发。一个作家他总是滔滔不绝地想去表达，想让人看到他是个庞然大物，最后看到的是一个充气人，看到的是你的浮肿虚胖。《变形记》是让自己变小，小到一只甲虫。但这只甲虫比许多巨兽更有力量。

好的作家都有这样的一种能力，化腐朽为神奇，点石成金的能力，以小事大的能力。还有一种能力，就是四两拨千斤的能力。法国作家皮埃尔说过这样一句话：写作就是把庸常的深渊变成神话的巅峰。

　　把小说放在一个适当的突出的位置，并不仅仅是这三个问题。哪怕就算你的写作过了这三关，但是最后也未必能说清楚。写作的经验对于每一个人都是独一无二的，没有共性，但是遇到的问题其实是一样的，不过是我们悟道的途径不同。边疆的作家，在写作资源上，在写作的胸怀上，在宗教信仰上有更多的优势，就凭着信仰这一条，你们的作品就与神圣、庄严、纯净、虔诚等这些伟大的字眼连在了一起。因为，小说最好的位置是在信仰中。我期待着。

写哪儿，写多少

——在江苏文学院高级研修班上的演讲

给江苏的青年作家们讲课是第二次了，我记得上次我讲的是《文学的资源问题》，意思是，写作就是争夺资源和挖掘资源，这跟国家振兴战略有异曲同工之妙。国家之间的富强和竞争，说穿了就是在各地寻找资源。但时隔两年，对于我们这些年龄渐老的作家，有时候回忆就是一种生活。我回忆自己就是翻翻自己的书，想想自己的路。有时候看自己的作品，这么多了？我这几十年难道什么事都没做，就干写字的事吗？我为什么要写神农架，我是怎么跟这个地方撞上的？我为什么当初没写其他的地方呢？莫非我当时选择写哪儿的时候就知道这些小说一定会火的吗？写小说还要选择地方吗？究竟是她选择我，还是我选择她？会有许多疑问存在我的大脑里，让你想，也不会让你去想，说不定是瞎猫子碰上死耗子呢。

但要讲点什么的时候，还是得想，特别是有人问我，你当初为什么选择神农架？你觉得你是勤奋的吗？你写了多少精品和垃圾？好吧，我今天就跟江苏的作家们聊聊，兴许对你们的写作有点参考。

江苏省是一个比较奇特的地方，经济文化非常发达，好作家的基数庞大，基本上占了中国文学的半壁江山。在湖北，有人说除了你们一些五〇后作家还在硬撑着，后面的跟不上。倒是我们知道江苏的六〇后作家有几个得了茅奖，七〇后作家得鲁奖的大把抓，八〇后、九〇后的作家都在全国有了一席之地，犯得着外省的作家在这里胡说吗？但江苏的作家比较谦虚，常言道"远来的和尚会念经"，我们说得对与不对，都会听下去，你们参考一下就好了。

我记得我上次讲过一个细节，傅晓红女士当年在创联部负责的时候，办了一个创作班，还买了我几十本神农架系列小说让江苏的作家读。我跟她讲，你们那么多好作家的书，你们就买他们的，什么苏童、叶兆言、毕飞宇、范小青，一大批，都比我的好。可她跟我说，你的这个神农架小说比较特别，与江苏作家的写作风格很不同，就是这种差异让江苏作家借鉴一下。

的确，因为每一地的作家，每一个作家的写作方式不一样，他的文化背景不一样，他写作的路数也不一样，呈现的风格就不一样，你得看他是站在哪个地方写作的。

我为什么要去写神农架？我待在武汉四十年，我出生于平原，写武汉、写平原不行吗？不是提倡写熟悉的生活吗？谁提倡写陌生的生活了？任何文化官员都不敢胆大包天地要求作家应当写陌生的生活，写自己不熟悉的生活。我这不是反着来，与领导唱反调。其实，这事儿说来话长。

在我三十九岁的某一个深夜三点钟左右的时候，我写作时突然感到整个房间里就没有了空气，没有了氧气，就像封闭在一个小盒子里面那种窒息的感觉，这是什么情况？我就把窗户都打开了，就拼命地大口呼吸，觉得心跳很快，心慌气短，稍微好点后就躺下了。但是一连两三天我还是心跳很快，心慌，因为我没有这方面的医疗知识，也从来不去医院，实在难受，就去了医院，一检查，说我有高血压，甚至有冠心病嫌疑。前不久有一个八〇后作家也就三十多岁，不就是一个人半夜倒在电脑旁了吗？这就是心梗。我认识的朋友红柯、荆永明，都是因心梗走掉的。我的命大，像这种情况就应该是猝死掉了，但菩萨保佑，我终于挺过来了。但这么早发现有高血压的也不多，我的压力很大。我父亲六十五岁患高血压中风走的。武汉的大医院也有庸医，很早就下结论我有冠心病，从此以后再也没断过冠心病的药，也不敢熬夜，不超过十二点钟睡觉，戒烟戒酒戒麻将戒茶叶。差一点出师未捷身先死，长使"家人"泪满襟。小说没写出来，人没了。

这让我很伤心，内心很悲凉。问题是，我那时看到周围的五〇后作家池莉、邓一光等都风光得不行，我竟然什么都没写出来，如果真猝死了，不是被别人笑话吗？

前思后想，想到我四十来岁了，竟然一事无成，在文学的道路上苦苦挣扎，吃这么多苦，身体写垮了，竟然还是得不到承认，是什么鬼原因，这不是欺负人吗？

如果我好好活下去，我选择什么东西可写，什么东西不可写？我这样继续每天半夜三点睡觉，熬更守夜地写，埋头拉车不看路，写死了，也没出息。写平原，你写得过毕飞宇吗？靠字数狂轰滥炸，人家买账吗？不会的。我那时，写了几百万字，除了《小说月报》零星选了几篇外，《小说选刊》完全不理我，几乎在文坛就是一个悲惨的存在，或者说根本不存在。这样不行！生命短暂，说不定哪一天就真倒了，必须改变写作策略，改变方向，先吃上一番苦，弄点干货出来。整天扎在城里，肯定是死路一条。我的作品没有什么缺点，就是没有亮点。语言有点特色，但题材没有特色。我必须在身体未倒下的情况下，迅速行动。这样，我下了决心，选择了湖北最高的山，最偏僻荒凉的地方，最神秘遥远的神农架林区去。

是一次未死的猝死唤醒了我对时间的紧迫感，唤醒了我对文学的认识。不能写身边的琐事，不能写熟悉的生活，了无生趣的东西，写再多也是垃圾，要写别人没有写过的，要写我渴望的生活，我渴望了解的生活也是别人渴望了解的生活。因为我特别羡慕森林，特别喜欢神秘的东西，我想，如果我哪一天真倒下了，我想去的地方如神农架还没有去，我不是终生遗憾吗？趁你能走，你赶快去你想去的地方。

我带着冠心病的药去了神农架。第一次去，是由我们当时的文学院的一个副院长和一个人事部的负责同志陪我去的，有一点像解押犯人。我们三人从武汉坐晚上的火车坐了一整夜，第二天早晨到达十堰，到了十堰我们又要去长途车站准时赶七点钟唯一一趟去神农架的长途汽车。中途是在房县的一个小镇上吃饭，然后下午五点钟才到达神农架。也就是说，当时要去神农架，有一天一夜的路程。两个人送我去挂职，找神农架宣传部联系，人家不收，他们口中说这是好事啊，可表情紧张，来了个作家，是要揭露我们的啥事情？不可不防。就推托说必须要有组织部的任命，他们才能接受我。我们只好扫兴而归。这大约是十一月份，我们衣裳穿得很少，我记得我穿的是毛衣和西服。我们到了海拔三千米的地方，体验到了神农架的天寒地冻和大雪封山。这个地方一年有一半的时间是在冬天里，跟东北一样，我们当时也不知道。但景色很美，破烂的公路两边，茂密的大树树干上都是青苔，淌着水，路边的山坡上到处都是野柿子树，一树一树的红果，非常漂亮。我当时就想，这不就是传说有野人的地方吗？这么荒凉，我来干什么？这么远，来一趟不容易，我这是何苦哩？

　　说出的话，泼出的水，不好收回，虽然心里打鼓，还是鼓励自己和家人，说神农架说不定会治好我的心脏病呢。我隐隐地相信直觉，相信自己的第一冲动，居然给家人的工作也做通了，把去神农架的重要性说出了许多条，甚至说到生命短暂，要有一次辉煌之类，有"风萧萧兮易水寒，壮士一去兮不复还"的意味。买好了棉大衣，买好了电筒，买好了跳刀和短刀，准备对付森林土匪和豺狼虎豹的，买好了登山鞋、拐杖。听说神农架不安全，做了一些功课，但明知山有虎，偏向虎山行。

　　我们灰溜溜地回来以后，再打报告到宣传部，再到组织部，给我批了一个神农架林区政府办公室副主任，一个副科级的挂职职务。我当时没想级别不级别的，想的是终于批下来了。我在等待的期间，也做了不批的准备，这就是安心养病，混到退休得了，反正是专业作家，工资不会少我一分，大不了比别人少一份风光。

　　事情成了，当时还是有担心和后怕的，因为那个地方跟我几十年安逸的生活反差太大，不是像有些人去某地挂职，前呼后拥，没有任何生活工作困难，就是去风光的，去过官瘾的。我可没这样想过，我就是去冒险的，一个省城的作家，干吗跑到这深山老林里来？我那时才知道，什么狗屁作家，根本不会受人欢迎，再说你又没有名气，我只觉得相当无助。我没有办公室，没有吃饭的地方，住在一个小酒店里，没事的时候整天像个游魂游荡在陌生的街头，到路边餐馆点一个菜吃饭，或者吃一碗面回去睡觉，跟一个流浪者和逃犯没有什么区别。

　　好在，那儿的文化人慢慢跟我亲近了，我就跟文化人玩，加上有两个人：一个是即将退休的宣传部但姓副部长，还有一个是曾经在武汉见过一面的神农架群艺馆的收集整理汉民族创世神话史诗《黑暗传》的胡崇峻，这两个老哥从此就成了我下乡的忠实陪伴。他们告诉我要写神农架的什么，要采访哪些，要到哪儿去，但部长还帮我要车，陪我下乡一去就是几天。他们的热情让我与神农架融为一体了，还有几个年轻的朋友，有时候也陪我进深山钻森林，文化人在那里是真的相亲，而不是相轻，否则我一个人在神农架深山老林里是寸步难行的。

我刚开始完全按照他们提供的建议行动，就是先全面了解，再重点突破。但我有我的想法，不是他们或者领导安排我去采访谁，想让我写谁，我就写谁。比如，朋友们安排我看一座老庙，一个土匪寨堡遗址，一条古盐道，还比如看一棵古树，看一个会唱山歌的人，采访一个目击过野人的山民。这些我都去，我去了，我更喜欢的是山民的生活，衣食住行，他们生活的环境，他们的关系，村子的格局与历史，种什么庄稼，用什么农具，他们是怎么到神农架来的。还有的是领导安排，把我当记者看待，说这里出了个孝顺媳妇，照顾婆婆多少年，哪里出了个优秀共产党员村干部，哪里又在怎么保护森林，哪里又在养野猪致富，等等。我内心里摇头。这里的一个孝顺媳妇跟武汉的孝顺媳妇有什么两样？跟江苏的孝顺媳妇有什么两样？写这些是文学吗？是我们当下需要的文学吗？

我的想法是，在世纪之交的时候，我们的文学有点像现在的文学现实，人们对刊物的厌弃已经探底，网络和网络文学开始兴起，作家的分化严重，作协的公信力不足，人们不再阅读文学是因为文学的说谎严重，避重就轻，安于现状，糊弄读者，没有承担，而现实主义将小说的语言、题材、格局弄得越来越味同嚼蜡，作品内容、语言和构思的同质性，跟我们生活的同质性一样，非常严重，我们过得一样的生活，我们就在这种生活里寻找文学存在的意义，显然会让人失望。而且整个文坛的叙述动力不足，作家的语言显得困倦，好像失去了方向，大家在浑浑噩噩中等待新文学的出现，等待有让人精神为之一振的小说出现。我明显感到，文坛和读者需要刺激、挑逗，这种挑逗是带有激将式的，是一只牛虻在挑逗一头牛，一只鸟在挑逗一只豹子。总而言之，要有振奋人心的作品，要有力量的作品，要有别出心裁的作品，要有遥远地方的作品，要有闻所未闻的作品。如果你不是有心人，你的挂职等于没挂职，你的吃苦还会白吃。

我讲讲三个中篇小说的得来。为什么我觉得这些素材是好东西？我在下雨下雪，不能下乡时，就钻进林区的档案馆，这里就像是阿里巴巴开门后的景象，藏有我喜欢的、罕见的珍宝。那些未经过整理的、未成书的、非常杂乱的一些资料，让我如获至宝。

有个卷宗记的是一起发生在二十世纪六十年代的一个特大杀人案，两个房县挑夫，跟着一个林业踏勘队在神农架的天葱岭驻扎考察，这两个农民挑夫听说一个圆形的海拔仪，值两万多块钱，那个年代的两万多块钱，是一个天文数字，他们就想把这个海拔仪偷掉去卖，这也是两个傻瓜，农民到哪儿卖海拔仪啊？就把所有的七个人全部杀掉了，其中有林业部的、省林业厅的技术员，还有刚结婚的年轻技术员。我就将这个题材写成了中篇小说《马嘶岭血案》。为什么说这是好小说素材？想想，海拔三千米的天葱岭，就像是现在的小社会，这里有很富有的人，有富有知识的人，有贫穷的人，有文盲，他们在这里生活了几个月，没有互相爱护、互相亲近，而是互相防范、互相伤害。为首的踏勘队的队长发现了这两个农民的不纯，几次要求山下给他们支援枪支，但没有得到回应，最后在这个荒山野岭里酿成了巨大的悲剧。等下面指挥部送枪支来的时候，这七个人已经被害了，这不正是现实社会的贫富差距导致悲剧的写照吗？

那时候我就有了将历史当现实写，将旧闻当新闻写的想法。这个小说是我采用这种写法的第一次尝试。

还有，我在一个政府简报上看到一个消息，说是八十年代某年，从房县来了两只疯狗进入神农架的一个村——《马嘶岭血案》真实地反映了两个房县的疯人，这里又是从房县来的两条疯狗，也是挺有意思的巧合。它们在村里咬人咬畜，咬死了两个人，羊、牛、猪被咬死不少，两只疯狗后来被民警击毙了，可以想象这件事情的惊心动魄。我再想，进入村子的疯狗很有象征意义呀，虽然一时说不清楚，但我不能放过，两只疯狂进村的狗蹂躏着人们，让整个村庄进入恐慌，进入黑暗，有没有像现在的有些东西侵犯我们的生活？我依然采取的是，将历史当现实写，将旧闻当新闻写，就将这个写成了在《上海文学》上发表的《狂犬事件》。

《狂犬事件》是先写的，在《上海文学》上发表的，得过第六届上海中长篇小说大奖，是政府奖，这也是我的神农架系列小说第一个获得的比较大的奖项。这个奖的评委有王蒙先生，他对《狂犬事件》的评语有这六个字：有深意，耐琢磨。为什么耐琢磨，因为我不是写一件旧事，我是写发生在当下山村里的一件事，而且是狂犬来了，整个村里大乱。也有巧合的是，这两篇小说在发表时都是主编改的名字。《马嘶岭血案》，我起的名字叫《浴日》，主编韩作荣老师将它改成了《马嘶岭血案》，说是名字太文气了，读者不明白，要直一点；《狂犬事件》，原叫《疯狗群》，主编蔡翔说这个名字太打眼了，要改一个收敛的名字，改成了《狂犬事件》。

不管怎么改，我这些小说写出来，给刊物，他们都是叫好，就因为这些小说的质地太特别，没有这样写过啊，文坛没有出现过。我过去待在武汉市，我就是个胡编乱造的作家，是千万个作家中的普通一个，没有任何的识别度，扫一扫二维码，是模糊的，这个产品出自哪里？我的神农架系列小说，被清清晰晰地摆在读者选择的货柜里，这是个独特的玩意儿，品种与人不同，虽然都叫小说，口感也不一样，味道怪，口味还挺重，你看，一次杀了七个人；你看，这疯狗咬死了几个人。但说实话，我不是渲染这些，这都是后来评论界的误读，导致了否定"底层文学"的浪潮——这是一次文学界的血腥屠杀，这里我就不多说了。

我说的第三个小说就是《松鸦为什么鸣叫》。山村和山里的时光会拉得很长，生活轨迹也会很长，一个人做的事不会只是一次偶然的碰见，而是呈现出一种必然的结果。这种必然性是山里故事的特色。比如，你在城里如果遇上车祸，你会出手去搭一把，你成了救人的好人，但你总不会接二连三地遇上，接二连三地救人。但在神农架有一个神秘的山口，叫皇界垭的地方，因为弯多、路险，还有一种神秘的现象，因为高海拔或者磁场紊乱，开车的人只要上山，就会出现耳朵打鼓似的响声，一迷糊车就很容易翻下悬崖，有一个放羊的残疾人在这儿放羊，会三番五次地在这里救人，他就像是这儿的活菩萨。

这有点像是《感动中国》节目中报道的一个人物，但你想想看，这个人物跟所有道德模范有何不同？太不同了，这是一个我心目中闻所未闻的故事。

写救活人也救死人的小说，没有过；写救好人也救坏人的小说，也没有过，而且这个人双手残疾，没有了手指，恰恰是他在修这条路时被雷管炸掉的，这更是没有过，我是没有看到过似曾相识的这种情节和故事的。

把这人当妈祖当观音菩萨写有意思吗？没有意思。中国作家往往写这种好人的时候，写出来就像是假的。我不会，我同样是将旧闻当新闻写，将历史当现实写。盯紧现实、现实、现实，永远是现实。你若不写今天这个现实，后代人来写我们今天的现实？那不是旧闻了吗？而且，谁更了解现实？所以，作家的责任应该是这么来的。只有我们有责任有使命写自己所处的现实和时代，其他人休想与我争夺写现实的权利，这样想你就没有了逃避和推脱的可能。但现实不是现实主义，现实的写法用各种主义都可写。

是在十二月，神农架大雪封山，有一天吃饭，来了一个交警，那个交警就跟我讲，说陈老师，有这样一个事你看能不能写，他就讲了这样一个活菩萨的事情。我的职业敏感告诉我，这绝对是一个人物，我就找政府帮忙派个车，我去采访。可办公室姓尹的主任，平时随叫随派的，但他这次不派了，说不敢派车，现在封路了，路上冰雪那么厚，要翻过燕天垭，海拔二千八百米，没有车敢走，再说，要是有个什么事，我们不好跟省作协交差。开车要三个多小时，不可能步行去，但我的挂职时间快到了，要离开神农架了，我不能错过这次机会，我就去了街上找车，找了个跑短途拉货的农用车。我说我要到木鱼镇去，他说那怎么去？我说钱我又不少你的，他说不是钱的事，现在那条路封路了，平时三十元都跑的，这是在2000年，我开价开到四十元，这是不少的，当时稿费千字三十元，现在千字至少千元，三倍多，相当于现在一千块。他见我开了个高价，就答应了。我说，师傅你敢不敢开呀？他把手一招：你敢坐，我就敢开。我说，你敢开，我就敢坐。两个人的生死就绑在一起了。我们翻过燕天垭的时候，一个外地的大货车，虽然安了防滑链，但是因为雪大太滑，车就滑下去了，但被大石头和大树挡住了，车卡在了下面，不用吊车是不可能弄上来的。司机跳了车，当时惊魂未定，脸上是惨白的。我就要司机开慢一点，到了那个地方，去采访这个人，采访了两三个小时。我看他家里很困难，我就给了他一百块钱，我上车的时候他给了我一蛇皮袋子山核桃。

　　我是这样想的，搞个采访非得要冒生命危险吗？现今的作家还能不能吃这个苦？我想肯定很少。但我想得很横，横下一条心，与其待在家里胡编乱造熬更守夜猝死，不如这样采访而死——如果真会死的话，还落下个烈士的名声，写小说不出名，采访牺牲出名了，也是一种安慰嘛，而且这叫牺牲，在家里叫去世。人有时想横了，上帝会给你一条路，上帝也怕横人。

　　回来我写了这个小说《松鸦为什么鸣叫》，发表在《钟山》上，获得了第三届鲁奖。

　　现在看，如果我不去神农架，在武汉就是每天写二十四小时，我能写出这样的故事吗？永远也不可能，而且我那样紧张、焦虑地写作，肯定会写走形，写出身体问题来的，真的会写出事。但是神农架有那么多的故事，让我可以胸有成竹、不急不躁、淡定安详地慢慢写了，这叫什么？这叫手中有粮，心中不慌。

　　至于我在神农架遇险吃苦的事，今天不讲了，我过去讲过一些。由对神农架的陌生、恐惧至喜欢上她，这是漫长的认识和来往过程。现在，我整个夏天加上秋天都基本住在神农架，那里是我的一个家了。由写那里到住那里，这是小说的因缘将我的人生作了安排的，我感谢神农架。还要交代一下，从神农架回来，我冠心病自觉加重，想估计要放三个支架，就让单位往医院打了七万块钱，准备装心脏支架的，结果先做冠脉造影，这是诊断冠心病的金标准，检查结果出来，我没有冠心病。医生跟我开玩笑说，你的血管像鳝鱼那么粗。第二天我的所有关于心脏病的症状全部消失了。神农架治好了我的所谓冠心病。

　　现在有人问我，一个作家应当写哪儿？我的观点是写远方。写远方的生活，写我渴望的生活，我渴望了解的生活。虚构的大敌就是一本正经的虚构，现实写作的大敌就是太靠近身边的现实。我们现在提倡的，有些理论是有问题的，是值得怀疑的，是有误导的。美国女作家奥兹说，理论问题是属于那些无所事事之人的工作范畴。比如说写身边的现实，写日常生活的诗意，写烟火气息。我虽然无法用理论来反驳，但我可以用我的写作来质疑。身边的现实很容易沦落为琐碎的，没有特色的，没有自我定位的，与人雷同的生活。日常生活的诗意更是一个误区，有人非得找出加拿大门罗这个家庭主妇小说中日常生活的诗意，那是肯定找得出的，相当于鸡蛋里挑骨头，但她的小说，如果是在中国，我看发表都困难。人间烟火气？这个烟火气，是煤烧出来的烟火气，还是柴烧出来的烟火气，还是天然气烧出来的烟火气？我认为，森林里冒出来的烟火气才是烟火气，就像云彩一样飘出来的，寂静的，一线上升的，孤独的那种炊烟，炊烟下面的故事，才是我喜欢的。怎样写烟火气也是一个巨大的技巧，比方说，江苏有个作家叫黑陶，他的一本书叫《泥与焰》充满了烟火气，他的烟火气热气腾腾，冒着浓重的、狂烈的、完全不属于传统江南风格的烟火气，这样的烟火气才是我们文学需要的。烟火气除了是一种生活的气息，还是一种文字的气息，一种作家的气息。

现在再简单说一下写多少的问题。

有了写哪儿的自觉，你还得多写，你三天打鱼两天晒网，也成不了气候。前几天张炜在武汉，他跟我讲了文集的事，他说他出了六十卷，一卷三十万字，差不多是一千八百万字，真正电脑上的字数可能只有一千五百万字。这就是他六十岁以前写作的字数。他又告诉我，他曾经在多年前烧掉过三百五十万字，那么这样算起来就应该有二千万字了。这烧掉的手稿，他给我说，在烧的时候，有一个人抢了一个二十万字的小说出来，后来他修改出版了，还卖得很火，已经卖了几版。有一次，他到上海去看望一个出版社的老编辑，那人给他说："你在二十世纪七十年代的时候投过一个长篇，但是没有通过出版，你可能都忘了。"张炜说，他真的是忘了。那个人就将那本手稿交给了他，他修改后出版，又是卖得很火。可见，他烧掉的肯定都是不错的小说，但他谦虚说坯子不好，我看他的表情是有点惋惜，他说主要是那些手稿里面有关于阶级斗争、抓纲治国的东西。我说："你把它改一改，不就行了吗？"那时候的小说，可能会比现在更加纯粹，更加单纯，那也是一种美。我说，我马上有一个四十卷的文集要出版，因为我每卷大概只有二十五万字，算起来也就千把万字。他说，全国能达到千万字的作家也不多，像贾平凹、王安忆、王蒙，可能莫言和贾平凹还达不到一千万字。他说我写的是不少了，还是很勤奋，但是我觉得我并不勤奋，早年写的许多东西都是垃圾。好歹有这么多字，这掺不了假。

我记得张炜有一个演讲，他讲了外国作家的写作，他举例说，列宁只活了五十多岁，却有六十多卷、二千多万字的著作，他一生还在搞革命。托尔斯泰有一百卷本的全集，大概是三千多万字。我所知道的索尔仁尼琴，单就他写的《红轮》，我买过他六本，但《红轮》多少卷我不清楚，字数有五千万字，国内江苏凤凰文艺出版社出了十六本。托尔斯泰的那个时代是用鹅毛笔写的，写两下要沾一下墨水，这太可怕了，这么多字，是如何码出来的？据我了解，贾平凹、迟子建、王安忆等都是手写的，不用电脑，也没有什么写作软件。我自己至今手写，就是用那种八十页的软面抄，我手写的手稿有一百余本，还有一些用稿纸写的。张炜说，他年轻的时候在工厂上班，都是晚上写作，但是他每天写一万二千字，他的精神很好。这我是信的，在我年轻时，我大学毕业后到省文化厅，每天是半夜三点睡觉，但必须七点钟起床，八点上班，要去打开水拖地，给领导擦桌子。中午休息到两点钟，但是我从来不午睡，回到寝室写小说。我一年可以写十个中篇，十个短篇，只睡四个小时的觉，要抽两包烟。那时候我是用稿纸写的，一遍成功，基本没有修改。

叶兆言给我讲过，他基本每天都要写，但不多，一两千字，不能写太快，不能像网络作家那样一天写一万多字。我认为，传统作家写传统文学是要慢一点的，慢工细活，要精致，要严密。通过这样积积攒攒，如果真的写了大几百万字，甚至上千万字的时候，我相信这个文坛会给你一个说法。许多曾经闪光一时但中途退却和最后没有跟上的作家都是因为写得少，一个正常的作家，就是要在刊物上和出版社刷存在感，要有能见度。

我从神农架回来，如果只写了《松鸦为什么鸣叫》《马嘶岭血案》等少数几篇，肯定人们早就忘记了我，但我还有许多，比如有《太平狗》《望粮山》《母亲》《巨兽》《滚钩》《无鼠之家》，还有刚在《钟山》上发表的长篇《森林沉默》等，长篇小说就有了三四个，光是中短篇就出了三卷，是中国工人出版社刚出的，还有九州出版社出过四卷。我记得我回来后，每年发表关于神农架的小说虽算不得很多，但篇篇大会被选中，过去从来不理我的《小说选刊》，选载了很多，都是头条，有中篇小说奖的地方我都得过，因为你的写作字数在这里，每年有新货，虽然不是篇篇精品，可我的神农架系列，自认为篇篇不差。

对于我们外省作家来说，在偏远地区生活写作，在文坛毫无优势可言，只有勤奋一途，人家对我们毫无包容，倒是随时鸡蛋里挑骨头，我们不可能干事半功倍的活儿，只能干事倍功半的活儿，干笨活儿、脏活儿、重活儿。我认为，像我这样的写作，干的是最苦最累的脏活儿和重活儿，这就要功夫比别人好，故事比别人牛，字数比别人多，修炼比别人精，身体比别人棒，耐力比别人强，要经熬，经摔，经打，经折腾，经得住寂寞，经得起侮辱，经得起误解，永远有激情，永远是先锋，永远有新作。对青年作家，这也应该是同样的要求。

由中篇到长篇

一个作家几乎都经历过由中篇小说写作到长篇小说写作的阶段，这个阶段比较漫长。但这是一种飞跃，一种实质性的由蛹到蝶的飞跃。跟一开始就写长篇的网络作家不同，纯文学中的中篇到长篇，对有实力的人来说，是一种开疆拓土的工作，但也有中篇写得很好的，在长篇上却找不到感觉，依然是掺水的、拉长的中篇。从中篇到长篇，说是积累经验的过程，但思维有一种定式。就像写小小说写惯了，他对艺术处理的思维方式永远是一个小小说的框架。不管怎样，我的观点是，先从中短篇写起。我常跟青年作家说的一句话：不要还没学会走就跑，还没学会跑就飞。一开始就写长篇且成功的作家确实不多，现代文学中有，比如新中国成立后的十七年，但那是一个看故事的时代。到了新时期，小说已不仅仅是故事，更讲究结构、文体和语言，讲究文本实验，成为更加专业的一种文体。我们可以比较一下近二十年的长篇和新中国成立后十七年的长篇，面貌是完全不同的。

这一切得益于新时期文学出了一个新文体——中篇小说，中篇小说在推进中国文学的进步上起到了决定性作用。中篇小说在过去的中国文学中比较少见，到了二十世纪七十年代末，文学从民族悲惨的废墟上浴火重生，还很

57

孱弱，不足以抵挡料峭的春寒，出现的小说多是短篇小说。二十世纪八十年代早期，文学积蓄了相当的能量和自信，作家从恐惧中醒来，有了战斗的姿态和奔跑的勇气，开始在艺术的荒原上攻城略地，于是中篇小说开始兴盛。这个文体承载的东西显然比短篇多，比较勇敢、大胆、放肆、敢于负责，有战斗性和牺牲品质，而且激发了更多的文学想象，拓展了小说的疆域。我的印象是，中篇小说造就了当时一大批作家，也引起过一波一波的争论和压制。中篇小说就这样在战斗中成长，许多作家的作品都有舍生取义的精神，突破了一个又一个禁区，帮未来的写作者蹚过了一个个雷区，文学的禁忌越来越少，路也越来越开阔。

一、中篇小说与长篇小说有何不同

中篇小说征服读者应包括丰沛的情节和细节，一个好故事，境界的营造。与当下生活的患难与共，与当代人心灵的相濡以沫，与现实的对接和历史的链接，良好的语言和控制能力。这些是在一个不大不小、也大也小的恰当空间里完成的。作家不用花费太多的精力，但又得有足够的才华。看一个作家具备了多大的写作智慧与潜能，中篇小说是一个很好的施展地和检验场。有的语言不够，有的对话不行，有的没有爆发力，有的不会结构，丢三落四，有的会描述不会论述，有的光有论述没有描述，等等。但聪明的作家在中篇这个文体上上手也快，表明他有写中篇小说的天赋，艺术思维方式可以抵达极限，有极强的控制力和叙述能力，知道写作要有宽度，可以偷越别人的空间与疆域，有另辟蹊径的点子。我认为，能写中篇的，以后一定能写长篇，因为他的翅膀正在延长。

中篇是长篇小说的核。这个核是应该成长到一定的时候才坚硬的。核没长好，你就写长篇，十之八九会失败。当然也有一些网络作家，一出手就是长篇，几百万字是稀松平常的，既不讲究文体结构也不讲究语言，胡编乱造，对所处时代漠然、价值混乱和时空倒错。美其名曰的穿越，实际上是精神的恍惚、错乱造成的。

中篇小说不仅是长篇小说的基础结构，也是长篇小说的雏形。长篇小说的精彩之处好多是由中篇小说的元素来完成的。在中篇小说中使用的精彩准确的描述语言、对话语言、灵活的辗转腾挪、各种各样的翻转技巧、弹跳技巧、起伏技巧、人为的俏皮俏丽的炫技、语言的泛滥疆域和节制点的把握、良好的结构感和倾诉感、表达故事和人物的精准度、风景描写对情绪宣泄得恰到好处……如果一个作家在中篇小说中解决了这些问题，在长篇小说中就会大显身手。反之，这些都没解决好，他的长篇小说会进入不自由的疙疙瘩瘩的状态。而且长篇小说太容易露出破绽，在不自信不自由的情境中写下去，一个一个的小纰漏和败笔接踵而至，高手一眼就会看穿。

中篇小说有许多规范，这些规范又是只可意会不可言传的。比如，我琢磨它不能有邪劲儿，主调是正的，必须正儿八经地讲述故事。但长篇小说却不怕邪劲儿，对某些作家的某些写作，越邪越好，有多大力使多大力，甚至邪魔附身都行。这在成功男女作家中都有例子。再比如，中篇小说不可多写性，点到为止。长篇却不怕，有的人专门写性也没事，我们广东作家中就有，中篇却是有禁忌的。再者，中篇小说的写作是一环套着一环的，很紧，不能松弛，没有放纵和闲笔的余地。这跟长篇小说完全不同。中篇小说写的鬼不是鬼，是假托鬼写人，而长篇小说写的鬼事就要写成真的鬼事，要写像，就要真的写。中篇的鬼是一种借用、一种隐喻而已。

还比如中篇小说必须是现实主义的，中篇小说不可以用魔幻打天下，要魔幻也是适可而止。中篇小说中的现实主义主干是坚实的，地位是无法撼动的，没有谁在现阶段挑战它能获得成功。只是你的技巧、你的叙述腔调可以不同，稍微先锋。长篇小说不存在这样的担心和禁忌，长篇小说可以全部魔幻，比如我新近创作的长篇小说《还魂记》，彻头彻尾是魔幻的。中篇小说是严肃的现实生活的现实思考、呈现、书写。长篇呢？可以隐晦、曲折、寓言、象征、混沌、顾左右而言他。中篇小说是为别人写的，长篇小说是为自己写的。长篇小说是各种写作羁绊的一种终结，为自己内心最喜欢的形式和内容、最想表达的方式、最擅长表达的情感，来一次尽情尽兴的展示和爆发。它应该带有自己强烈的体味，不管别人喜不喜欢，不在乎外界的评判，长篇小说是任性的、自由的。

依我的体会，长篇小说之所以如此被批评界看重，被认为作家写到一定时候，必须向长篇领域进击，主要是它在一个大篇幅里，持续性地对某个生活进行描写，对社会不停地叩问，有集束炸弹的功能。中篇写作如果是游击战，长篇写作就是大会战。战略纵深、战术运用都是不同的。我们不可能在写作之初不想到它出来之后的影响力，如果没有影响力，这个小说的构思，或者说战略策划就是不对的。当然，每年出版有长篇小说几千部，网络长篇更多，几万部，不可能部部都有影响。但是，作家应该追求响亮的发声。要在写之前琢磨透，不可轻易动笔。即使不是为了有影响，也要思考一下你的长篇在选题上、选材上、在写作上是否有某种突破的可能，征服读者是作家的天职，用语言影响他人，敲打他人，摧毁他人。如果你认为那些名家已经早就捷足先登占领了不多的图书市场和文学地盘，我写长篇就是安慰自己，让自己开心就行了，这是错误的。各人头上一方天。即使是土匪，是流寇，你也有可能占领一个山头。

长篇小说的长度对我们是一次考验，这种写作就像是一次远行，凶险与疲乏对许多人是一种折磨。大家知道陈忠实的《白鹿原》写了五年。塞林格的《麦田里的守望者》，十六万字，写了十年。曹雪芹的《红楼梦》"披阅十载，增删五次。字字看来皆是血，十年辛苦不寻常"，这是曹雪芹自己说的。索尔仁尼琴的《红轮》写了三十年。那么，我就要讲讲第二个问题。

二、长篇小说的尽头

这个问题不像个问题，但困扰我多年。我说的不仅仅是长篇小说的结尾。我的意思是，长篇之长对作者来说，是一个严酷的考验。为什么许多作家不敢尝试长篇小说的创作，有的人一辈子就写短篇或者中篇，这里面显然有一个他不敢面对的问题，就是找不到长篇小说的尽头。长篇小说是在大海中探险，不是在小河中漂流。尽头是一个人精神得以宽慰和靠岸的地方。在中篇和短篇中好处理，小小说更好处理，长篇有"苦日子何时是个头"的担忧与茫然。我读别人的长篇时也常常会冒出这个念头，我担心作者，这本书的尽头在哪里呀？他能走到尽头吗？他有没有能力暗示读者他的尽头会很有趣，恰到好处？他会让小说顺利地走到尽头吗？就像赶一群羊，他赶着赶着，会不会赶散失，丢落了几头？

长篇小说是有尽头的，我自己写，我首先就想到哪儿是它的尽头，别人写,哪儿又是他写的尽头呢?书太厚、太多的话,他靠什么支撑读者的兴趣?这个作者我平时了解他并不是有趣之人,说话也没有生机和智慧,他的生活也是大家熟知的,贫乏无趣,他写那么长镇得住吗?我构思一部长篇,我会先想到它的尽头,通过哪些路到达终点,包括结尾。我是一定先想好结束的地点才开始写的,这样给读者指望,也给自己一个指望。还包括写作时间的结束点,半年或是一年,这都要有个地平线,不能长时间拖下去。然后我开始设置情节、章节、人物,让他们顺着我的方向会师。

长篇小说的尽头,与一个人对这种文体的认识有关,也与自己的写作习惯有关。虽然我说,长篇小说是灌入了作家野心的一种文体,但一个长篇的价值,与它的长短真的没有关系。十万字?十五万字?五十万字?五百万字?我的一个年轻朋友是网络作家,三年写了一千万字,长篇还没有结束,据说这是网络小说所要求的,我不懂。我不喜欢长篇小说的长度,我在读一个太长的长篇小说时,总在替作者担忧这个小说何时是尽头。普鲁斯特的《追忆逝水年华》我没有读下去,四千页,三百多万字。索尔仁尼琴的《红轮》我也没读下去,我手头只有六本,听说有一千万字,也有说两千万字,不知多少本,国内远没有翻译完。这肯定是一个无尽头的小说,如果写这样一部小说,作者没有疯掉,就是奇迹。好的长篇小说要给读者一种安抚感,一定的长度是对读者的尊重。所谓容量,与长度也没有关系,莫非《红轮》的价值就超过了他自己的《古拉格群岛》和《癌症楼》?但对于人类出现的这种巨著,我还是抱着深深的敬意。

三、长篇小说作家是讲废话的高手

长篇之所以长,在于它布满了废话。一般来说,长篇小说的空间百分之八十是留给废话的。但那是有意味的、有趣味的废话,是智慧高超的废话。有人叫闲笔,闲笔说得太客气了,就是废话,必须承认。中篇小说是不允许有什么闲笔或者废话的,中篇小说的每一句话都要有指向,是清醒的人说的话,但长篇小说有时候像是梦语,是醉后的胡言乱语,另外啰里吧唆,不着边际,断断续续,颠三倒四,要认识到长篇就是一堆废话中的味道。就像嚼槟榔,吐出来得多,吸进去得少,基本就是一口渣子。长篇小说作家是讲废

61

话的高手。记得贾平凹的《秦腔》，五十多万字吧，我当时觉得这太长了，废话过多，从中间开始看，随便翻一页，都很有趣，语言的叙述，人物的言行、对话，基本不会让你失望。也许那些东西与小说没多少关系，但味道确实好。怎么说呢？只能从反证起。没有废话的小说有没有？有，比方通俗小说是没有废话的，一句是一句，句句有逻辑性，关联很紧，故事紧张得喘不过气来。因为没有废话，所以它叫通俗小说。通俗小说是一根筋到底，但纯文学不是这样，有多义性、泛滥性，枝繁叶茂，枝丫横陈，剪不断，理还乱。

　　我想以危地马拉作家阿斯图里亚斯的《玉米人》中，追那个变成野狼的邮差的事情为例——这是书中"邮差——野狼"一章中的一段。这个小说是我百读不厌的一部小说，时常研究它，但总是研究不透它吸引人的奥妙。事情是这样的：小镇的邮差尼丘不见了，镇长派了个人去追他。书中说可能是尼丘先生经过一个有魔法的玛丽娅·特贡峰中了魔邪，被"特贡娜"引诱，尼丘跳进山涧，连人带邮件投进了峡谷那个"大邮筒"里。而且镇长新写的一个小提琴钢琴协奏曲在尼丘的手上，又害怕上级来查，邮差卷款而逃，镇长的责任就大了，于是派一个叫伊拉里奥的人去追邮差。这个人前面几十万字没有出现过，是个偶然串进来的人物。我们的逻辑是，说走就走，事不宜迟，赶快追到那个邮差回来交差。但故事开始，写领了任务的伊拉里奥在堂·德菲里克的店里，大家开始议论这件事，小镇的神父要伊拉里奥一靠近特贡峰就祈祷。伊拉里奥骑一头骡子，要赶在尼丘走到特贡峰前追上他，以免他出事。他们在店里喝茶聊天，天南海北地乱说，不急不躁，谈什么夫妻不和，谈关于女人弃家出走的事，是吃了蜘蛛粉，中了蛊，得了游动症。尼丘的老婆就是弃家出走的，而化作特贡峰的特贡娜女人，也是中了蛊出走，变成了特贡峰。许多许多的对话，全是废话。关于神话不会放过牺牲品的讨论等。再写瓦伦廷神父从店里回家时伸手不见五指，觉得脚下有个肉乎乎的东西，似乎是一只野狼的影子。他突然想起有人说尼丘是一只野狼，就大叫道，你是不是尼丘啊？小说还没有写伊拉里奥动身去追尼丘，还是在写这个小镇，写半夜德菲里克拉小提琴，又听到米盖莉达的缝纫机声。这个缝纫机声是与伊拉里奥的说谎有关系的。终于写伊拉里奥出发了，他来到三水镇，那就应该问一下谁见过尼丘，问尼丘经过这里有多少时间了，快马加鞭去追。

可是，三水镇出现在小说里时，首先写的是一个叫蒙查的女人，是个产婆，说她会做让女人中蛊的蜘蛛粉。写伊拉里奥喝咖啡。写了一圈才听到蒙查大婶说尼丘昨夜从这里经过了。蒙查大婶告诉他尼丘过不了特贡峰，走到那里就会被特贡娜叫住，然后一直走到山崖边摔死。蒙查大婶不停地说这座山的危险、冷、滑、神秘。说到玉米，说用紫井水浇出来的玉米，皮是棕色的。伊拉里奥想的不是尼丘，是他的女人，说他喝醉后编了一个荒唐的爱情故事和午夜教堂的钟声响过十二下之后镇上能听到缝纫机响声。他自己认为编造过故事的人是不会相信特贡峰的传说故事的。他们又在不停地说编造故事的事。他看到了蒙查大婶的吐皮亚尔鸟。写蒙查大婶到了鸡棚里，又写鸡、鸟，还写鸭子。还有一些歌谣、猫、鸽子、鸟叼着虫子。写蒙查大婶唱歌，突然感觉一阵恶心，等等，简直是不厌其烦。

伊拉里奥离开三水镇后，快到特贡峰前，胯下的母骡子蹄声凌乱，牲口发毛。写雾。写萤火虫。写到萤火虫要把马丘洪拉下马来。马丘洪是一个传说，一盏天灯，浑身披着火光，他就是在萤火虫的光芒里骑马消失的。他也是中了萤火法师的咒语，老婆逃跑弃家出走了。作者让伊拉里奥这时想到马丘洪。写他在漆黑的森林里行走，他听到了喊特贡娜的声音，那个失踪多年的女人的名字。他到了山顶，他体会到了这个山峰名字的所有悲剧。但那块特贡石，却无法走近。看到石头想起逝去的亲人，听人说必须呼喊，才能拂去眼前的云翳。但他在此时的路上碰到了一只狼，他怀疑这只狼就是尼丘先生。这才把读者从洪荒中拽回主题上来。写他继续追，看到了一男一女，女的骑马，胸前的鸟笼里有一只小鸟。

伊拉里奥终于来到京城，他本来应该直奔邮局，打听尼丘的下落，但作者继续兜圈子，写他遇到一个卖咖啡的女人，并细致地开始写咖啡店。写水管工，写一个叫索斯特内斯的老头。写另外三个人来到咖啡店。写城里的热闹，车水马龙。写车上跳下来一条狗。写他来到客栈，写服装店。又写他骑着骡子来到圣像店，工匠们亵渎圣像。在这里碰见了一个熟人叫明丘·洛沃斯的，这个人是来退圣像的，此人将雕圣像的师傅斥责了一顿，说圣像的眼睛不行，像野兽的眼睛，说圣像的眼里看不到圣母神圣的灵魂，让他换眼睛。这时有个卖眼睛的年轻人拿来一包眼睛，有鹿眼、虎眼、八哥眼、马眼，这个年轻人说，野兽的眼珠跟圣像的眼珠都一样，都是畜生。这一段我们也觉得很多余，全是废话。

　　总算写他闯进了城里的邮局，问尼丘来过没有。这里是尼丘的终点，但尼丘没来，有人说他卷款逃跑了，偷越国境了。伊拉里奥听到邮局里的老头说后胸口堵得慌，他不得不相信尼丘变成了野狼。他走出邮局，到了草料场，熟人明丘说他看到圣像的眼睛是野狼的眼睛——这里有一点点的暗示与尼丘和这一章的题目有关。然后与他一起喝酒。又去理发，这里写得更详细。写他理发时的心理活动，想为情人买披肩。理发师要卖枪给他，说碰上野狼用得着。写伊拉里奥没有买枪，他到草料场又碰上两个熟人，在这里卸了玉米。写有人买玉米。这是晚上的客栈，伊拉里奥想如果有颗星星掉到草帽上，他就该走运。与一个熟人叫贝尼托的同住一室，此人患有小肠串气，他声称是与魔鬼订有契约的人。他们谈论病，他说不是患癌，患癌他能治，就是先抓一条毒蛇，给毒蛇注射秋水仙针剂，打完针，毒蛇变成丑八怪。再往后，毒蛇就变成植物和木头了，又活转来，作为动物它死了，作为植物它活了。把这种植物蛇的毒液用在长肿瘤的人身上，病人会变成丑八怪，牙齿头发脱落，但病就绝根了。这个人说伊拉里奥的身体好，说他在年轻时赶上和伊龙的印第安人打仗，提到了他们的头儿，也是小说中的主要人物戈多伊上校，还有上校手下的人穆苏斯，穆苏斯正是安排伊拉里奥追赶尼丘的镇长。这一下子就串起了书中的人物。然后两人的说话非常啰唆，但非常有趣。这个人说自己口水多，说他们当年打仗的故事，戈多伊上校命令他们背着棺材去杀印第安人。伊拉里奥听了这些就大笑，控制不住。但这个人还是要讲打仗的事，说戈多伊上校之死。说印第安人包围上校他们时，第一层是猫头鹰的眼睛，第二层是法师的脸，第三层是血淋淋的丝兰……然后戈多伊上校和全体人员被大火烧死，而上校被法师做了法，放冷火，将上校缩成了小木头娃娃。小说在很久不写戈多伊上校后，这里通过一个相当次要的人物偶遇上一个更次要的人物，讲起上校的故事，对话的长度简直超越了我们想象的极限。还说到此人有未卜先知的能力，说他母亲死时，他在一百多里地之外就看见一颗栌果砸在他妈妈头上。这都是多余的，但都是神来之笔，我是喜欢的，说不出为何喜欢。长篇小说的自由度就在这里。遗忘的东西是可以捡起来的，这种写法看似突兀，也许长篇就是这样。它当然与尼丘的失踪没有关系，但隐隐约约还是有关系，是一种精神呼应的关系，就像整个云雾笼罩的山脉，峡谷很深，群峰断裂，但云雾包裹住了它们，依然是一个整体，都是有呼应的。云雾就是作者营造的诡异、魔幻、荒诞的意境。

这还没完，小说继续写伊拉里奥与这人的半夜深谈，故事非常神奇，对话精彩万分。要不是说此人因疝气疼得终于不省人事昏死过去，小说还会继续。又写早晨，写他穿过村庄、树林、小河。想到村里去是因为惦记这里有村姑。写那些景色，比巴尔扎克还要啰唆，但魔幻现实主义的繁复啰唆与现实主义的繁复啰唆是有本质不同的，是变形的、夸张的、有味道的，特别是有象征意味的。在这里他碰到一个女人，原来是坎黛，就是马丘洪的未婚妻，也是因为传说喝了蜘蛛汤离家出走的一个女人，但现在已是人到中年，在异乡的大路边卖猪肉。然后伊拉里奥在这里与脚夫们一起喝酒、唱歌、抒发生活的感慨……说到这里，小说已经过去了几万字。他是通过一个非常次要的人物来写的，此人与读者关心的事即尼丘到哪里去了几乎完全不搭界，但巧妙串起了前面小说中丢失的人和事，通过这些驳杂的、断裂的、碎片的叙述，我们感受到这个山区的怪诞、恐怖、神奇、偏僻、遥远、不可思议，仿佛这个伊龙山区是这个世界上没有的，是一个神话中的山区。

后来的一章写尼丘变成野狼在荒野上孤独乱窜的事情，把伊拉里奥又完全丢了。我想说的是，作家在写追赶尼丘时扯这么多野棉花是干什么？需要这一章吗？可以不要。这与尼丘变成野狼有什么屁相干？但长篇小说就是这样，不要就不是《玉米人》，就不是阿斯图里亚斯的风格。

按照我们的写作习惯和逻辑，伊拉里奥到达三水镇，作家可以不写蒙查大婶，不写做圣像安野兽眼珠的故事，患疝气的人治什么癌症全是废话连篇。可是，故事之所以能让你乖乖读下去，吸引你的是作家假设了传说尼丘变成了狼，假设凡经过特贡峰的人会中魔法，掉入山谷。那么，作者接下来怎么写都是有理的。加上阿斯图里亚斯是那种越写越开阔、越写越灵动的人，对话和景物描写在阿斯图里亚斯手上都写得热气腾腾，他的不远不近、亦远亦近的书写，丢三落四的书写，让读者有适当的厌烦感和焦灼感。因为伊拉里奥碰上的人与事和他们之间的对话太有趣，读者可以暂时放下尼丘是否摔死在特贡峰山谷里。这些人和事都有点儿恶搞，有时恶搞是必需的。在这些闲笔废话处正儿八经地抒情或熬心灵鸡汤都不合适，但整个小说的氛围是笼罩在危地马拉印第安人的神秘传说中的，荒野山村的一切，也是要表现的，同时需要表现的是作者的幽默才华、叙述才华。如果一个长篇小说作家没有耐心，不会绕圈子，不会装神弄鬼像个放蛊的巫婆，他的作品很难吸引人。废话与开阔的叙述视野有关。

一部小说为什么需要那么多废话？我们这样打比方，一个人请你去他郊外的别墅吃饭，本来就是一顿饭，他不可能一下子将你带到餐桌上，会先请你看他的环境，看种了什么菜，结的什么果子，什么树，开的什么花。讲庭院的讲究和设想，他平常的生活，养的什么狗，狗的逸闻趣事，鱼池里的鱼。再带你入别墅，一楼二楼，阳台，各个房间的摆设，艺术陈列品。然后喝茶，闲谈，叙旧。好茶和茶具的介绍。炫耀。然后上卫生间，然后才带你到餐厅，开饭。还要拿酒，讲酒从何来，藏了多少年。然后，吃饭。一定到你肚子已经咕咕叫了才开饭。特别像我们这种不喝酒的人，会认为不就是一碗饭吗，犯得着千山万水、千岩万壑吗？小说就是经过千山万水、千岩万壑，才能到达的东西。长篇小说的创作就是假装请你到他郊外别墅吃饭。所以废话不废，闲笔不闲，都是作家的招数，也是由长篇小说这种文体所决定的。

四、我从中篇小说到长篇小说创作的一点体会

我写小说有三十个年头了，之前是写诗。我是从短篇小说开始写起的，到了1986年开始写中篇小说。现在来看，那不叫中篇小说，有凑字数的感觉。当我从神农架挂职回来后开始写中篇小说时，就没有凑字数的焦虑了，因为有大量可写的东西填充我的中篇空间。看来，可写的东西不是想象得来的。之前，我也写过两三部长篇，也是感到内容比较空泛。当我写了一系列神农架题材的中篇小说后，我准备写长篇小说《猎人峰》和《到天边收割》。《猎人峰》的写作是第一次真正进入长篇小说的写作，为此，我采访了数位神农架的猎人，买回了一套老猎具，有一只百年老铳，这只老铳打死过八头熊和不计其数的獐子、麂子。《猎人峰》写的是一个老猎人家族的悲壮故事，里面关于猎人的传奇故事非常多，将我辛苦搜集到的各种故事传说找到了一个

安放的地方。这是 2009 年，书出版后获得了不少好评，这了结了我对神农架的一段感情和记忆，对我自己是一个心愿完成的圆满句号。

我这些年还是以中篇小说为主，原因是太忙，没有整块的时间来进行长篇小说的创作。但我想写一部反映我的家乡荆州巫鬼传说的故事，这是我多年的创作冲动，被我压抑多时，直到前年我下狠心开始动笔，经过一年多的写作终于完成。它就是《还魂记》，是我自己比较满意的一部，没有向任何人任何观念投降，坚持自己心中的艺术理想。心中老是有这样一本书，不写出来会很难受。这个小说是一个鬼魂还乡的所见所闻，写了当下的农村和社会的种种怪现象，写了乡村的破败，也写了司法的腐败。我在文体上进行了大胆的尝试和突破，里面有散文和诗歌。但力争它们穿插时不突兀，不生硬，恰到好处。可以说，每一部长篇小说都是一个世界，它没有惯性操作的空间，跟中篇小说完全不同。你想写这部长篇小说，你就会找到一个新的表达方式，是很有意思的。中篇小说，可以无限地重复自己，长篇不可。因此长篇有很强的挑战性，非常适合进攻型作家来写作。也因此，一部长篇小说如果你想好了，一个文体就成功了一半，先有文体后有文本。比方阎连科的《炸裂志》《日光流年》，就是找到了一个适合自己的、事半功倍的文体表达模式，接下来就很顺手。莫言的《四十一炮》《生死疲劳》也是。《炸裂志》以志书的形式来写，《四十一炮》写那个炮孩子胡说八道放炮，放了四十一炮。《生死疲劳》就是写六道轮回。接下来，故事和情节按照这个去编就好了。长篇小说作家首先要有强烈的文体意识，在把一个想写的故事没变成独特文体之前，千万不要动笔，它不会给读者新鲜的阅读刺激，不会给文坛带来一些惊喜。重要的是，这部小说的文本没有任何文学上的意义。但粗糙了也不行，长篇是沉潜之作，不能有半点浮躁之气。即使像阎连科的《丁庄梦》如此好的题材，也有匆忙为之的痕迹。有好的文体不见得有好的文本，时间的长度帮你可以精雕细凿。不过也有天才，莫言的《天堂蒜薹之歌》只用了三十五天就写成了，这种情况比较少见。

杜拉斯说，每一本打开的书，都是漫漫长夜。为什么？一本书经得起读者的煎熬。为什么读者要在长夜般的书里煎熬？因为热爱夜晚的人多，好的小说就是夜晚的精灵。我有一个奇怪的想法，好的长篇应该都是在夜晚里写就的，最好是在夜雨秋灯的意境下写，这本书才能有穿过漫漫长夜的奇妙体验。

一部长篇小说的基调同样是非常重要的，即作家试图影响读者的是什么东西。我们常常看到有的作家把一个沉重的题材写得很轻松很明媚，而且大多是阳光明媚的，没有厚重的质感。很多作家在作品中的叙述语调、情感置放都没有一种非常个人化的立场。一个人对世界的看法是完全不同，也是可以随时改变的。我们会因为某一件小事而改变对世界的看法。作家会把他的看法灌入他的作品。看法会影响到他的风格。所谓风格，其实就是你对世界的看法。我自己就是去了神农架而改变了我对生活对世界甚至对人的基本看法，而且再也不会靠近其他作家的人生观和世界观，不会靠近他们的生活方式和表达方式。我喜欢"倾诉"两个字，我喜欢站在神农架这个偏僻的地理方位向外界的人报告这儿发生的事情，喜欢告诉别人闻所未闻的事件。就像神农架朋友每次打电话问我，什么时候进来？他认为，神农架才是世界的中心，你们是外面。他不会说，什么时候到我们这里走走？作家的地理方位感一旦确立，他的作品就有了与众不同的异质，有了区别于他人的辨识度，有了一种中心地理的霸气。另外，作家要有创新的原动力和能量，无论是在文本的先锋性，还是手法的先锋性和结构的先锋性上，都要有强烈的企图心。

写作的风险

——在江西省作协现实主义题材培训班上的演讲

感谢江子主席的邀请，让我回到江西老家，跟老家的青年作家们一起探讨当前的写作。听说是一个现实主义题材的培训班，我首先想到的两个字，就是"风险"。现实题材创作是有风险的。我们在正视风险，承担风险，化解风险，把风险当作写作的刺激和动力。但我们要明白一个道理，无论是现实主义题材的写作，还是不管什么样题材的写作，都是有风险的，但现实题材承担的风险系数显然大于其他。"文革"是以批吴晗的历史题材剧《海瑞罢官》开始的，说是利用历史，借古喻今，借古讽今，结果一场浩劫干了十年。历史题材一样有风险，现实题材而遭劫难的更多，像王蒙、刘绍棠、刘宾雁等。

我就先讲讲第一个问题：写作的风险。

这是一个非常严肃、非常严峻的问题，是攸关一个作家生死成败的问题，是希望提醒你们有足够的准备、足够的精神和足够的力量，在文学上能够远行。

行路必有风险，而现实题材的写作更有风险，在往昔岁月中掘取僵尸和寻找旧物来打发时间的写作属于盗墓和把玩行为，而抓住严肃的现实等同于短兵相接的写作和风险投资，但这是写作的必备素质和胆量，我们有必要先弄清楚：我们要当一个什么样的作家，是有分量的、沉甸甸的作家，还是不

69

求功过、轻松自在的作家。在写作上，我们有多大的胆识和本领，我们的写作是否能够融入"当下"。"当下"是我们的对手，出手就是与当下对峙，进入堑壕，不回避现实，是我们的起手式，也可能是文学的第一桶金。

在这方面，现实主义无疑是最有力量的，因为它来源于社会生活的直接加持，来源于社会本身的静水深流，主要还是来源于作家那种"为生民立命"的悲天悯人的写作使命和责任感。如果我们还抱有一些堂吉诃德式的热情和幻想，文学的传统就可以证明：文学改造和重建一个更为理想社会的愿望是没错的，整个社会从焦虑、迷惘、无序到警醒、坚定和变革的转变，这也是文学应该承担的使命与后果。往大处说，往最高的境界说，优秀的作家应该是社会良知和真理的化身，是一个民族的先知先觉者、呼喊者。现在这么说好像是痴人说梦，大而不当，太把自己当一棵葱，但其实文学的真理本应如此，是一个常识。只是说多了，被妖魔化了。

说起现实主义的风险，有时候它与批判现实主义是重叠的，中国作家之所以伟大，就是大多是以批判眼光介入现实的现实主义写作，现实主义和批判现实主义感觉有两路夹攻的态势，有山雨欲来的悲壮感和肃穆感。现实主义有多种，我们熟知的有魔幻现实主义，比如马尔克斯；结构现实主义，比如略萨。有批判现实主义，超现实主义，教科书上说现实主义是无边无际的，它的外延非常丰富。还有高尔基有个观点说浪漫主义也是现实主义，这个观点我至今没弄明白。但现实主义另外的丰富和多样就是，比如高尔基说现实主义就是赤裸裸的真实。我们现在不会提，这句话也是有风险的。还有主旋律的现实主义，是皆大欢喜的现实主义，是不担风险的现实主义。有一种现实主义是打着现实主义反现实主义的，事实证明这种现实主义是伪现实主义，是不真实的，是说谎的，是注定要成为笑柄，是注定短命的。

我们讲的风险就是心底下时常泛出的某种担心，我们提起笔、打开电脑写作的时候，从幽暗的题材选择的小口，进入豁然开朗的广大的、混乱的、芜杂的世界，如何对社会聚焦，既有灵魂热度又有技术力度？如今的写作者非常敏感，比以往任何时候都敏感。但好作家认为这不是一个问题。为什么？是把风险意识化为焦虑和退缩呢，是把构思和下笔时让情感缩水，还是化为某种动力和挑战？这是一个痛苦的抉择。如果我们从远处看，写作其实在任何时代都是一个高风险职业，并不是现在才蹦出来的一个问题。而且写作的风险不仅仅是在政治上的风险，它还有题材选择上的风险，有语言选择的风险，有叙述方式的风险，有脱靶、失手的风险，等等。

我说个小例子，我认识一个作者，他的语言很好，方言运用得炉火纯青，可是他热衷于研究民国时期他的家乡的乡镇生活，我读到他写的一个民国时期的村镇故事，写得真的很地道，技巧也很老到，有优秀的艺术感觉和艺术品质，人物也写得很好，可我读到这个小说是在一个地市内部刊物上。我问他这么好的东西你怎么不往外面投呢？他说投了，是写民国的，别人不发表，说白了编辑不感兴趣。民国时期在你的小镇发生了什么，没人关心，而且是典型的僵尸复活。何况，民国题材，如今也是敏感题材。我给他说："如果我是你的话，这么好的一个题材，怎么不把这个故事发生的背景放到现在呢？这不是个很好的现实题材的小说吗？"他说："我不敢写，写了也发不了，我写的是乡镇长贪腐，兵痞，保长欺压百姓。"我说："现在的村主任就不欺压百姓吗？不然，为什么全国打黑除恶？"说白了，这个作家他内心一定经过了挣扎，仔细思考了要规避一种写作的风险，他一定进行着两难的选择。他最后打败了自己，他把可能达到的好的结果放弃了，而接受了可以想见的平庸结果。

我的写作一直是与风险并行的，比如《马嘶岭血案》《太平狗》《一个人的遭遇》，等等，每一部小说能够发表，都有一个故事。

美国作家冯尼古特说："我们应该不断地跳下悬崖，在坠落的过程中强硬我们的翅膀。"第一次写作都要有跳悬崖的勇气，这样才能磨炼我们的笔、我们的意志，增加我们的抗压性和抗击打能力。

现在有一类读者沉溺于盗墓、玄幻、科幻、穿越作品的阅读，他们让作家分化，许多作家分道扬镳，坚守传统的纯文学有些落寞。作家这门职业现在不仅仅是一个写手了，保护行业的尊严是作家在新的网络时代的当务之急，让文学传承下去的悲壮感使我们认识到仅仅为了赚钱而码字，还不足以成为一个好作家，作家其实就是回到了一百年前，兼有唤起民众、改造文学的启蒙责任与社会道义。

我想说一个事，前几天，我想去买一个傻瓜相机，也就是卡片机，走遍武汉三镇，费尽千辛万苦才买到，过去任何一个卖场都有各种品牌的，佳能、松下、索尼、奥林巴斯、三星、尼康、卡西欧等，现在，商家说在武汉只有两个牌子卖傻瓜相机，其他都不生产了。因为手机的摄影功能，人们一下子就抛弃了傻瓜机。手机呢？当年的摩托罗拉、诺基亚、LG、NEC呢？没有了。文化本来是一个沉重物，有其固有的生存方式和存在方式，却竟然跟任何商品一样，要不停地更新换代，使传统小说的阅读成了鸡肋。但传统小说是硬功夫，是基本功，是文坛的硬通货。不管你承认不承认，传统的精英小说，纯文学，声音虽然低微，依然领导和左右着中国文学的方向，而最好的作家依然是以强烈正统的现实主义打天下并占有一席之地的。

我过去对现实主义和书写现实是很排斥的，现在总结这种排斥是写作没有开悟，我因为是写先锋诗歌出身，后来转行写小说，也是钻进意象、语言、寓言、哲理、象征中出不来，迷恋和相信小说的叙述方式的美感，自认为这就高人一等，不屑于那些所谓现实主义的作家。其实这是一种极不成熟的清高，一种逃避，一种对复杂现实无法驾驭的自暴自弃，一种虚弱的不值钱的自恋。后来我到了神农架去挂职，我对现实的关心让我重新找到了另外一种写作方法，我的神农架系列小说出来后，评论界说我是现实主义的，当然在现实主义前也有的加了"现代"二字，以说明我的现实主义是有别于传统的现实主义，也说我是中国本土的魔幻现实主义，这是我高兴听到的。我在一篇文章中，写到我由过去对现实主义的抵触，到如今有了一种归顺感，我高兴地认了，我就是现实主义。回归现实主义，我花了十五年的时间。这说明一个什么问题？说明现实主义是不容易进入的，现实主义写作有着严苛的标准。

我的写作，有比传统的现实主义更为开阔的空间，我的办法是在介入现实的时候又避开现实，这就是将作品魔幻。中国有强大的魔幻传统，中国文学从小说的源头《山海经》、六朝志怪《神异经》《搜神记》到《聊斋志异》《夜雨秋灯录》，再到《西游记》，到看起来不是志怪却也有几分魔幻的《水浒传》《红楼梦》，有着清晰的脉络和传承。只是在一百年间中断了。可是风水轮流转，在四十年前，中国文学传统中沉睡的奇妙部分，被来自拉丁美洲的魔幻现实主义唤醒了。魔幻现实主义一旦与中国的乡土文学结合，简直是所向披靡。因为乡村大地和自然山川是神灵和鬼魂居住的地方，加上乡村是民间故事、传说和神话的保存与肆虐之地。乡村在我们现实和传媒比较幽暗的地方，有偏远的非中心话语叙述特点和稗官野史的味道。而魔幻写法比现实主义的小说更加大胆、泼辣、野性，将微言大义隐藏在荒诞不经的故事中。表现最好的当然是莫言。将魔幻现实主义本土化的工作方兴未艾、佳作频出。我的小说基本加入了这些因素，当然，这不是有意为之的，这是一种缘分吧，与我写神秘的神农架题材和楚国的巫风传统有不期而遇的关系。

在介入现实中避开现实，在进入象征后撤离象征。撤离象征，就是再次进入现实。不能老停留在象征上，玩那些不着边际的、没有及物状态的、不接地气的、虚头巴脑的技巧和花样，我们小说的锋芒和意指还是现实。

另外，就是把旧闻当新闻写，把历史当现实写，这是我写作的感悟和操作策略。我举过我的《马嘶岭血案》的例子，是一个二十世纪六十年代的旧闻，一个历史陈案，怎么写都是好小说，但如何把它的价值最大化，也就是说，把一个故事题材的意义最大化，是我们要思考的。两个农民挑夫，与林业踏勘队产生矛盾，最后杀死了七个人，七个知识分子，这个故事的惊悚程度如果还原，就是一个道德警戒的故事，一桩陈旧凶杀案；如果放到现实，就是一个社会不公导致的悲惨故事。移花接木的本领，对于作家来说，何等重要！不是"加罪"于当下现实，而是，你遇到这样一个难得的故事，是应该将它与对现实的思考马上对接才会产生艺术冲动和激情。将写作的效应最大化，则是我们人人追求且求之不得的。在生活中，嫁祸于当下是造谣和蛊惑；在艺术上，嫁接于当下是勇敢和聪明。聪明的另一种对现实的介入，就像莫言，把现实虚幻化，把现实投影化，把现实魔幻化，《红楼梦》中的贾雨村和甄士隐，是两个人物，但小说为了生存，其实就是假语村，而将真事隐去。

今天，我们在作家中谈冒险，谈良知和责任感，有些奢侈，也有些滑稽。因为在作家的生存空间越来越狭小的时候，自救是主要的现实。二十世纪八十年代的文学繁盛，恰恰就是思想解放运动中出现的现实主义热潮，诞生了那么多好作家、好作品。今天我们说现实主义，则意味着一种坚守，一种严格意义上的写作。

我们要认识到，在当今，现实主义的苏醒和回归是一种强大的潮流。在我们中国的文坛，现实主义创作队伍是巨大的，唯有关注现实，书写当下才是写作的正途，才是值得付出的，我们的情感，我们的艺术才华，才不会走弯路。有时候，风险是值得的，而且趣味横生，魅力无穷。

第二个问题：好作家的素质。

我想讲一下怎么才是好作家，好作家的素质，也是一些零零星星的感想吧。

我们的写作者，被称为人尖子，大多有不错的才华，有丰富的想象力和虚构能力，知人情世故，懂历史兴衰，有一点自恋是很正常的。但有一条，一个好作家，你的写作不是为了证明你的优质，而是要证明你的异质。禀赋都有，但是异秉呢？也就是说，你与他人有何不同？你不能光是优秀，你得有点怪异，有点特异，有点奇异。如果没有的话，你要挖掘这方面的潜力。别人评论你，不要说这人真能写，这没有用，有的产量很高，只是"很能写"，但如果有人评论你，这人有点怪，他的小说很特别，这比什么都好。你如果有一篇，让人感到与众不同，怪，你的路就走正了。

小说是一门克制的艺术，把想说的话不说出来，把不想说的话有趣地优雅地说出来。也就是把想说的话通过不想说的废话和闲话表达出来，其实我们都是在锻炼这个能力。写作就是一种限制话语的艺术，叫"限制话语术"。看起来这个作家喋喋不休，其实，他有些话是不会说出来的，这就是他的高明之处。什么东西可以写，什么东西不能写，什么东西可以说，什么东西不可以说，什么东西可以多说，什么东西可以少说，什么东西只能用描述说，什么东西只能用叙述说，什么东西只能用说明文字，什么东西只能用记述文字。

小说终归是一门语言艺术，语言好，则一切好；语言不好，则一切不好。语言不是形式和外壳，是小说本身和思想本身。一句话一个意思，用什么方式说，用什么格局说，用什么智慧说，怎么说更有神采，更幽默，更突出，更有魅力，更好玩，这里面既有做人的态度，也有生活的悟性，还有才华的较量。写小说就是比谁更会说话，比谁说话更有味道。

文字不能循规蹈矩，不要太老实，不要弄得太整齐。我们的作家许多是中小学老师，对汉语的纯洁性有洁癖。我认为，小说这东西不是一个打扮了去见男朋友的模样，它应该是从田间和工地回来的模样，有点生活的脏乱感、芜杂感，乱头粗服，执汗涔涔。文学的本质应该是荒凉之地，虎啸狼嚎，野鬼号叫，荆棘丛生，不应那么文质彬彬，衣冠楚楚，高门大户。

文字要追求陡峭，要有断裂感，要创造神秘和混沌，非逻辑，非科学。文字的内容接近于巫鬼，风貌接近于神灵。在内心中为神，在面貌上为鬼。但是用文字重建文学的神灵，用文字搭建文字的圣殿，刻不容缓。我们内心的生活需要强大的神话守护神，接近神灵，是文学语言炉火纯青的标志。因为如今有些媒体、学校包括大学，甚至电影、电视话剧等的说话方式、文字格式简单、粗暴、概念化、偏激、虚假、矫情、僵硬、幼稚，它们的语言与文学完全不同道，文学的语言在现阶段也普遍不好，被读者所丢弃的文学，还是语言问题。创造自己的语言体系、语言感觉、语法和章法，这几个字，是李敬泽在研讨会上说的，他说：现在作家这么多，有自己独特语法和章法的作家不多，应松有自己的语法和章法，从《松鸦为什么鸣叫》开始到现在，始终致力于发展他自己的那一套语法，非常难得，非常值得我们关注，值得研究。说白一点，就是我老陈语言还可以，有自己的表达方式、节奏、语感，甚至有自己一套独特的文字运用。就是一个作家的风格吧，风格不就是语言风格吗？独特不就是语言独特吗？所谓风格，就是特例，就是你在文坛是特例。每一个人都是特例，不可复制，这才叫真正的风格。

在文字过剩的时代，作家将何为？现在是垃圾食品快餐文化时代，但有品质的文学还依然是沉手的文学。文学应该把青睐身边琐事，挪到向遥远地方高山大川致敬上。不逃避现实，迎面而上，不仅要让自己面对残酷的现实，也要让我的读者真实地面对我们的生活。你自己不做逃避者，读者才不会做逃避者；你自己勇敢，读者才会勇敢。作家首要的是培养自己的勇敢气质，不做畏畏缩缩的人。

我自己面向高山大地地写作。我说过，面对一钵花跟面对一片花海是两种不同的格局和胸怀。面向高山大川的时候你必须仰望，就是借用高山拓宽自己的视野，这有一个视角问题。我们在写一篇作品的时刻，在构思的时候，在思考的时候，必须以"上帝"的视角，但写作的时候，下笔的时候必须以蚂蚁的视角去书写更细微的东西，把每个生活的角落和行动的瞬间无限放大，进入黑暗的人性深处，把一条人性的缺陷的小缝隙当作一个巨大的隧道来审视、来书写，最深刻的写作不是去赞美我们所谓人性的美好，而是认识和书写人类精神的缺陷。

我们的生命里要认识一些宏伟的东西，哪怕我们不能理解，但与宏伟的东西相遇，内心才浩荡，才能战胜我们内心里许多卑劣的、卑下的、阴暗的、混乱的、肤浅的、小眉小眼的、暧昧的，甚至罪恶的想法和欲念。

写作必须要有神性，就像一个法师，要请一个神灵，对神说话。我在云南楚雄专门访问了一个彝族毕摩，毕摩就是通神的，来往与人世和神灵之间，是法师，是与神对话的。我问这个毕摩："你见过神吗？"这个毕摩说，他没见过神，但锣一敲，神就来了。神性是一种伟大的虚拟性，虚拟性与现实性完美统一才是好文学。写作就是为自己找一尊神。

要记住，我们的作品不是为了让读者睡一个好觉的，是要让他们夜不能寐、噩梦连连的；不是给他们灌心灵鸡汤，让他们舒舒服服地进入梦乡的。我的小说至少不是这样，而是要把他们轰出梦乡。先摧毁，再重建他们的审美味口。

有一个人评价我的小说："几十年来，许多人的书里纷纷掉下的是舌头，而甩一下陈应松的书，掉下的是一把把刀子。"这个评价我很喜欢，说我的书里掉落下来的是刀子，而不是粉脂，不是垃圾，不是柔软的舌头，不是一碗鸡汤。

写作真的是一场与自己也是与社会的搏斗，首先把自己当一个战士，立马横刀，壮士出征，有风啸水寒一去不复返的决绝。苏珊·桑塔格有一个观点：写作是一种暗杀活动。这话细想有道理，作家如果不像一个侠客神出鬼没在社会的深处，不惩恶扬善，不承担风险，不承担责任和义务，没有斗志，想成为一个好作家几乎是不可能的。说到江西人，印象总是老实，江西作家比较老实，做人也老实。做人要老实，但做文学要不老实。我希望大家振作精神，重新认识自己，重新塑造自己，写出与江西这块文化底蕴非常丰厚的土地有同等分量的作品，不要辜负大地的暗示和重托。

接近天空的写作

很高兴在这里跟你们讲话。不同年龄的想法差别是非常巨大的。倒不是因为代沟，是所走的路各自不同。虽然我们叫同行，但是，在文学这个行当，同行不是同行（xíng），同行不同路。文学说到底，是人生的选择。文学是极个人化的，不可能与谁共同分享一个世界，也不可能共同拥有一个目标。不要幻想与身边的文友成为铁哥们儿、最闺密。当然，你到了一定的年龄，你在文坛上有了安身立命的本钱，你会学会尊重他人，对你身边的人谦卑恭敬并理解他，如果不行，就采取刺猬策略，谢绝相互取暖。茫茫的文学道上，你自己走你自己的路，有多少人能够给你力量？我从不想这样的好事。我自己的前方，有时看不到路，依稀前方有几个庞然大物，但不是我的影子。在这条路上找路的时候，也依稀能嗅到前辈们若隐若现若有若无的气味。为了压住自己的恐惧，一个人需要唱歌和大吼。走你的夜路，让别人睡觉去。文学是最个人化的情绪表达。我们虽然隔着巨大的鸿沟，但我会祝福你们，尊重并理解那些个性强烈、满身棱角，甚至有神经质的未来文学大师们——如果你们当中真有能成为大师的话。我自己就是上面所讲的一类人，已经被文学折磨得精神不健全了。自恋，暴躁，情绪化，臆病，焦虑，忧郁。比如忧郁，是现代文学情感的源头。一个现代人创造着自己的文学世界，他也将深陷忧郁和焦躁等的情绪纠结中，就像把自己绑在了一辆战车上，这个人将永无归期，直到奔向一个连自己也不认识、也不喜欢的地方。那时候，他离家乡将越来越远。他也将认不出自己，直到把自己异化得面目全非。

文学的成长惊心动魄，要在滚水里、咸水里、脏水里浸泡。强大自己才能得到他人的尊重。有的人霸气外露，有的人很会收敛，像谦谦君子，从不臧否他人。但他的内心如何狂妄，我们不去管他。当他真正地出现了，总是会谦逊的，因为，他知道他站住了，作为一个事实，你不能否认他的存在。他那时候的谦逊是真的，他已经知道，他可以做得更好，因为他已经做得很好了。他知道了路，他走到了黎明的原野，花香满地，清风拂面。就算是一个人，他也能孤独地享受这一切，这该是何等的美好和惬意！这个过程不是像想象的那么容易，也不是像想象的那么漫长。对我，是太过漫长了，漫长得像煎熬，慢慢地，你把文学当作了你身体的一部分，仿佛伤口的愈合——"伤口"和"作品"在五笔里是同一个代码。也就是说，你写一部作品，就是在往自己身上捅一刀。因此，我说，文学可能是一种基因，鲜花和坟墓共存。鲁迅先生在《过客》中写过，有人在这条荆棘丛生的路上跋涉，血都流干了，恨不得喝别人的血止渴。有人看到的是鲜花，有人看到的却是坟墓。但是对于基因，前方是什么完全可以忽略，鲜花也好，坟墓也罢。大马哈鱼游向出生的地方产卵，明知是死，你能够阻挡它吗？你们这些人，很多是因为基因，也有的是因为不明的裹挟，开始向自己伟大的故乡洄游，有的人做好了准备，有的人稀里糊涂。

三十年前，那时的我和我的同代人都踌躇满志，不到三五年就枪打散了一样。这一代文学人如今安在哉？我不知道他们是怎么走散的，怎么掉队或者逃离的。反正，我也在一路挣扎，没有人帮我，有的人见死不救，有的人冷嘲热讽，有的人黄鹤楼上看翻船，看我怎么在文学堆里被文学冷落和羞辱。给了我一点点支持和关照的，我都记得，不会恩将仇报，只会感念终身。我不是一个势利者，没想去投靠谁达到我的目的。我忠于我内心的写作，没有野心，没有虚荣，没有幻觉，实打实地往前爬。我属于典型的寒门文人，无依无靠。我的挣扎悲壮曲折，不堪回首。天赋差，水平糙，脑瓜愚钝。但我唯一比别人优秀的是没有放弃。我善于学习，勤于思考。虽然我知道，我不是上帝派来专为人间写字的，但也是有写字潜力的。上帝是公平的，他既然把我弄成一个有太多缺陷的人，比如性格孤僻，没有亲和力，但上帝总要给我一碗饭吃吧？磕磕绊绊，皱皱巴巴地写到二十年时，上帝怜惜我，看我如此心诚，给了我一点机遇和回报，这就是先让我去神农架吃苦，然后嘱托幸运之神关照我，让我突然得到了各种奖励，国内几乎所有的中篇小说奖都让我得到了，并且把我的俗念抽掉了七八年，让我整天啥事也不想，只想着写小说，越写越有味儿，越写越美妙，越写越轻松。感谢上帝，我的回报就是我的作品。我的作品没有辜负"神农架"这三个神圣的字。我的作品配得上"神农架"这三个字。我还学会了尊重山川、河流、植物、野兽和穷人，学会了正确的表达，知道应该怎么说出自己的声音，知道上帝喜欢的那种深沉的爱和怜悯，可以把这一切托付给自然与山野。我在那几年的写作中，专一、纯净、深广，容不得半点杂质，就像在一个真空环境里写作，忘记一切荣辱，只为倾诉我的内心。但，对山的神圣的爱已因时间的折磨而远去，我在这个世俗社会里遭到世俗的绑架，可耻地重新沦为俗人，从神圣的天空坠落进卑微的尘埃。也许这就是一个写作者的宿命吧。

我写过一个小说《像白云一样生活》，这正是我的理想。我怀念接近天空和白云的写作，远离尘嚣，不看文坛，隔绝世事，没有纷扰，盯紧一座山，心往一处想，也不关心这乱七八糟的现实。我对自己走到今天这一步很不可原谅。我的前任当院长的时候，我坚决拒绝他要我当常务副院长的邀请，我对他说，放过我吧，让我写东西。结果是，现在我没放过自己，一大半的时间不再写作，而是陷身于杂务中。

天空般的写作，是要有境界的。要不顾一切，放弃一些东西，远离你不喜欢的，拥抱你所热爱的。到最远的地方去住一段时间看看，不要羡慕他人的成就，不要看文学杂志，不要与人谈文学，暂时忘掉有一个文坛。一个人性格和精神有缺陷不是坏事，对一个写作者来说，是一件好事。我虽然偏激，但爱真理；虽有仇恨，但也有悲悯。心胸较宽，不争名利。疾恶如仇，不进圈子，内心从容坚定。

如果要我传授什么经验，其实是没有的，因为每个人的路不同，少说为佳，言多必失。如果硬要说点什么的话，我还是说点为好，以打发余下的时间。我讲的是可操作性的，类似技巧也不太是技巧的东西，你们听听就好，不必当真。

一、抛弃传统

我不喜欢探究文学是从哪里来的。文学是从自己心中流出来的。因为文学说到底，是一种自我修养的优雅表达。我喜欢法国自然主义的某一个作家，不必要非得去研究自然主义的源头。我喜欢现实主义的某一个小说，我难道非得要读茅盾、巴金、巴尔扎克？有一种很深的偏见，一个青年作家不尊重传统他就是狂妄，就好像他走不远。尊重传统，它是放在那儿，放在那儿就是鬼了，鬼不要再出来吓人了。顶多，他就是个神主牌，写作不要神主牌，文学没有什么好继承的传统可言。一个有想法的作家，不要太在意人家怎么议论你，也不要去跟人争论文学问题。好的作家对文学问题一定是沉默的，尽管把你的想法变成作品，越快越好。守住自己的嘴，让别人去放屁吧。文学无对错，文学问题从来没有争论清楚过，到了你们这一代，不会有任何改变。争论有何益？三十年前，那些作家慷慨激昂、唾沫乱飞地争论文学，都认为自己掌握了真理，真理你有了，作品没有，你存在吗？记住，好作品才是真理，没有好作品，你就是有一万条真理，你就是掌握了宇宙真理，你也是狗屁，没人信你。文学只信作品。你这也瞧不起，那也瞧不起，你的作品呢？你出了书，发表了一堆，那不算真理。所谓真理，就是站得住的，不是当面夸你的，而是背后服你的。你认为你很成熟，我认为你很幼稚。

文学究竟是什么？没有什么规矩，是从山野里蹿出来的精灵，你悟出来了，成了精；悟不出来，成了鬼。

我过去不关心他人的写作。现在由于工作，全是在关注他人。我感到青年作家最大的问题是与传统文学太过亲密，没有单位和组织发文要你们尊敬我们，当然，也有鄙视我们的，我很高兴。你鄙视我，你有希望。传统是一副毒药。何况，我认为没有传统，至少在湖北没什么文学传统。小说追溯到哪个源头？现实主义还是浪漫主义？现代派还是意象派？在湖北，有诗歌的传统，这就是浪漫主义，可惜的是没有人继承。小说根本没有传统。山东人家有蒲松龄，所以莫言和张炜师承有名。你们也不会承认什么传统，却无形之中受到了这个传统的制约。你们的创造力和灵性被这个强大的传统磁场给扰乱了。也会在心里想，有前辈成功的路，顺着这条道，被文坛接受的路会短些。这就是短视，这就是实用主义。许多青年作家在行文方式、讲说方式、构思方式、语气、表达的内容上会跟二十世纪五十年代生人，甚至二十世纪四十年代出生的作家酷肖。你们自己挣扎着说"我跟你们完全不同"，但是，我们会告诉你，你跟我们差不多，还没有我们的创新能力强大，没有我们机灵，你们很蠢，非常蠢，而且还固执，犟死一条牛，怎么给你们讲都听不进去。二十世纪五十年代出生的作家从不模仿二十世纪四十年代出生的作家，你们发现了这个秘密没有？

好的作家是把心挖出来放在一篇作品里的，一个作品就是一座炼狱。一个小小的散文也要把自己的心投入炼狱里去炼。一个好的写作者从来不与俗共，从第一行开始，就要亮出他的反骨。如果说我受过传统的滋养，那只能是中国的文字语言，它的铿锵有力，它的简洁爽快，它的美，我倒是要深入研究的。但你也不能顺着用，要逆着用，要重新锻打。你再写"拍遍栏杆无人问"？再写"灯火阑珊，秋风萧瑟"？要你存在干什么呢？我是不会这么写的，我写的是"草色阑珊""秋虫嘀咕"。所谓语言，是你自己在说话，上帝让你出生只有几十年，让你出生在现在，二十一世纪，肯定是有用意的。就那些话，那些语言，古人用过一千亿遍了，你不是古人，不是词典，你是你自己。一万年一千万年才出一个的你自己。

有一些人是对大众发言。我告诉你，我是对一个人发言，对一个人讲述。最后的结果是，别人喜欢我这种讲述。我写作的时候，我面对一个虚拟的人。这个虚拟的人是我旷世的知音，是我一辈子讲述的对象。你们是这样写作的吗？如果没有，赶快找一个虚拟的人，不要想到读者、评论家、宣传部领导、作协的某某。

我的写作姿态是强烈反传统的。我的写作很明确，从一构思开始，一提笔开始，就要反传统，拗着来。分析起来，一个作品，什么深刻啦，境界啦，思想啦，这不是最重要的，写作也许跟这些扯不上什么关系。写作就是你说话很特别，你的叙述很有意思。我不希望一般的读者喜欢就是喜欢，我要的是非常高层次的人喜欢。我是为顶尖的人写作，一般的读者自然会喜欢。

再者，这个时代需要什么样的文学，是这个时代的要求，过去的时代和文学无法回答你们。这反证传统是无助于事的。你们生活的环境完全改变了，文学的传播方式也完全改变了，人心也完全改变了，你们不需要改变吗？你们的写作方式还能用上辈作家的那支笔吗？

那么接下来我要说到的第二个问题就是：

二、突破文体

文学就是野狐禅。要真正地讲，文学本无文体。我自己写成什么就是什么。我把文字堆砌成我自以为的漂亮结构，是我心中想要的，这就是文体。

一个小说，你先想的是哪些？我想的顺序肯定跟你们不一样，我是想先从哪儿落笔，找到节奏分明漂亮俏皮的语感，然后再找到结构。我不会想深刻、人物、故事之类。这是我的写法。你的作品，你首先就去想深刻，可你的小说索然无味，深刻有什么用？书上说这个小说它写出了什么什么时代的深刻变革，揭露了什么什么的社会本质，这本书太有意义了。可你读起来就是白开水，这样的意义值得怀疑。我比较佩服那些评论家和编辑，硬着头皮读那么多小说，还要写赞美的话，如是我，会疯掉的。老老实实地写作固然是好的，除非你有像索尔仁尼琴那样伟大的苦难，像《红轮》和《古拉格群岛》那样硬写。

我说的文体跟教科书上的有区别，我大致说的是一种写作状态，牵涉到技巧、语言、形式等。我喜欢一个词，叫"机趣"。这个词在电脑上没有，证明人们不太关心这种说法。但我喜欢小说的"机趣"。散文诗歌也一样。

写作本来是个好玩的事，千万不要当真。"机趣"不是游戏。"机趣"是一个高境界的随心所欲。用一个俗词，就是有味儿。小说要有味儿，散文诗歌也要有味儿，说"机趣"更准确。你的语言"机趣"吗？你的结构"机趣"吗？你的表达方式"机趣"吗？我再简单地问你，你说的有意思吗？当你正儿八经在那儿抒情，在那儿揭露，在那儿描写的时候，上帝和读者在你背后发笑。当你跟其他人一样，用了别人千百次用过的人名——什么张小芳啊，李二霞啊，刘大秀啊，在那儿写乡村的时候，你可不可以换一种思维，叫他们李臭王鬼刘脚张瞎猫？最好叫二百五、三百六。你的语感是什么，你的人物的名字就是什么。我这是举一个例子。换一种思维，换一种活法。不过，按你们那些写法，叫二百五、三百六，也很滑稽。你若傻傻地问：他叫张瞎猫，是谁给他取的名？是不是诨名？是不是瞎了一只眼？这是小说，兄弟，你不要交代得那么清楚，也不要追问。小说就是好玩的。他在我小说中就叫张瞎猫，没有为什么。你就写：张瞎猫是村主任，张瞎猫有两只贼亮的眼睛。"但是大家喜欢叫他张瞎猫"，这句话就是多余的。如果你再加一句：张瞎猫是他的绰号，老百姓因为讨厌他，所以就叫他张瞎猫。完了，没意思了。

第二个问题很简单明了，我不想多说。要再重复，往那两句后面加解释，我就这样加：因为张瞎猫是村主任，他有两只贼亮的眼睛，所以叫张瞎猫。

三、创建符号

不破不立。要立就要创建属于自己的符号。每一个作家必须有一个符号。

因为这个作家写了个怪怪的很"机趣"的有味儿的死了的村主任张瞎猫，我们一下子就记住了这个作家。一想到某某，就想到了张瞎猫；一想到张瞎猫，就想到了某某。这个作家就有了一个符号。你说到莫言，说到张炜，是有符号的，大符号，且有一个或者多个符号。譬如我陈某人，应该也是有个小符号的。如果这个作家没有一个与之对应的符号，这个作家，不客气地说，是不存在的。他可能在我们的面前晃来晃去，可以看到他的许多消息，他也有许多作品发表、出版和转载，甚至比别人出版发表得还多些，一年写多少短篇多少中篇，但是因为没有符号，他的形象是模糊的，他没有一个让人聚焦的东西，不能让人通过提炼和归纳，成为一个简单的代码。独立存在的方式就是符号，虽然你被概念化、抽象化，但你作为清晰的存在，他人不能否认。你飘忽的影子，模棱两可的定义，让人费尽心思猜测你到底属于什么，是什么，到处寻找你存在的证据，抓不住你。一个符号，就是一个作家一句话就能说清楚的东西。他写得很血腥，这是符号；他写了神农架，这是符号；想到底层文学，也会想到他，这也是符号。一个作家，对他最好的评价，就是这是个有符号的作家。当然这个符号是被文坛承认的符号，否则不叫符号。

符号是一个宿命的东西。哪怕你写了很多别的东西，你写的东西比你这个符号更多更好，但会被他人忽略，你会感到委屈，有了符号之后，也许以后写的毫无文学史的意义了，只能不断地证明一个人的写作能力。但一个作家，是为了写作而存在的，他不会考虑太多。他只会不停地写，直到他离开这个世界为止。

符号简单，但作家围绕这个符号做出了巨大的努力，他是受了伤的，他是流过血的。这个符号应该做到的，他全做到了，一个村庄，小到一只蚂蚁，大到一座山峰，全被这个符号包含辖盖。符号有巨大的指向意义，也包含了很宽阔的东西。

如何创建符号？我认为，要紧守一个地方，往深处钻，不搞浮光掠影的写作，不搞全景式，不搞说天天知道、说地知一半的百科全书式的写作。年轻作家因为知识面的丰富，比上一辈作家胆子大，什么都敢写，什么都能写。但他只能是个浮头刁子，大鱼扎得很深。大鱼知道水很深。文学的水是很深的，有敬畏，不会什么都写。有所为，有所不为。我还是用神农架举例。神农架那样的一座神山，你也敢写啊，不怕触犯神灵？我看到有年轻作家写神农架，一看，写野人的，心里有数了，全是照资料编的一个故事，没事。还有一个湖北作家，北漂的，也跑回来写神农架。我说，神农架又不是我家的，谁写都行。如果这是我的符号，有本事你夺过去，我欢迎。但神农架真是一座神山，可不要轻易动笔啊，轻易动笔就是亵渎。后来果然见了作品，我在书店门口一看，好大的广告，写神农架金丝猴的。一翻书，心里有谱了，这种书与文学意义的神农架无关。听说现在这位作家还在神农架，好像是种茶去了。问题显而易见。他们写了很多东西，出了一大堆的书，什么都写。今天听说这里有金矿，跑这里来下钻子，明天听说那里有宝石，明天去那里下铲子。最终，我敢说，他们就跟神农架的野人一样，用网上的一句老话：不要迷恋哥，哥只是个传说。有些人辛辛苦苦，四处奔忙，最后在文坛只是个传说。

以上算是一些原则经验，但一个作家受到大家喜爱，最重要的是情感投入。用情感写作，用真心写作，用性情写作。至情才能达到至真，至真才能达到至性，至性才能达到至境。一篇作品，要把自己剥光了投进去，把心肝掏给读者。

你们要问，那你说的接近天空的写作，是不是追求高远？是不是追求纯净？是不是追求神圣？其实，我这么说，是渴望还有第二次这样的单纯明净天真的写作，但人不能两次踏进同一条河流。我希望你们应该获得一次这样的写作状态。

最后还有什么话要送给大家，有一句切记：时间是最残酷的筛子，什么都会筛下去，最后留下来的，是几块顽石。哪个"顽"？顽固的顽？顽强？顽皮？顽劣？……都不是。所谓顽石，就是又硬又臭的石头。

好作家的几种征兆

——在重庆作协全委会上的演讲

感谢重庆作协的邀请，让我再次来重庆与重庆的作家交流。上次我讲的是将地域文化变为小说。因为重庆与湖北在地域文化上的同质性，风俗民情的相似性，使我们有很多共同的语言和话题，而且我深入生活的地方神农架紧挨着重庆巫山和巫溪二县。这次听我课的是你们全委会所有委员，还有上次听过我讲课的作家们。全委会主要是学习习近平总书记在全国两会期间看望文艺界委员的讲话精神。我第一次听到习总书记关于"四力"的提法，他是在全国宣传思想工作会议上提出的，要宣传思想干部不断增强脚力、眼力、脑力、笔力，努力打造一支政治过硬、本领高强、求实创新、能打胜仗的宣传思想工作队伍。

我认为，这"四力"对作家队伍更为重要。我认为，好作家是通过这四力练出来的。脚力对作家就是行万里路，到生活的最偏僻的角落里去，到生活的最底层去，一个字：跑。坐在家里等不来好小说、好作品。眼力就是你的辨识力、穿透力，一个字：毒。作家的眼睛要毒。脑力，也是要动脑子，干事半功倍的事，干四两拨千斤的事，不干事倍功半的事。一个字：奇。出奇制胜。笔力，一个字：狠。不搞轻歌曼舞，不搞小桥流水。

文坛现在有两类作家，壁垒分明。一类是相信想象力的作家，一类是相信生活的作家。相信想象力的作家主要是年轻作家，也是类型小说作家的主力，主要是网络作家；一类是纯文学作家，在座的大部分是后者，但重庆的网络作家也很厉害。《流浪地球》的出来，刺激了一些作家对科幻的趋之若鹜，改弦更张，我们有许多作家现在也改行写科幻了，认为来钱来名快，比勤扒苦做的纯文学强多了，但我觉得中国的科幻有刘慈欣和郝景芳就行了，其他的作家不会有他们的运气。要知道，《流浪地球》的出版是在十年前，是在长江文艺出版社出的，像一本自费印刷的书，估计没有发行量。除了科幻，还有玄幻、盗墓、穿越等类型小说，这些年轻一代作家因为经历比较单薄单调，为了弥补他们先天的缺陷，才将想象力押成唯一的赌注。人算不如天算，在当时没有人看好网络文学的这些年，网络文学在夹缝中求生存，经过二十多年的努力，竟然异军突起，占了文学半边天，加上商业和网络的加持，网络作家和类型小说作家的收入是纯文学作家的几百倍几千倍几万倍。这更加刺激和验证了他们心中笃信的东西：想象力是无往而不胜的，是能够与纯文学作家一较高下的。果然，现在没有一个纯文学作家能有刘慈欣、唐家三少、天蚕土豆这么牛。唐家三少每年的版税是过亿的。我的学生中也有网络作家，一年的收入是几百万、几千万，一个小说的影视改编权是一两千万。

作家的分化在这个时代非常正常，没有哪一种写作方式能够统领整个文坛。你说现实主义伟大，可有的人搞魔幻现实主义、搞先锋也成功了，你说穿越是瞎胡闹，人家搞《三生三世十里桃花》也成功了。你要他深入生活，可人家坐在家里编《流浪地球》也成功了。

文学如今有了多条标准，多种道路，条条大路通罗马。但也还是有一种坚持，就是纯文学作家，特别是生于二十世纪五六十年代的作家，笃信的是生活。我们把生活当作我们的信仰、我们的宗教、我们的教堂，必须时不时到生活中去朝拜，去祈祷，去增加写作"火石"，就是能量。

我的生活基地神农架，由喜欢，到热爱，到神化，到归顺，这个过程是漫长的，通过不断地行走和学习。刚开始我只是喜欢，后来就去了，想到那儿挂职，后来就是热爱。这种热爱的过程是痛苦的，比如，你得经受在深山老林里行走的危险，忍饥挨饿。我那时候心脏不好，有强烈的高原反应，在山上被抬下来，紧急送到医院。什么拉肚子、遭恶狗围攻、脚气病，还有碰上坏人，但更多的是碰上好人。没有一些刻骨铭心的记忆，这种行走和练脚力是没有意义的。比如，我一个冬天都在寒冷的神农架，没有暖气，穿着军大衣，每天都冻得像狗。在十二月份时我翻过一个海拔二千八百米的垭子，为了采访一个人，当地政府不给我派车，说要对我的生命负责，我去街上找了一个小轻卡，我问司机敢不敢开。他说"你敢坐我就敢开"，我说"你敢开我就敢坐"。冰封的路上，亲眼看到一个车因为冰太厚，滑下山路，而司机跳下车才捡了条命。后来我将这个素材写成了中篇小说《松鸦为什么鸣叫》，获得了鲁奖。在神农架，我对整整一冬的寒冷记忆，成全了我的生活经验，也激活了我的生活经验，让我后来写了许多关于冬天的小说和散文，每写到冬天，我都不会重复自己，这种感受太深了。当然还有对森林的感受和认识。比如，我刚完成的一个长篇《森林沉默》，我写了大量的动植物，少说有上百种，我说我的这种底气是我对森林的熟知，将森林当作一个思考模型来做学问，就是一种旷日持久的研究，是一个项目。然后将这块地方神化，自己进行一场文字造神运动，终于造出了神农架这一尊文学之神，也是我自己的精神之神，再然后去归顺它，彻底被自己塑造的神征服。我如今在神农架居住，当地政府给我成立了工作室，我成了真正的山里人，我的房子离原始森林不足十米远。

成为一个好作家的确有许多征兆，我是从"四力"上想开去的。我下面讲几点供大家参考，成为好作家的征兆，第一点就是与四力中"脚力"有关的——

一是好作家总是在路上。

好作家必须面对陌生的世界，吸取新鲜的知识，让死去的、麻木的心复活，刺激我们写作激情的东西永远是新知新觉，作家作为一个阶层是固化的存在，我们的生活已经有了一套固定的模式。我从重庆回去后，就有如四川阿坝等几个采风活动，可以想见一定有油菜花地，摆 pose（姿势），吃农家菜，然后回家，写诗，写散文，大家写得大同小异。开会时保证有"很及时，很重要，很深刻"等这些表态词汇。面对这样的同质化的生活和语言，作家必须放弃某种生活的消耗和磨蚀，在另一个地方、另一个场域去擦亮自己，发现自己的与众不同。也就是，你走你的阳关道，我走我的独木桥。

我认识的作家像贾平凹，他每年都要拿出时间回到他的老家秦岭行走，他的《山本》就是写秦岭的，他自己说，他就是秦岭人，就是要为秦岭树碑立传。他的作品也写到了大量的秦岭动植物。秦岭不仅挨着神农架，也挨着我们重庆的巴山。我们可以想见，老贾是走在山道上的，虽然他牛，但决不会前呼后拥，咋咋乎乎，而是会躲开热闹，一个人想事。老贾除了早期的《废都》是写西安的，其他大多是写老家的。长年在路上，不仅锻炼了脚力，也使一个作家变得更加勤奋。隔绝外界诱惑的逃避之策，是让一个人独处，远离人群，不整天在微信上说胡话，保持沉默也是一种做人做事的态度。山东的张炜，每次与他联系，基本都是在龙口，不是在济南。有这么好的状态，不愁写不出新作品。张炜的《艾约堡秘史》，写的是巨商的隐秘生活。但张炜的小说固执地写胶东半岛，却完全不写济南，只写那些海边的奇人、异人、古人。我们也可以说，这是张炜自己的隐秘生活，有一条汲取生活营养的隐秘通道，他从不停歇地走在这条道上。

好作家有大气象，大气象是在远处，在远方。如果评价一个作家说他写得很开阔，我认为是最高的评价。开阔，有大气象，是最好的小说。我自己虽然在武汉待了三十多年，但从来不写武汉，作家也要扬长避短，更不要扎堆。我是面向旷野高山地写作，说我的作品写得有力量、有野性，其实是狐假虎威，因为我生性柔弱，生在平原，写远处的高山大川，是想借助山的高度创造我的写作高度。我常常给喜欢阳台写作的年轻作家讲，写一钵花跟写一片花海是两种不同的格局和胸怀。对于一个整天在自己阳台上摆弄几钵花的作者，到哪儿看花海？走出去。我第一次看向日葵花海、薰衣草花海、上万亩的油菜花海，是在新疆，如果不去新疆，就看不到这样的景色。长年在路上，会碰到颠覆我们生活和认知的事物。而我们的生命里要认识一些宏伟的东西，哪怕我们不能理解，但与宏伟的东西相遇，内心才浩荡，才能战胜我们内心里许多卑劣的、卑下的、阴暗的、混乱的、肤浅的、小眉小眼的、暧昧的，甚至罪恶的想法和欲念，我们每个人都在卑下的生活中挣扎，当你深陷其中的时候，还是要到更广阔的地方去，你的格局和想法一定完全不同。

二是好作家有一根不同的筋。

不知道重庆有没有这样的方言，说这个人怪，就说他不同筋，有一根不同的筋，是反长着的，还有一种说法是这个人有反骨。各地的作家，就是各地的人尖子，被赞为有才华的人，如果他写作，一是具备了想象力，二是具备了虚构能力，且知人情世故，懂历史兴衰。不过这还不够，如果你的想法常常与人不一样，你就有成为好作家的征兆。我举个例子，刘亮程，现在写了一个长篇叫《捎话》。他认为，作家就是捎话人，历史也是捎话人，土地也是捎话人。他有这样奇怪的想法，还竟然把它演绎成一个几十万字的长篇，来证明他的观点是对的。有一次，我们在海南岛，他一路给我们讲，驴子是方形的，还不是长方形，而是正方形的。一头驴会是正方形的吗？他说得头头是道，竟然把它说圆了，一个完全荒唐的想法，在他那儿是正常的。我想，刘亮程有根不同的筋，在他那儿表现得特别突出。这样，他就把自己从众人中剔出来了，不与任何一个作家同流合污、抱团取暖，不会的。我提醒有的写作者，当一个好作家，不是用你的写作证明你优质、优秀，而是要证明你的异质，你有一种别人没有的异质，你鼓捣的东西一定是有趣的。为什么我说现在改行写科幻的作家十有八九要失败呢？因为你是赶时髦，赶时髦有几个有出息的？我在写那些神农架系列小说时，我被认为是底层文学的代表作家。于是，有人给我说，陈老师，我想加入你们的底层文学。这就是赶时髦。我也不是加入的，是写了一些作品，被归入这一文学现象和流派中的。一个作家都有先天的禀赋，但是我讲的是异秉。如果天生没有，现在有意追求还来得及，你要挖掘这方面的潜力。要让别人评论你，这人的作品有点怪，很特别。无论是小说，还是散文、诗歌，都要有怪的一面。怪，就是正路；不怪，才是邪路。

三是好作家面对现实，处理现实。

一个作家好不好，就看他面对现实的态度和处理现实素材的能力。有人说，现在形势敏感，有禁区，作家感受到了压力，这是我经常听到的抱怨。有这种抱怨的人，一般就搁笔了，写少了，为自己不写找了个堂而皇之的理由。但我告诉他们，我从来没有感受到压力。他们会说，陈老师是不是太天真，说假话？不是。我说我从来没有感受到压力，这是发自内心的。虽然在发表时编辑会让你在用词上有个别修改，但依然会有刊物争着要。虽然在出版时也会有一些篇什不能收入，也还是会出，这有什么要紧呢？修正一些说法有时候并非全是坏事。好作家没有谁去绕开现实，避重就轻。如果你认为有压力，更能激发我们的写作，更能调动我们的智慧，有利于我们的机智与表达方式的变革和风格的形成。有适当的压力是写作最好的状态，没有压力的写作对作家来说，是慢性自杀。挤进现实中去表达，对现实发起突袭，是作家必须勇敢面对的姿态。

往大处说，往最高的境界说，优秀的作家是改造社会的，是为天地立心，为生民立命，应该是社会良知和真理的化身，是一个民族的先知先觉者、呼喊者，不能逃避现实的残酷和复杂，纯文学作家不会去玩穿越。所谓写作有风险，大家只是听说，我想问，你们中因为写什么被禁过？没有吧。没有就是没有什么风险，证明你的写作是四平八稳的，是没有任何阻力的。那你怕什么？都是自己吓自己吓出的病。如今的写作者太敏感，这完全没有必要。我们承认风险意识，但你是将它化为焦虑和退缩，还是化为动力和挑战？写作面对现实，不是让思想缩水，不是让身段扭曲，不是让表达变形。写作的确是一个有风险的职业，但未必比建筑工的风险高，比种地的风险高，比马路清洁工的风险高。既然这样，你就迎难而上。我前不久写了《投亲记》，是写知青的，而且是悲剧，为什么又发表了，《小说选刊》《小说月报》都转载了呢？这有一个处理技巧的问题。我的小说里没有一个坏人，却造成了这个悲剧。我前几天又写了一个"文革"后遗症的故事，叫《恶狗村访友》。前几年我写过一个上访工友的故事，叫《一个人的遭遇》，不仅《北京文学》发了，《小说月报》还转了头条。这里有一个处理方法的问题，写这种题材时除了要多动脑筋，最重要的是要学会比较客观地看待现实与历史，不要偏激，不要愤怒，不要感情用事。我发现在微信、微博上偏激地发一些言论的作家，一般不具备处理现实题材的能力，偏激和愤怒并不能帮助国家和民族进步，不能解决任何问题。

现实题材的写作，是高风险高回报，如何处理现实素材，我们每个作家一定都尝试过不少。有认为莫言的是一种方法，残酷加魔幻变形；有认为这样我学不来；迟子建的是一种方法，残酷加温暖；有认为张炜的是一种方法，残酷加浪漫主义。

我自己处理的方式有一点残酷，有一点魔幻。我处理的几种方式得到了认可，一种是《马嘶岭血案》的处理方式，就是把旧闻当新闻写，把历史当现实写。还有一种方式是《滚钩》的处理方式，把难写的现实换个叙述视角写。

而我的中篇小说《滚钩》，是大家都知道的荆州挟尸要价的事件，轰动全国，如果要写成小说，也不过是一篇新闻小说。我思考了很久，有一天我突然想到，以一个在长江上打鱼的老渔民的视角来写这个小说，就完全摆脱了新闻的非艺术因素，让它成为一个真正的小说。一个视角可以成全一部作品。

每一个小说的写作我们都要经过艰难的思考，因为这些小说直面现实，有敏感难点，不得不精心妥善处理，而这其中的经验，读者通过阅读一下子就能感受到你的机智和智慧。

四是好作家有独特的写作引擎。

一个好作家有非常充沛的能量场，他不停地往前冲，没命地飞跑，在文坛中绝尘而去，作品连篇累牍，总是引起反响，有不竭的创作素材和激情，表达的世界宽阔，情感深沉。他不同于有些人，写一篇很艰难，今天写的是乡村，明天写的是城市，后天写的是老师，大后天写的是打工仔。漫无目的，东一榔头，西一棒子。三天打鱼，两天晒网。有时候，这些作家也会写出一个好东西，也会有闪光点，有的竟然在《小说选刊》头条转载，你以为他会接二连三地出作品，但他却突然消失，说写不出了，说不知道怎么写了。引擎也不是一个简单的"我为什么写作"的问题，是一个作家内在的持续增长值，一个创造活力之源。我过去就是没有找到新的写作引擎，在神农架，有一种非常独立的东西牵引着我往前走，所以短时期内会有一系列作品出现，不是一个，是几十个。有了好的写作引擎，你的续航能力是无穷的。善于学习，勤于研究，是寻找新的写作引擎的办法。我自己这些年，又去了荆州挂职，因为我想写写平原上的生活。现在因为我对森林和植物的兴趣，我写了一个叫《森林沉默》的长篇，我的想法就是要把自己弄成一个森林动植物专家。我们虽然无法说清这个写作引擎，但我们能够感受到好作家的写作引擎强健，马力充足，独特，高配，能源清洁。

2018年我发的一个短篇《赵日天终于逮到鸡了》，《小说选刊》在推介这篇小说时说是近几年难得的一篇好小说，因为里面有新东西，不是惯性思维、惯性写作，不沿袭自己的写作路子，有许多创新。有些年轻作家总是说没东西可写，我给他们说，仅我在神农架得到的素材，两辈子也写不完。贾平凹、张炜基本上一两年就拿出一部长篇。我今天讲的是好作家的征兆，只是征兆，关于写作引擎的问题，我们能感受到好作家的作品，他的人，都有一个神秘的、巨大的引擎在牵引他风驰电掣地往前跑，这是一个作家写得又多又好的背后力量，但我们又说不清楚，它肯定是属于精神的，就像灵魂一样，肯定是存在并指挥着我们。

五是好作家有自己的语言系统。

如今我们面对的时代，是一个纸质书籍衰微的时代。现在读小说不是读故事的时代，是读语言的时代。小说唯一可以继续生存的理由只有一个：语言。我们如何能竞争得赢影视和网络？我说，如今人们掏几十块看电影眼都不眨，你要他掏几十块买本书就不太容易。小说在这个时代与其他抗衡的，也只有语言。一个好作品好作家，我们现在看他，不是故事讲得好，而是语言，只有语言。过去说语言是外壳，是形式，是花拳绣腿，现在照我看，语言比故事和思想更重要，语言是真本事。不了解小说的这一变化，我们很难在文坛立足。小说终归是一门语言艺术，语言好，则一切好；语言不好，则一切不好。语言是小说本身和思想本身。一句话虽然只有一个意思，但，用什么方式说，用什么格局说，用什么智慧说，怎么说更有神采，更幽默，更突出，更有魅力，更机智，更好玩，这里面既有做人的态度，也有生活的悟性，还有才华的较量。写小说就是比谁更会说话，比谁说话更有味道。

我们现在的文字，说个不好听的话，因为对现实主义的过分强调，作品面貌大多循规蹈矩，老实，整齐。分不清谁是谁。现在这个时代也不是文质彬彬的时代，文字不应有规范化的洁癖。文字适当的芜杂感有助于接地气，要乱头粗服，热汗涔涔。因为文学的本质应该是荒凉之地，虎啸狼嚎，野鬼号叫，荆棘丛生。衣冠楚楚，高门大户，不利于文学生态。我们读拉美作家的小说，有没有一种到热带雨林中去的感觉？闷热、潮湿，文字盘根错节，我把它称为拟态文字，文字透出的就是那块地方。我年轻时读《红岩》，就有一种雾气弥漫的感觉，雾重庆，虽然没有到过重庆，但雾重庆的感觉是从文字中得到的。

　　以上我讲了好作家五个方面的征兆，大家还可以说出更多。写作是一场与自己的过去搏斗，与陈旧的自我搏斗的过程，敢于扬弃、创新，还要与这个现实和时代搏斗。作家就像一个独行侠客，神出鬼没在文字中间。现在文坛不缺作家，缺少的是语言个性十分鲜明和突出的作家，我希望在座的作家中，无论是写诗，写散文，写小说，都要有强烈的个人辨识度。巴蜀之地多鬼才。有鬼才就对了，我今天说的五点，也是鬼才的特质，但巴蜀之地，鬼才应该越多越好。我希望大家成为文坛鬼才，不要当什么人才。人才是小聪明，鬼才是大智慧。

读和写的关系

——在武汉外文书店的演讲

值此外文书店重新装修、重新开业之际，作为一个作家，一个外文书店最忠实的读者，我很高兴。我到过全国许多书店参加签售、读者见面会等活动，有的书店给我留下了深刻印象，如南京的先锋书店、万象书坊，青岛的良友书坊，还有台湾的诚品书店。为顺应读者群体的变化，为了用纸质书籍的深阅读对抗这个电子时代的浅阅读、碎片化阅读，实体书店代表着人类阅读的最高贵形式，都在进行着悲壮的、智慧的抗争，成为抵御人类精神荒漠的堡垒和绿洲。曾经，武汉的外文书店是武汉文化人重要的文化记忆。以后，因为它的新生，依然会成为武汉人的精神和文化的向往之地。选购图书和阅读，要成为我们的一种生活方式，一种休闲方式，一种花钱方式，要让更多的人爱上书店，爱上在书店里那种更高雅、更有情调的、更有品位的生活。

拯救读书，不是危言耸听。看一看我们在公共场合，比如地铁里，看到过有一个人拿一本书在读吗？没有，至少我没有看到过，我们每个人拿着看的是同一个东西：手机。而且每个人都控制不住，在摇晃的车厢里，在几站路的间隙中，我们无法忘怀那个兜里的手机。这真是一个神奇的东西，它几乎一声不响地就征服了我们所有人，除盲人和文盲以外，每个人究竟在手机上阅读的是什么呢？游戏、微信聊天，再就是——极少数人读的小说，也是网络小说、通俗小说、类型小说，还有鸡汤和励志的文章，以及信息芜杂、各执一词的世界万花筒一样的破烂事。

我有几次在国外，比如在美国和欧洲坐飞机或转机，在机场里，我看到的完全不是在国内看到的景象，许多外国人是从行李包中拿出一本纸质小说来读，人们对纸质书和虚构的、想象的东西依然着迷，他们还没有完全坠落到世俗中，他们的身体里还有一个靠想象活着的灵魂，他们的身体还是轻的，还可以飞起来，能不能重新飞回古希腊的奥林匹斯神山上去，我不知道，至少还有一点余韵。但一些中国人基本丧失了这样灵魂飞翔的能力，即读书的能力。

中国人对读书和文字的掌握是看得非常神圣的，文字的出现，即仓颉造字时，天雨粟，夜鬼哭。而且，在古代还没有纸张的时候，写字是很困难的，为什么古人造字要造得那么复杂，一个字有的二三十划？我想是为了让文字保持它的神秘性，让一般的人对文字有敬畏感。我们看到一些民间的符咒，都是繁复的、神秘的，越复杂越有神性。

2016 年，我国成年人人均阅读图书是 7.86 本，但读言情小说的占三分之一，读纸质书的只有一半，另一半是读电子书和网络阅读。2018 年有一个统计，我国成年人一年人均纸质图书阅读量为 4.67 本，下降很快，人均电子书阅读量为 3.32 本，但我发现我身边的人基本不读书，包括作家。所以，这个统计我是怀疑的。有一个专门针对中国大学生阅读的调查，说大学生平均每天上网时间是 3.27 小时，而每天花费在纸质阅读上的时间却只有 1.58 小时，这表明大学生普遍上网时间长，读书时间少。即便如此，将上网时间全部用于阅读的学生也仅占 3.69%，大部分学生上网还是以看视频、聊天、打游戏为主。调查数据还显示，大学生在阅读过程中普遍缺乏良好的阅读计划，会按照计划好的时间和书目系统地阅读的学生只占 21.81%，有 73.15% 的学生读书只是随便翻翻。有听说大学里，有的本科生四年一次都没有去过图书馆，借书证一次都没有用过的并不少见。

美国大学教授的鲍尔·莱恩把美国年轻的一代称为愚蠢的一代，他说，数码时代正在使美国的年轻一代成为知识最贫乏的一代人。为什么愚蠢？因为美国的青少年和年轻人正在被数码时代各种娱乐消遣性的工具所淹没。这些工具包括手机、社交网络和信息传送等。他们通过这些工具传达的却是幼稚浮浅的东西，而且这些东西正在妨碍他们同历史、公民义务、国际事务和美术等成年人的现实世界进行重要的接触。他说，在整个人类历史上，知识从来没有像现在这样普及过：图书馆、博物馆、大学、历史频道、维基百科、《华尔街日报》、《纽约时报》，一切都在你的鼠标下，但我们没有看到年轻人，至少是美国年轻人，包括高中生和大学生，在历史知识、公民意识、阅读成绩、国际竞争力方面的提高。为什么？因为他们把时间都花在了社交网站、IM（即时通信软件）和手机短信上了。他还说，对我们这一代人来说，书本扮演的是一种精神性的角色。我来告诉你读书为什么重要。首先，读书训练你的记忆力。当你阅读一段比较长的文字时，你必须记住一部分内容，才能继续读下面的内容。网上那些短小快速的文本，不可能像书本那样锻炼你的记忆力。第二，读书锻炼你的想象力。没有图像，没有视频，你必须在自己的头脑中想象这些角色的形象。最重要的是，如果不读书，你有什么可以作为替代的呢？哲学、政治、小说，你必须通过读书才能消化。我想我们正进入另一个黑暗和无知的时代，人类延续了数千年的知识、理性的传统，也许就这样结束了，剩下的只有娱乐和成功。所以，我们要维护书本和阅读的价值。

这位美国教授谈到他的教书办法，就是让学生们背诵诗歌，比如惠特曼的诗。这是一种增强记忆的办法。比如，我们在高中时背诵的古文，到现在依然倒背如流。记忆是神奇的。法国作家夏尔·丹齐格说："读书为我们还原了生命那些值得崇拜的纷繁驳杂，由它们来对抗死神的傀儡。图书馆是墓地唯一的竞争对手。"活着的人因为要修炼，所以只有靠读书。而活人与死人的区别是：能读书和不能读书。但在古埃及，死的人坟墓里必须放一本书，叫《亡灵书》，是给死者的灵魂看的。在中国古代，在我们楚国，一些墓葬中出土了大量的竹简，这就是当年春秋战国时的书，这也是给死者的亡灵读的。《亡灵书》是古埃及人用水生植物纸莎草芯制成的纸卷，在上面抄录下冗长的《跨越死亡之国度》（又称《白昼来临之书》）符文的片段，并配以插图，随死者丧葬，以求死者逢凶化吉，安然到达他们认为的极乐世界"芦苇之野"。去过埃及的人会买一种莎草画，非常结实，不容易腐烂。因为埃及少雨，千年尸体都不会烂，成了木乃伊，莎草书更不会烂掉。在一片沙漠中的民族死了也要读书，而如今我们的大活人，却对书不再有兴趣。我们看到一部动画片《哪吒》，竟然可以有五十亿元的票房，而我们国家所有的出版社，一年出几百万种书，那么多人在努力编辑出版，有没有五十亿元的码洋呢？

法国作家夏尔·丹齐格在中国访问时有一个访谈叫：《书是一棵钻出坟墓的大树》。他说，文学不但没有毒，相反，当世界处于暴君的统治下时，正是文学对人们的心灵实现了救赎。在苏联最严苛的岁月里，索尔仁尼琴的《古拉格群岛》和《癌病房》给许多人带来了温暖。

我们想，我们国家的鲁迅不就是这样的作家吗？鲁迅救赎了一代人，我这样讲是有道理的。我们那一代那时的读书，完全是被动的，是没有选择的，比如让你读马克思、恩格斯、列宁、斯大林、毛泽东的书，特别是毛泽东的书，要人人背诵，人人口袋里有一本《毛主席语录》，或者最薄的叫"毛主席语录一百条"，还有"老三篇"（由毛泽东写的三篇短文，即《纪念白求恩》《为人民服务》《愚公移山》）。但是那个时代最奇怪的是，还有鲁迅的书可读。鲁迅的书有多么深刻的思想，多么神奇的语言，他与那个时代完全水火不容、格格不入。鲁迅让我们在那个时代碰上了，应该说也是老天有眼。其他书没有卖的，只有他的书是可以出版的。也因此，在现在阅读的书太杂太乱太糟糕的情况下，乱读会让我们很难碰上精神发育成长时最需要的书，最有营养的书，甚至一堆花花绿绿的垃圾食品，吃坏我们的身体。现在因为商业的操作，我们的书中有许多看不出来的"三聚氰胺"，直到出现精神上的"大头娃娃"，这个人就废了。而我们在没有书读的时代，却赶上了读最好的书的时代，坏事变成了好事。像与我们同一代的一些台湾人的成长中，读什么书都可以，可是我们看到他们的作品，里面充斥的都是关于鸡汤的文字，什么佛啊，禅啊，茶啊，全是精制的生活，小确幸，但中国作家因为有鲁迅的加持和熏陶，我们的作品里充满了对民族性、对社会沉疴的思考、批评和批判，显得大气、开阔、有重量。因为鲁迅作为我们这个民族最无情的解剖师，他对我们的民族的劣根性和精神痼疾进行了最深刻的批判。那时，有鲁迅的《野草》《彷徨》《呐喊》《故事新编》等这些真正高大上的书，简直是叫花子捡到一坨金子。那时候，因为撞上了鲁迅，我们获得了人生最好的精神营养。

　　那时候我们非常穷，饭都吃不饱，哪有钱买书！我记得有一年，我父母给我过年的压岁钱是五分钱，但一本最薄的《野草》也得两毛钱，简直相当于现在几百元。但我硬是把这套书全买了，包括六毛二的《中国小说史略》。读了干什么？学习它，写作。读就是为了写。为什么要写？就是想模仿鲁迅，学他的做派，学他的语言风格，来用文字塑造一个自我。我特别喜欢的是《野草》，这书中的每一篇我都模仿过，我还喜欢他的《彷徨》《呐喊》《故事新编》。我模仿《野草》，这是我最初走上写作之路时的练笔，也锻炼了我的语言基本功。它里面的短章如《秋夜》《影的告别》《求乞者》《好的故事》《过客》《死火》《失掉的好地狱》《墓碣文》《颓败线的颤动》《死后》《这样的战士》《聪明人和傻子和奴才》，鲁迅的这类文章，完全是片断，但意境特别，妙不可言，语言的组合精粹、凝重、深厚、孤绝。他的小说其实也是这样，像《故事新编》——有的篇章现在看来像是穿越小说，如《补天》《铸剑》等，写的是悲壮的、末路的灵魂和英雄。鲁迅作品中萦绕的英雄气质同样也是迷人的，让年轻时的我们异常向往，因为在当时的社会氛围中，鲁迅的言说方式有偷偷摸摸的地下色彩和民间气质，是不允许存在的。也因而，在没有书读的年代，歪打正着，有鲁迅的书可读，也就挽救了一代人对汉语的热爱，浇灌了一代人的精神渴求，也矫正了一代人的精神畸形，同时暗暗地塑造了一代人的精神气质，这对我们这个民族是一个意外的收获、巨大的胜利。

　　我们学鲁迅，就是学他在写作中往大处思考，不限囿于个人的悲欢离合，恩恩怨怨。语言包括说话的姿态、语气、语言组成的方式，在说话上模仿鲁迅的性格和做派。他作品中的先锋姿态特别吸引我，他表现出的孤傲、孤僻、孤独、孤愤、孤峭，特别是语言孤峭的姿势，特别迷人，许多作家受他的影响在这一点上是最大的，等于通过对他作品语言的模仿，来塑造一个还未定型的自己，让自己有一个清晰的形象，这个形象就是孤峭，性格的孤峭和语言的孤峭。而孤峭是峭丽的，有着叛逆的、不屈的、刻薄的、幽默的、自嘲的，甚至恶搞的力量。我说他的力量是正面进击的力量，还有一种在结束之后的反噬的力量，这是非常神奇的，令人不可理解的。我那时也看了一些二十世纪三四十年代作家的作品，鲁迅的面目完全与他们不同，可说是天壤之别。

二十世纪三四十年代的作家，小资情调严重，许多人干的是鸡汤写作，鲁迅干的却是残酷写真的活儿，是堑壕里用白刃格斗的活儿。但鲁迅人格的真，人性的真，也不是他那个时代的作家可比拟的。他的"两间余一卒，荷戟独彷徨"的时刻，就在那个时代很少有人流露出来，一个如此深刻洞悉和剖析了中国人劣根性和沉疴痼疾的人，在愚钝麻木时代呐喊的战士，也有这样彷徨的心境，我们看到他的孤独和彷徨，也就看到了作家内心最柔软的一部分。袒露内心的作家，内心一定强大。因为鲁迅小说的绝对先锋气质（精神／思想的先锋和艺术／写作手法的先锋），是我一开始写作就模仿的对象，后来我的语言风格的形成，完全看得到鲁迅的影子，叛逆、幽默、反讽、孤愤、幽暗中的挣扎和绝望里的抗争，这些异质的、异类的元素，一直激励和控制着我的写作，文学是应该揪心的，鲁迅作品中弥漫着的揪心感，像石头隆隆地行走在天空中，给读者以重压，这正是启蒙者应有的分量和标配。后来我的神农架系列小说，如《马嘶岭血案》《太平狗》《狂犬事件》《母亲》《一个人的遭遇》等，就是在鲁迅的深刻影响下出现的。

我以上讲的，就是怎么读对书的问题。我们那时是碰上了鲁迅，如今我们要碰上谁太难，也碰不上了，太多，眼花缭乱，你就没有选择。一年我们的出版物是四百万种，进入馆藏的有十七万种，书店卖的不过十万种吧，你能读得过来吗？

我每次讲课都有读者问究竟应该读什么书，怎么读书，读什么书对人生最有帮助，读什么书对写作最有帮助。我真的不好回答，或者答非所问。我前面已经回答了这些问题，要讲读什么书，现在花里胡哨的书太多时，我们只能读一般家庭应该有的藏书，读经典，经典就是好书，经典就是一个人的基本营养，就像牛奶，像善存片，它包含了人体所需的微量元素。

我们不能指望别人告诉我们读什么书，因为别人不知道你的身体你的精神缺少什么营养。我认为先读经典是最为省事的，原因是经典就算不对你的症，但是绝对没有毒副作用。有可能，你读不进去，一是不对你的胃口，二是因为时间太久，有的作品已经与我们的阅读趣味相差甚远——比如，我自己也一样，现在翻开有些小说，完全觉得太难读，比如《巴黎圣母院》《战争与和平》之类，读得很费力，但经典是要硬着头皮读的。不仅仅是中外小说名著，戏剧、诗歌、散文，都有非常之多的经典，这都是我们人类优秀的精神遗产。卡尔维诺有关于怎么阅读经典的文章，他说过，所谓经典是一些产生某种特殊影响的书。特殊影响是指对你的生活、理想，以及写作时亟待解决的问题有所帮助的，这当然是经典。另外，关于当代是否有经典的问题，很多人讨论过，但我赞同夏尔·丹齐格的说法，经典是读者共同参与完成的，没有读者的追捧与热爱，经典不会出现。小说的本质是一场反叛，因为小说本身是在拒绝面对现实，转而创造新的世界。小说家们是叛乱者，读者们则是同谋者。博尔赫斯也有类似的说法，他说，一切阅读都暗示着一项合作、一次同谋。作家与读者是同谋，每一本书都满载着逝去时光的含义，每一个死去的大师都是活着的：荷马、但丁、蒙田、塞万提斯、莎士比亚、叔本华、卡夫卡……都是我们的合作者和同谋犯。通过阅读和写作，荷马的剑、但丁的豹、弥尔顿的玫瑰、济慈的夜莺、柯勒律治的花朵，在我们的注视下，在书写中复活。当然，我们还可以利用他们伟大优秀的 DNA 复制功能，创造更多的我们自己的作品。

经典的作用是将书海中的矿石炼成了金子，让我们去选择使用，它们把作家描绘的世俗生活压缩成精神天地，并且将最世俗的生活过滤为神话。我们无法读尽世上所有的书，但我们可以用经典来代替所有的书。因为经典是可以反复阅读的书，萧伯纳说："所有值得反复阅读的书都是神灵的作品。"大家知道，博尔赫斯曾经是一个图书管理员，他说过最有名的话是：天堂的模样就是图书馆的模样。博尔赫斯的晚年，眼睛瞎了，他还是继续大量买书，每天摸着那些堆满的书，他才会感到幸福，感到自己还活着。

阅读经典的最初阶段，肯定是饥饿阅读，如果你教你的子女读，也按古代、现代、国内、国外的来买，后来，读得进去的书就是好书，读得疙疙瘩瘩的书就丢下。不过，还是在你的书柜里，我们的书柜站立的应该都是伟人，只能留给他们。

什么是好读者，怎样做一个好读者？出生于俄罗斯的美国流亡作家、写过《洛丽塔》的纳博科夫讲到一个优秀读者的条件，符合十项，即 1. 须参加一个图书俱乐部。2. 须与作品中的主人公认同。3. 须着重从社会—经济角度来看书。4. 须喜欢有情节、有对话的小说，而不喜欢没有情节、对话少的。

5. 须事先看过根据本书改编的电影。6. 须自己也在开始写东西。7. 须有想象力。8. 须有记性。9. 手头应有一本词典。10. 须有一定的艺术感。

这里，优秀读者的条件之一，须自己也在开始写东西。这说明，好读者与好作者是互为一体的，对此我深有体会。

写作者是怎么出现的？为什么会成为作家，会不停地去写作？别人我不知道，但我自己的故事是这样的，因为我喜欢读书，我就开始在书上做笔记，在空白处写一些读后感，这些读后感完全是高大上的，不是柴米油盐的问题，是形而上的，是与一个虚拟的伟人谈心、对话。就像美国作家施瓦尔贝说的："伟大的作家会在时光的长河里互相对话。写书的人大多都是读书的，而大多数书里都留着丝丝缕缕成千上万本作家下笔前读过的书的痕迹。"每一个作家也是读者，这就成了读者之间的交流。我还会把一些好的句子摘录在笔记本上，一段一段，有时是整本抄，比如我抄过整本的《普希金诗选》，这本手抄的诗集也保存了四十多年。现在想来，谁有我这么虔诚地热爱文学？后来，我就开始有意模仿这些大家的风格、语言、味道写作，这相当于书法中的临帖，也相当于画画的临摹，但却是自己写的，不是抄袭。在大量的模仿之后，在向刊物投稿之后，对自己的要求是原创。于是，创作开始了。由读者到作者的过程，是非常自然的，没有一个好作家不是疯狂的读者。但法国作家弗朗索瓦丝·萨冈认为："我发现，写作的天赋是命运馈赠给极少数人的礼物，所有想把写作作为职业或消遣的可怜傻瓜只能是不幸的亵渎圣物者。"

古人说，不为福报方行善，不求功名亦读书。说的是读书有时并不关乎功名，是为读而读，人生下来就是想读书。如果从实用主义的角度考虑，读书也是好的，比如我强迫我的小孩读《三国演义》，目的很简单，他作为一个理工男，要在社会上学会一点谋略，事情到来的时候，要想到怎么处理，要向诸葛亮刘备等学习，不要向周瑜曹操之类的人学。读《红楼梦》，就会懂一些人情世故，怎么待人接物，怎么讲话得体，这也是一门学问。大多数读者，并没有高雅的阅读趣味，就是消遣，但如果一个好读者与作家有了共鸣，就一定会有倾吐的愿望，就希望自己的想法得到喝彩和理解，也希望自己是下一本书的作者。后来，我小孩读了这些名著，在高中的时候，我有一天发现他竟然在写小说，叫《陈氏春秋》，半文半白的，写了上万字。当然因为学业太重，他没有写了，这也可以看出读者转变成作者的雏形。

写作跟读书同样是世界上最伟大的快乐，同样是对精神控制和奴役的解放，是个性的解放，把自己从一个暗无天日的深渊中拔出来，用虚构和想象的力量向着天空提升自己。秘鲁作家略萨说，写作是在用某种方式保护自己，抵制与社会脱节、颓废和好奇心的丧失。

写作和阅读都是人类古老的、天赋的、必需的精神生活，是古老的姿势，跟农民躬耕田野一样，不过是另一种生存姿势罢了，漫漫长夜，青灯黄卷，红袖添香，何尝不是人类迈向文明的进步写照！

对已经饱读诗书之后，有满腔倾诉欲望的、有志于写作的人来说，我认为你赶上了一个好时代，这个时代是最丰富多彩的时代，我们的现实社会每天发生的故事，远远超过了我们坐在书斋里所想象的。一是会开阔我们的视野，激发我们的想象力与虚构能力。二是这个时代的巨变有太多可写的事情。中国几千年，在农耕社会里，有一夕的巨变，但总体是凝滞的、缓慢流动的，加上信息的闭塞，一个作家很难有高屋建瓴的构思和写法，很难有全球性的视野。三是因为改革开放的成功，全世界各种书籍被翻译进来，各种写作流派和写作手法被借鉴，全球化使我们的文学生机勃勃地汇入了世界文学的潮流，也因为我们国家的发展，我们拥有的历史与苦难，中国作家天生的厚重感、写作责任感与爆发力，使我们的文学事实上不输任何一个国家和民族，中国文学的崛起是有目共睹的，优秀作家层出不穷。四是任何时代都需要文学，这是让所有人永远清醒的含有饱和负氧离子的空气，让人们沐浴和呼吸在闪亮的精神绿色中。

加拿大作家玛格丽特·阿特伍德被问到为什么写作——这一问题全世界的所有作家都会被问到且回答过，各不相同，阿特伍德的说法有意思。她说："为回答这个问题，我不妨在此提出另一个问题：'为什么大家不写作？'"写作这种语言叙述的巧妙安排，是另一种形式的艺术活动，它为人类所独有，也是区别人同其他动物的标志之一。写作乃是自我确定的一种形式，我写作就是建造能容纳我和动物，混乱与分裂的建筑物。是啊，为什么许多人不写作，而只是很少的人写作？这实在是个深奥的问题。英国作家多丽丝·莱辛干脆说："我从事写作，因为我是一个写作的动物。"意大利作家阿尔贝托·莫拉维亚说得有趣："我写作是为了弄清我为什么要写作。"他弄清了没有？不知道，也许永远也弄不清。而德国的沃尔里希·普伦多夫说得直白："为什么写作？因为我会做的唯一的一件事就是写作。再者，就是读者需要有书籍阅读，又有不少人喜欢读我的书。是别人的阅读激起他的写作兴趣。"南非作家阿迈德·埃索说："我之所以写作，是因为我有兴趣拜读世界各国作家的作品，并从中得到教益和启发。"他说的是，因为写作这种工作，就是要读更多的书。

　　写作和阅读其实是人生之车的两个轮子，无法将它分开。特别对作家来说，总是一边写作一边阅读。最后我想告诉大家的是，就算你以后成不了作家，你也要在读书的间隙写点什么，以后，说不定你写的读书笔记会成为一本不错的书，就叫某某某《读书笔记》。阅读和写作连在一块才能真正地思考书的内涵，才能会读书，读好书。而且写作会完善一个人的品质和性格，变得通情达理，善解人意。不能保证写作者个个是正派的、有情有义、真诚待人的人，但写作对丰富人的感情，尊重他人的生命，感受世界万物是有帮助的。尤其在我们这个因激烈竞争而容易产生争斗的时代，读书以及写作是我们最后退守的尊严，是保护我们自己的最好的武器。祝大家好好读书，好好生活，也好好写作。

文学的祛魅与增魅

——在苏州大学的演讲

这个题目说穿了就是：中国的文学要不要神秘，要不要神秘主义。是这样吧？明明中国文学史告诉我们，中国的文学谱系中有非常强大的志怪叙事传统，这本来就是中国文化最重要的特色，不存在去增魅或者祛魅。我们大可以放心地继承这个传统，穿行在勾栏瓦舍、贩夫走卒中的中国小说作者，在宋代称为说话人，他们讲述的故事基本是灵怪、传奇和公案等。如果对这些故事不进行增魅，几乎没有听众。我们知道，中国的志怪小说来源于《汲冢琐语》和《山海经》，但历史上有名的志怪小说和故事之类数不胜数，六朝鬼怪书中可能有人不知道，就是那个算出圆周率的祖冲之还写过两卷《述异记》，陶渊明也写过十卷《搜神后记》，但也有人说不是他写的；干宝有二十卷《搜神记》。唐代大诗人段成式也有三十卷之多写鬼神故事的《酉阳杂俎》，《太平广记》有写鬼的四十卷，洪迈写《夷坚志》有四百二十卷之多。到了明清，什么《封神传》《西游记》《夜雨秋灯录》《聊斋志异》等更是汹涌澎湃，达到了高峰。

拉美的魔幻现实主义也不是突然在二十世纪出现的，这与印第安人的鬼文化传统和欧洲的超现实主义艺术的兴起有关。还有一说，因为当时的拉美社会被军事独裁的噩梦缠身，因而出现了那么多类似于我们志怪小说的梦魇式的和噩梦般的文学作品。比如，马尔克斯写过《族长的没落》、阿斯图里亚斯写过《总统先生》、略萨写过《城市与狗》等。我也不知道在座的老师和同学们多少喜欢这类小说，或者有多少在研究这类小说，反正，我因为写过不少神神道道的神农架系列小说，有说我是现实主义的，有说我是中国魔幻现实主义的。我前年出版的长篇小说《还魂记》，出版商玩噱头，书的腰封上写着"中国式魔幻现实主义巅峰之作"，这话不要当真。今年发表的长篇《森林沉默》，同样有着鬼神横行霸道的影子。

　　祛魅和增魅这个问题的缘起，就是因为我这个新发表在《钟山》上的长篇《森林沉默》。《文学报》记者付小平对我进行了一次采访，在访谈中他这样问道：我问过阿来想给世人呈现一个怎样的西藏，他大约表达过不想让西藏神秘化，要让它回归日常化的意思。简言之，他的写作要给西藏祛魅。可相比拟的是，神农架对大多数人来说，和西藏一样充满了神秘色彩。但你的写作和阿来不同，你似乎是给已经很神秘的神农架又增添了一种别样的魅惑。你自己是怎么理解的？如果就像莫言说的，你的艺术世界"建立在神农架上但又超越了神农架"，那神农架对你意味着什么？

　　我的回答是这样的：阿来说他写西藏要祛魅，我写神农架要增魅，我说了我在神农架干的唯一一件事是造神，因为我的写作需要一个神灵，我必须将我的写作对象神圣化，与去圣化时代逆行。那个旅游的目的地不是我写的神农架，我的神农架比那个现实的神农架更远更高，远到人们无法走近，高到高不可攀。我把一座本来世俗的旅游之山要写成一座灵山、神山，我要让这座山跟奥林匹斯神山一样，山上住满了神灵。但我的力量不够，我只能在我的作品中努力。神农架对我，意味着我想重建一种文学，重建一种文学的趣味，重建我们对河流山川森林神祇的尊敬。至于莫言兄的鼓励，我这样想，超越是因为你写的作品有普遍的世界性的意义，肯定是超越某一个地方的。我会努力，先超越自己吧。

　　首先，关于我对神农架之神的认识和写作，是与这个时代的去圣化运动密切相关的。我们这个时代的去圣化运动，首先它来自于青少年，但蔓延至整个社会，是信仰崩溃和价值观混乱的表现。人们毫无耻感、敬畏心，生活百无禁忌，既不禁心，也不禁嘴，可以说无恶不作，各种杀人游戏就是人们对生命的随意羞辱、灭杀，内心恶毒凶狠。在这个不禁心，也不禁嘴的时代，我们看到网络，这几年活生生地把一个一个正常的人，一个个心平气和温柔可爱的人，变成了一个个偏激的、偏执的、愤怒的、亢奋的脑残粉、小红粉。这种例子太多了。我认识一个过去很温柔可爱的大学女老师，自有了微博后，慢慢变成了一个变态的泼妇，整天在网上骂骂咧咧，站在道德的制高点上，只有自己正确，一切不如意，一切都是坏的。这个女人，从三十岁的小女子，骂成了四十岁的恶妇，而且一事无成，因为整天就是上网，不干正事。我们还看到一些虐待动物的小视频，简直惨不忍睹。比如火烧一只活狗一只活猫；比如一个女的，就用砍刀生生地将一只狗的前肢砍断，狗惨号，她大笑。

"去圣化"这个词最初是宗教家伊利亚德提出来的，后来美国的所谓第三代心理学家的代表马斯洛，在观察到许多年轻人之后发现，这个去圣化是一种年轻人心理防御的机制。但我们在文学上看这个问题，去圣化这些年使得文学越来越世俗和功利，越来越离文学的源头神话遥远了，最直接的表现就是现实主义写作和作品成了文坛的主流。我觉得现实主义的写作因为写作手法的单一、审美趣味的贫乏，以及语言的缺少个性和表现生活的直截了当，直奔主题的粗浅用意，导致了文学如今的低潮和式微，也导致了人们对小说阅读的厌倦与疲惫，对虚假理想和宏大叙事的鄙视与恶心。这是我的观点，我们可以讨论。为了对抗或者填补现实主义作为文坛强大主宰力量的不足与空缺，许多作家进行了不懈的努力，像莫言、阎连科、马原、残雪，先锋作家这一派，和寻根文学及后来兴起的无论是底层文学、生态文学和现代主义作家，他们的作品都有着强大的生命力，虽然不是大众的，不是主流的，却赢得了读者和时间的尊重。

阎连科后来搞了一个神实主义，就是将现实的写作和神性神秘的思考结合起来。但是它跟魔幻现实主义与现代现实主义没有什么本质的区别，所以这个神实主义也就是阎连科自己说说自己，玩玩而已。因为他并没有诠释清楚这个主义是一种什么意义的写作。阿来说的回归日常化，他近来的写作的确做到了，如《三只虫草》之类，可他最早的《尘埃落定》呢，完全是跟扎西达娃等西藏作家的写作一个路数，有明显的魔幻色彩。他们不是祛魅，而是同样的在为西藏增魅。他们创造了一个文学的西藏，一个比现实本身更神秘的西藏，这是不言而喻的。

有一个奇怪的现象，在中国，无论是多大的作家，或多小的作家，基本没有一个人敢站出来否定现实主义。除了一两个人，现实主义像天神一样是不可冒犯的，不可怀疑的。但是现实主义造成了人们对文学理解得越来越狭窄，而不是越来越宽阔。西方有一个观点，说现实主义是无边无际的，有一本书就叫《论无边的现实主义》，是法国文艺理论家罗杰·加罗蒂提出的，是在1963年，可是引起了苏联猛烈的批判，认为他将现实主义的边界无限扩展，让那些颓废派、魔幻现实主义、超现实主义也想加入现实主义，这在苏联是大逆不道的，他们还批判如普鲁斯特、卡夫卡都是颓废派。现实主义看起来是没有边界的，但它有明显的边界，是你不可逾越的。你的作品哪怕有一点荒诞，一点阴暗，一点怪异，都会被正统的现实主义排斥，被忽略掉。有的人就说，陈老师，像你的《还魂记》和《森林沉默》，如果是我们写，我们能发表能出版吗？但我跟他们说，《还魂记》的发表和出版也经历过一些曲折，发表是在《钟山》，我们江苏的杂志。

在现实主义这个强大车轮的碾压下，作家们从来不去也不会、不敢思考文学的神灵究竟有否存在，缪斯女神是否已经死掉了，文学除了今生，是否还有个来世。那些满口灵魂之类词语的人自己就没有灵魂，也不相信灵魂的存在。灵魂这个高雅的、超凡脱俗的词不过是在装扮一些人的丑陋，给他们卑鄙、势利、恶俗、算计的人格增添一点儿油彩和粉脂。对我这样的外省作家来说，面对一座山冈的时候，面对神农架的时候，需要一个神灵、一个圣者指点我上山，否则我将无法到达那儿，无法到达文学的神农架。

面对去圣化导致的社会崩溃的问题，马斯洛这位美国心理学家呼吁人们"再圣化"。就是重新再来一次神圣化，从而对人们的精神进行再塑造，重建人们的信仰和有敬畏的世界。马斯洛讲到了人会在自我实现的创造性过程中产生出一种"高峰体验"，这种体验就是属于神灵的，就是人们内心与精神的再圣化。因为人们站在高峰的时候会有一种沉醉感，会有飞翔、飞升的感觉。你想一想，那么多人明知道会有生命危险，为什么要去攀登珠穆朗玛峰，去攀登贡嘎山？在更高的地方，一定有一个神灵在那儿召唤着。比方说像莫言的小说中就充满了亵渎和唾弃的能量，重新捡回人的原始的、本能的、朴质的冲动，充满了自我确立的渴望，这种来自土地和民间的力量摧枯拉朽，是去圣化运动在这一代人中短兵相接的肉搏之战，激励了一代写作者的反叛和叛逆的决心。像那个时代的我，在二十世纪八十年代中期正是从诗歌转向小说写作的时候，我读到了像莫言的小说，就像听到冲锋号一样，也有了那种跳出堑壕、壮士出征的冲动。写作手法不仅仅是技巧，在那时候，就是一次写作革命，是颠覆性的表达，我的写作因此一开始就有一股野性的蛮力，就有了摈弃小桥流水也摈弃了中规中矩的现实主义，快意恩仇成为我们写作的特征。

"魅"的解释是外貌讨人喜欢的鬼。在文学中，我想应该引申为神秘性或者魔幻或者魅惑。比如我们说，湖北的神农架是一个充满了魅惑的地方，陈应松的小说写了一个魅惑的森林。我在《钟山》上发表了长篇《森林沉默》，因为译林出版社出，要我找几个作家，各写一段推荐的话，我也就不能免俗，就找了李敬泽、贾平凹、张炜给我说了几句鼓励的话，其中张炜就说到"魅惑"这个词，他这么说的：应松的《森林沉默》是一部壮阔之书，他的倾心热爱让人肃然起敬。他描写大自然的文字在这个时代因珍贵而稀有，诗意和力道如此充沛丰盈。这神秘魅惑的森林也是独一无二的，由此，他和所有作家都大为不同。

照我的理解，所谓增魅，就是再圣化，也就是在打破神像的途中，再次寻找神灵，我们这一代人，这一代写作者的精神历程，大约就是如此。

为什么要寻找神灵？因为我们要飞翔，要有一对神灵的翅膀，要有一个超验的、超现实的、幻觉的世界，在这个世界里，来书写人世的悲欢离合。要用上帝的视角来俯瞰世界，再用蚂蚁的视角去书写世界。

我的说法是这样的：既要在作品中有沉重的肉身挣扎、泛滥，也要有飞翔的翅膀拍击、升腾，这就像一只老鹰叼着一只山羊飞起来，是很沉重的，写作就是如此。羊是我们要征服的世俗世界，因为要填饱肚子，而鹰的飞翔就是文学要达到的神性的境界。前不久，我去了一趟香格里拉，无意中走到了离天葬台不远的地方，但是他们不让我们去看，我们远远地看到了许多秃鹫，这些秃鹫是准备来吃死尸的，它们已经嗅到了死尸的气味。因为天葬是在冬天进行的，现在已经接近冬天，天葬要开始了。西藏它不仅仅有天葬，它还有水葬，有土葬，等等，但天葬是不能在其他三个季节实行的，必须是在冬天开始。我写了一首小诗，有关于天葬的几句：他们的肉身，成为秃鹫的粪便，而他们的灵魂绑在秃鹫黑沉沉的翅上，打量着前世生活的高原。在这里秃鹫是神性的。我曾经写过一个中篇，就叫《神鹫过境》，写的是在青藏高原，秃鹫是神，但在平原汉族地区，它不过是一只肥大的鸟而已。在西藏，死者利用鹰的神性去往天堂，所以在秃鹫黑沉沉的翅膀上，我看到站着所有死者的灵魂。我觉得作家和现实的关系就应该是这样的。纯粹的、世俗的死亡，在缺少生命信仰的生活中，不能算作死亡，更不能算作文学。每一个民族在他们的神话中，死亡之后都会有一个世界在等着他们，灵魂是存在的，不死的。我理解的文学就是要相信神灵，要有魂魄，作家要有将草根现实转化为伟大寓言和神话的本领。

说到这里，我又不得不好意思来说说神农架和我的神农架系列小说了。对神农架，不是我故意写得充满了魅惑，不是我有意地增魅来哗众取宠，取悦读者，像我过去写的那些《马嘶岭血案》《太平狗》《巨兽》《松鸦为什么鸣叫》《豹子最后的舞蹈》，以及长篇小说《猎人峰》和现在的《森林沉默》，是神农架基本的存在状态。一个作家可以这样写，也可以那样写，面对一个题材的时候，他有一百种写法，但对于一个对自然充满了好奇和敬畏的作家，一个心中有神灵和敬畏的写作者，只能像我这样写了。因为我笃信，笃信就是信仰。就像神农架的野人问题，大家应该知道，在科学界历来分有野派和无野派。有野派是相信奇迹的，无野派是无神论者。也就是有野派就是增魅的，无野派就是祛魅的。我肯定是有野派，我还认为野人本来就是一种神灵，一种山精木魅，一种魑魅魍魉，一种妖怪。魅者，也就是妖怪。大家会问，不是在神农架发现了野生的毛发和脚印吗，它们不都活生生地存在吗？是的，有野派出了无数的书来证明野人是存在的，但他们的理论不堪一击，一驳就倒。那些无野派就说，很简单，你说有，你给我抓一个来啊！还有可否定的，他们说一个种群繁衍几万年，在这么小的地方进行繁殖，有可能生存吗？在二十世纪六七十年代森林遭到大砍伐、大破坏的时候，如果真正是有一群两群三群野人的话，不一样被发现、被他们全部打死了吗，或者搞到吃掉了，不过至今没有人跟我争论，如果有，那我也很容易反驳他：老鼠是典型的近亲繁殖，不是很聪明吗？有没有几个野人活了一千岁？你说不可能，那么彭祖活了八百岁为什么当作养生典型？炎帝神农，头上长角为什么我们还说是他的后代？这不是瞎扯淡吗？事情真的不是这么简单。

野人有多种说法，我这里还是简单让大家了解一下。有说是秦人修长城避难的后代，因为害怕修长城，就逃到神农架深山老林里。神农架本来是秦岭的一部分，是秦岭的余脉。野人高大说也就可以成立了，因为秦人本来就很高大，像出土的那些秦俑就是高大的。这些野人高达两米，脚印有五十厘米长，用石膏灌的脚印有几十个，在神农架关门山的野人科普馆中可以看到那些大脚印。还有野人的毛发是红色的。神农架的山民会告诉你，如果野人从背后袭击你，抱住你，抱着你以后他会哈哈大笑。他们力大无穷，会不知不觉就把你掐死，让你窒息。为了挣脱他们，你只要喊"修长城，修长城"，他们就会被吓跑，他们最怕的就是被抓去修长城。他们以为现在还是在秦始皇的时代，还在修长城。

第二种说法，野人是拉玛古猿和南方巨猿的后代，这两种巨猿都灭绝了，我们看到神农架出土的巨猿的腿骨相当长，推算巨猿至少有两三米高，那么在这么个地方有一些遗存是有可能的。

第三种说法是野人是第三种物质，介乎于人和鬼神之间的一种东西，有时是野人，有时可能是野狼。有时现身，有时隐形，你就是永远抓不到它，即使它出现在你的身边，他马上就跑掉了，或者幻化了。

第四种说法就是通常所说的迷信，说是死者的精血所化，如果这个人死了，埋在了自己的养生地，三五年以后，他就会在棺材中长白毛，某一个电闪雷鸣狂风猛雨之夜，它就成了精，推开棺材，越长越高，满身白毛变成红毛，就叫红毛野人，跑进森林旷野，两眼闪光，身材高大，然后在人间世界乱窜作恶。你抓到它了，必须要把它烧掉。

我只相信它们是神灵。还有，在神农架，人们发现了各种白化动物，有白蛇、白鹿、白熊、白狐、白乌鸦、白金丝猴、白虎。我也相信这些白色的精灵就是神灵。我刚写了一个中篇叫《白狐》，将发在《北京文学》上。既然南美作家略萨说，写作就是说谎，那我们为什么不可以将这些奇异的动植物赋予它们神性呢？难道这是过分的吗？我所认知的神农架本身就是这样的，是人化和神化浑然一体存在的景观，是一个神灵无处不在的世界。我不是一个科学家，何况科学家，像中科院那么多科学家都相信有野人存在。我只是一个作家，作家崇拜想象，科学家崇拜实证。科学家是解开神秘的，而作家是创造神秘的。作家的思维方式与科学家完全不同，因为作家从事的工作就是从事神话的技艺，一个时代的作家，任何时代的作家，最大的贡献就是创造他所处的那个时代的神话，这应该是作家的使命。

有人问我为什么写森林，我是这样回答的：我写森林是对抗森林的精神压迫，森林虽然沉默，但神灵在飞舞，一切在暗处有不测的心机，森林里的一草一木，飞禽走兽，都活得有声有色，波澜壮阔。就像一个怕鬼的孩子爱听鬼故事一样。我害怕森林，但是我喜欢森林，特别喜欢森林的狂热和阴郁的氛围。森林事实上是这个世界最大的杂草丛，只不过是它的杂草太高大了，杂草丛生，它的远古的那种荒芜感让人不知所措，人会有一种遭遇鬼魅和失踪的恐惧，就是这种精神压迫和旷世的消失感，会把我彻底地征服。森林就是我们古老乡愁的废墟，在那个地方，我们的远古祖先的灵魂会时时地出现并游荡在那里。

另外，森林本身就保存了我们民族最古老的神话和传说。我在神农架听到了非常古老的神话传说，这让我得益太大，我的创作素材几乎是照搬的那些东西。大家是否知道我们汉民族有一本创世神话史诗叫《黑暗传》，这是汉族的原始家谱，就是在神农架发现的。发现者、收集整理者是我的一个朋友，叫胡崇峻，他已经去世了。他被媒体称为中国的荷马。荷马有史诗《伊利亚特》和《奥德赛》，荷马是一个盲诗人，巧的是胡崇峻在他去世的前几年也双眼瞎了。我有一年去神农架看他，吃饭的时候都是别人帮他夹菜，他睁着眼睛，已经看不到了。因为年轻的时候他在一个深山的

乡村小学教书，他好酒贪杯，长期喝的是那种供销社卖的勾兑酒，他们叫
火酒，下喉像火一样烧，这样喝瞎了眼睛。

　　我们汉民族的历史是从盘古开天地开始，但是在盘古之前，我们知之
甚少，肯定盘古不是从石头里蹦出来的，于是这些森林里的人就想象我们
的祖先的祖先的祖先。但是他们想象的我们的老祖宗都不是正常人，不是
头上长角，就是脚上长蹼，反正神力无限。在这本《黑暗传》里面，讲到
我们的汉民族的老祖是从混沌开始，混沌之后生出了黑暗，黑暗之后了才
有了两仪四象，说到哪一年，天河里生了一个巨虫，一口气喝干了天河的
水，他饿得不行，就吞砂石，几万年之后，他吞吞吐吐的砂石全成了珠宝。
这条虫渐渐生了龙角，长了鳞片，把砂石吐出来，成了满天的星星。它就
变成了一条龙，那么中国人就是龙的后代，这条龙被五色祥云包裹住，结
成了一团，变成了混沌。混沌的祖母叫幽泉，幽泉的父亲是浦湜，母子成婚，
生出一个元物，像一个鸡蛋，里面包罗万象，这个鸡蛋里有十六路，包了
滇汝，有江泡，有玄真，有江沽。这个江沽出世是一条鱼，成了精，喝干
了天池的水，然后找水到北溟，遇见一个神仙叫玄光，玄光给他吃了九个
泥团，泥团是泥精做的，让他力大无穷。这玄光口含玄珠，玄珠是滚烫发
热的，可以化玄冰。吞了九个泥团的江沽脱了鱼皮就化为鸟形，成了鲲鹏。
他又借了玄光的玄珠，火炭一样的，就把天下的玄冰化了，就出现了万里
波涛，冲下了天盖，天就塌下来了，把地扣死了，于是黑暗来临，天地重
新创造的时候，赤气降了地，内有包罗吐清气，生出一子叫元湜。元湜生
一子叫沙泥，然后传沙滇、沙沸、红雨、化极、苗青、石玉，这一代代传
下来。又说江沽诞生后先造了水，但碰上一个叫流荡子的将水吞了，死后
他的尸体分成五块，才有了五形，从此地上才有了海洋，昆仑山上吐血水，
才诞生了盘古。盘古借日月开天辟地之后死去，身子化为大地，眼睛化为
日月，头发化为了草木，牙齿化为山石，血液化为江河，四肢化为四极，
汗水化为雨露，然后才有了炎帝、黄帝，有了祝融、大禹，有了蚩尤、女娲，
等等。你看，这真是太神奇了。

　　关于《黑暗传》是否是真正的汉民族的创世神话史诗，学界有争论，
我们姑且不管。我想说的是，就在一个深山老林里，我们的那些山民是如

113

何想象我们的祖先的祖先的祖先的故事的。而且把我们的这些祖先都给予了怪力乱神的神力，这些故事非常魅惑，简直是奇迹。出生于秭归县的屈原，他的《九歌》我大胆推测就是直接受到了像《黑暗传》这种创世神话史诗的影响，所谓楚人的浪漫主义，就发源于神农架的深山老林。也就是说，什么祛魅与增魅，在神农架这样的地方，并不是一个问题，在这个地方，你的想象会奇崛，文采会飞扬，思维会异常。我不明白的是，这些深山老林里一字不识、乱头粗服的人，他为什么要将我们远古的祖先一个个赋予超凡的神性呢？这些神仙与他们生活的高寒山区和深山老林有什么样的关系呢？在人变得越来越聪明的今天，我们的想象力为什么越来越贫乏，我们的思维为什么越来越钝化，我们的语言为什么越来越干瘪？现在小说的无趣，首先是故事的无趣和语言的无趣，我听一个评论家说，某茅奖作家的获奖作品，第一页就有二十多个病句，我真的不相信读者会读，也不相信评委认为是好小说。

想象力就是神示，在古代的那些作家诗人，信奉文学艺术都是拜神灵所赐。柏拉图说，诗歌与人没有关系，都是诸神的暗示。中国的古代文人也笃诗歌咏之，神人以和。写诗，就是邀神来一起唱和，就是娱神、酬神。"作歌乐鼓舞，以乐诸神。"

那时候的文学艺术一概都是在云端上的生活，人们的精神层次还在神山上，没有掉下来，还有一双翅膀可以飞翔。像李白什么"危楼高百尺，手可摘星辰"，什么"夜宿峰顶寺，举手扪星辰，不敢高声语，恐惊天上人"，什么"长风破浪会有时，直挂云帆济沧海"，什么"飞流直下三千尺，疑是银河落九天"，意境阔大，想象奇艳，气势高远，语言华美，这就是神性的诗歌。可是文学是需要一个护法神的，我们作者的内心必须有一个神灵，要守住那一块地方，不让肮脏的、丑陋的、可怕的、污秽的东西进入。要成为写作者心中必须坚守的一块香格里拉之地，一块净土，一块浸透了神性、被神灵笼罩的土地，进而，你面对的一切给它镀上神灵的光。

最好，我希望一个作家是一个万物有灵的信仰者，这种信仰来自于我们中国人的原始崇拜，一草一木，一江一河，一山一石，都是有神明在其中的，不可亵渎和侵犯。

2018年，我写了一本关于云南生态保护和建设的书，叫《山水云南》。为了写这本书，我在云南的崇山峻岭中，在许许多多的少数民族生活的村寨里采访过，看到了云南的生态之所以保护得这么好，完全得亏那些少数民族的原始信仰。无论是彝族，还是布朗族、独龙族、傣族、怒族、白族、哈尼族，都对山林、河川有着许多的禁忌与敬畏，这些民族在敬山神、水神、谷神、树神、茶神等神明的时候，有着繁缛的仪式、神秘的禁忌。每个村子里都有法师和毕摩。在原始森林中的少数民族村庄，全是大树古树，神灵满村走，鬼魅满山行，充满了神秘的气息，我特别喜欢。一个作家书写这样的地域，他能绕开这些人，这些人所供奉的神灵吗？肯定绕不开的。

我认为，作家需要一只上帝之眼，让你的作品宽阔、高远。但我们这种俗人，如何获得一只上帝之眼呢？一是要借助心中的神灵，二是借助一座大山的高度，来俯瞰人世。在神农架那样的高海拔山顶上，你看到山川河流的走向历历在目，你看到大地村庄田野上的人像蝼蚁一样，在云彩下面劳作，你的写作格局是一定不同的，一定会心生悲悯之情，而悲悯是在人类所有美好的品质中最具有神性的，是上帝和菩萨的胸怀，是慈悲之心，是对一切的理解与宽容。你就会油然而生一种为天地立心、为苍生立命的古老的人文情怀。那么，我写了神农架的森林，它就不只是自然的森林，我创造的这个森林一定是一个被寓言笼罩的神圣化的森林。我在神农架就只做了一件事，就是造神，我想让这片森林里住满了各种各样的神灵，让他成为新的传说和神话的发生地，神农架这样的地方有着丰富的造神能量，我的所有的作品正在努力这么做，而且这是中国现实的视角之一。我们不能说，所有的视角都是现实的，都是书本上和官方的，他还有来自民间的角落里的视角，还有来自宗教的、自然的视角，有远方的视角。我就想用这种超自然的灵异的人物的塑造和书写，来让更多的人对大自然的神秘和神奇表示敬意和兴趣，培养人们对大自然的热爱，填补和弥合社会精神缺损的DNA，充分发掘出一个地方的文化价值和精神营养，这种写作在当下不可或缺，变得越来越紧俏。

在哪里增魅，在哪里祛魅？各人所占有的写作资源不同，对文学的理解不同，人的品质和胆气也不同，特别是地域不同，孰轻孰重，全由一个人的写作观念指引。但地域真的很重要，在魅惑的写作上，它更喜欢荒村、荒山、荒寺、森林。我坚信，文学是有多种可能的，我们的精神需要再圣化，需要一个文学神灵的时候，一定会有一个与众不同的写作境界、写作风格出现在文坛上，从而丰富、刺激和照亮我们要死不活的文学。如果我们是在一种诸神缺席的情况下写作，我真不知道我们的人生和艺术是否还有底线，我们的文学会堕落到什么地步。

用小说表现神农架文化

——在湖北省图书馆的演讲

一、何谓神农架文化

大家知道我写的小说是表现咱们鄂西北山区神农架生活的，被文学界称为神农架系列小说。许多评论家就认为我表现了神农架文化，又说我的小说就是楚文化的代表，里面写得神出鬼没，神秘奇崛，浪漫恣肆，语言飞扬灵动，等等。种种说法只能是批评家的一家之言。因为写小说没有这么容易，而且楚文化博大精深，只是一个概念。如果作家这么去写楚文化，他的小说十有八九会失败。作家只能从大处着眼，小处着手，将文化资源变成小说创作资源，那可是要动很多脑筋的。文化这个东西，是把双刃剑，弄得不好，鸡飞蛋打，颗粒无收，还会刺伤自己。现在写地域文化的作家非常多，写什么里巷文化、山区文化、平原文化、小镇文化，各地又有各地的文化，鄂东、鄂西，东南西北。弄出名的只有那么几个，是极少数极少数人。很多人搞了一辈子，想把他的地域文化宣传出去，可一辈子，还是默默无闻地这么过去了。我今天就是要和大家一起探讨这个问题：怎么才能把你掌握的文化资源弄成小说，而且是好小说，能够在文坛有点轰动的好小说。

什么叫神农架文化？这个问题是个难题，你身处的那个地方的文化特质你怎么把握？好在每个地方都有一批本土文化研究专家，有许多现成的研究成果。神农架如果你们去，就会看到许多这方面的书，都是当地文化人写的。关于神农架，我想无外乎就是它的森林，它森林里的神秘。神农架文化就是一种森林文化。在这片原始森林中所生活的人们，他们的风俗习惯，他们的饮食结构，他们的生产生活，他们的民歌、民间故事，他们的道德准则，他们的世界观，应该都算作那种森林文化的范畴。

因为我不是文化研究专家，我只是一个作家，作家是很感性的，而且我对神农架文化的热爱，只是出于一种本能。也不是说我要去搞一个课题研究，国家给了我多少资金。所有的神农架文化都是为我的小说创作服务的。也就是说，要把神农架所有一切都化作你的小说。我们所熟知的神农架，就是它的风景很美，它有野人的传说，它现在成了或者即将成为旅游的热门地。你去神农架，看一看它的风景，组团去，有人接待，有导游，吃吃它的土菜。现在神农架的土菜是很有名的，我当年在那儿深入生活的时候，土菜还没有开发。但现在，我到青天袍或者大九湖，那里的上菜馆什么都有。好像是第二次发现神农架了，像什么野花椒叶、花牛儿腿、玉簪花叶包荞麦粑。野花椒叶凉拌、下火锅，那真是绝了。这些土菜很有名，还有森林，有云雾、云海——我就写过一篇《神农架云海》，有奇特的景色，买点神农架土特产，香菇啦，木耳啦，百花蜜回来。但是神农架如今搞旅游开发，被弄得不伦不类了，仿佛神农架就是由几个景点组成的，什么神农坛、天生桥、大九湖、板壁岩、大小龙潭、神农谷——过去叫巴东垭，后来改成风景垭，现在改成这个名，还有太子垭、香溪源、燕子洞、天门垭、金猴岭，等等。其实神农架是一个非常丰富的、深厚的、你研究一辈子也探不出个究竟的一块神秘王国。

我以神秘为例。除了我们知道的它的自然生态中的诸多不解之谜外，比方说那里有条很有名的川鄂古盐道，它是怎么形成的呢？一路上有多少神奇的故事？这条数百年藏在深山密林中的贩盐小径，实际上就是一条走私通道。过去我们湖北人吃的盐大多是川盐，颗粒大，腌肉最好。盐从来都是被国家控制的，因为有大量的税收，所以就催生了走私。这条古盐道留存了许多文化，每次去的人都会有新的发现。再说神农架的民歌，仅举它的锣鼓。锣鼓分为阴锣鼓、阳锣鼓、花锣鼓。花锣鼓是喜庆锣鼓,阳锣鼓是薅草锣鼓,阴锣鼓就是丧鼓。而丧鼓中的最大的鼓词就是一本《黑暗传》。《黑暗传》是在神农架发现的,这可是不得了的一个东西,一发现就轰动了世界,因为它是我们汉民族的创世神话史诗。过去说汉民族是没有史诗的,但现在神农架的发现给打破了。但也有争论,说那不叫史诗,不过大部分人还是承认它的。它就是一个丧鼓词的唱本。我去了甘孜的康巴藏区,那里的藏族有个《格萨尔王》,也是一个藏民族的英雄神话史诗,有一百多个版本。现在发现的《黑暗传》有十多个版本,数千行、上万行不等。另一种薅草锣鼓也更丰富,有一首叫《黄瓜花》,是这样唱的:"姐在后园薅黄瓜,郎在外边撒土巴,我的冤家,打掉我的黄瓜花。打掉公花不要紧,打掉母花不结瓜,我的冤家,哎哟也,回去我的爹妈骂。"这首歌词跟神农架的其他民歌比并不十分精彩,如果要看神农架精彩的民歌,可到我的小说里去看,我引用了许多,荤的素的都有。但这首歌的曲调非常有特色。它基本上属于高腔,初听就像是吼秦腔,因为陕西离神农架很近,这里的文化有秦文化的影响。神农架人根据它的曲调,现在改编成了一首非常有名的山歌《神农架梆鼓敲起来》,也是一台神农架歌舞剧《神农架梆鼓敲起来》的主旋律,气势磅礴,令人震撼。而神农架梆鼓,是农耕文化和狩猎文化的遗存。何谓梆鼓呢?梆鼓就是一块木头雕空,像我们演出时敲的梆子,比它大不了多少。但很响亮,是用夜薰子木做的,敲起来清脆悦耳,但无法表现神农架那种大山的气势和氛围。它是护秋驱兽的,是一种农具,或者说是森林中一种普通的用具。到了秋天,庄稼成熟了,野兽如野猪、熊、猴子都下山了,吃来不及收割的粮食。但现在我们看到的神农架梆鼓,一个梆鼓就是用一筒整木雕空后,用来敲击和演奏的。大幕一拉开,一根用原木雕刻的梆鼓放在舞台上,很有气势,有观赏性、可视性,有一种撼人心魄的感觉。梆鼓和梆鼓的旋律,都是从神农架民间的文化中挖掘、改造来的。

再比方说它的野人文化。野人传说在世界各地都有,四川有,陕西有,西藏也有。在西藏,人们将野人称为大脚怪。在湖北,以神农架最为突出,多如牛毛。可是,神农架人对野人的认识非常特别,他们认为野人不是人,也不是动物,是鬼怪。它叫山混子、山鬼、山精,是介乎于人和野兽之间的一种物种。有说是一些树木石头年深月久变的，成了精；有说是秦朝避乱的人在神农架待久了，成了精，经常跑出来问：长城修完没有？你碰见了野人，只要说"修长城，修长城"，他们就会吓跑。他们最害怕的是修长城。

因为人处在那种原始和蛮荒中，又与各种野兽杂居在一起，每天看到各种各样的野兽。神农架人还有一个生命观，那就是笃信人一天有两个时辰是牲口，如果野兽要吃你时，你就是牲口；不敢吃你时，你就是人。与野兽打过交道的人知道，野兽是怕人的，包括老虎、豹子，见了人躲着走。但不怕牲口，牲口就是羊啊、猪啊这些软弱的偶蹄类动物，草食动物。人一天有两个时辰，就是四个小时是牲口，你想想看，多么神奇。人兽一体，人就是兽，兽也是人，它对我们的文学会有宽阔的启发，你慢慢进入就会构思出很好的小说。如今世界是不是有些人兽混杂，人兽颠倒？人有时候比野兽还凶残，而野兽呢？有时候比人还精明。你说他蠢得像猪，猪现在不蠢，特别是野猪，精明过人。我正是根据神农架人的这种生命观写成了一个长篇小说《猎人峰》。

再说它的酒文化，也是很奇特的。都说东北人能喝酒，其实神农架人才是中国最能喝酒的人。神农架人喝的是自酿的苞谷烧，七八十度，一般的人喝八两一斤，是儿戏。有没有喝死的？有，每年都有这方面的报道，但神农架人还是得喝。神农架人待客，也是天底下最热情的。住在深山老林，来了一个人，对你是很热情的。我在神农架时，在山里跑，走到哪儿，吃到哪儿，住到哪儿。到了一个地方，会有农民热情邀请你去他家吃住，那在村里他就是有脸面的，因为他家里有贵客来了。你如果要走，他想留你，就会强行把你的鞋脱掉，藏起来，这叫脱鞋留客。在山里，没鞋可就寸步难行了，你必须待在他家里。而神农架的酒规，是世界最繁缛最细致的，有一百○八种，可能是个虚数，我数了数，也不下几十种。这个我在小说里已多次写到。有什么转杯、跳杯、催杯、发杯、留杯、隔山杯、连环杯、双响炮、急流水、赶麻雀等。我去时，是感到很纳闷的，所谓敬酒，是你把自己的酒喝干了，再倒上一杯，送到被敬者面前，让他把你杯中的酒喝干。一个人在一个桌上，要喝所有人的酒杯，很不卫生，但很科学。过去深山老林，许多土匪、打劫的。一起喝酒，他喝了，再斟一杯还你，这表示是从一个瓶子里出来的，没下蒙汗药。这就叫敬酒。还唱歌："小的来敬酒，大的来接杯，喝了这杯欢心酒，明日再相会。"这歌很简单，可改成任何敬酒词，如村民来敬酒，客人来接杯；外甥来敬酒，舅舅来接杯；妹妹来敬酒，哥哥来接杯；媳妇来敬酒，公公来接杯……这个在神农架，导游小姐不会唱给你听，她们不知道，我这是在农民家里学来的。我说的酒文化不过是饮食文化中的一种。可酒文化能弄到如此精细复杂的地步，在全国是独一无二的。这是因为神农架地处高寒山区，要不停地喝酒抵御严寒，时间很多，生活节奏慢，可以慢慢喝来。一顿酒可以喝一天，要把客人待好。之所以把饮酒弄得如此复杂，这也反映他们对待人与人之间关系的淳朴和真诚的程度，把酒喝好，就是把客待好了。而这，正是我们当今人际关系淡薄的时代最需要的，这就是我下面要讲的第二个问题——

二、一种召唤

在我们这个时代，在全民娱乐和全球化浪潮的疯狂冲击下，我们的文化正面临着被摧毁的危险。商品经济使我们的价值体系、道德传统严重扭曲变形，而西方文化侵略性的掠夺，使我们民族文化几乎丧失了最后的地盘。比方说，我们在电影院里看到更多的是好莱坞的电影了。我们这个年纪往上走的人都知道，不是像报纸说的，只有八个样板戏，不是，可以看到很多国家的电影，朝鲜的、越南的、罗马尼亚的、阿尔巴尼亚的、南斯拉夫的、法国的、印度的、古巴的，许多小国的电影都进口，让我们记忆犹新的像朝鲜的《卖花姑娘》《鲜花盛开的村庄》、南斯拉夫的《桥》《瓦尔特保卫萨拉热窝》、罗马尼亚的《多瑙河之波》、苏联的《列宁在1918》《列宁在十月》，阿尔巴尼亚的《宁死不屈》。经典台词也很多，最著名的比方说《瓦尔特保卫萨拉热窝》：空气在颤抖，仿佛天空在燃烧……瓦尔特的口头禅：谁活着，谁就能看见！后来二十世纪七十年代末就更多了，有《安娜卡列尼娜》《漂亮的朋友》《白痴》《铁面人》《简·爱》《王子复仇记》《魂断蓝桥》《牛虻》《警察与小偷》《海岸风雷》《橡树十万火急》《冷酷的心》《基度山恩仇记》《红与黑》《巴黎圣母院》《被侮辱与被迫害的人》《悲惨世界》《叶塞尼亚》《傲慢与偏见》《水晶鞋与玫瑰花》等。现在呢？我们只能看美国大片了。一部《哈利·波特》的书，我们还要配合他们全球同时发行。我们的娱乐方式，我们的价值观念基本上是美国式的了。我们传统文化中最美好的东西，比如礼义廉耻、善良贞洁、信誉良心，悲悯同情等，已不是人们心中坚守的东西。文学和文艺商品化以后，为了迎合人们的心理和追逐利润，文艺作品中将道德的反叛误认为是艺术的反叛和创作，不讲信誉，不守诺言，坑蒙拐骗，醉生梦死，贪赃枉法，买官卖官，笑贫不笑娼，等等，大行其道。正是基于这一点，我们必须重新找回我们的精神支柱，也就是支撑我们社会的最有力的东西。我们的作家，必须在重新修复和建设我们的文化中，充当探寻者和前锋。我认为，神农架它虽然地处偏远，落后，也有些愚昧，但是，正因为如此，它保存完好的、还未被污染和侵犯的美好的文化体系和道德体系，正是这个时代所急需的。

另外一点，我们看到，如今城市盛行的旅游热，回归自然，返璞归真，其实潜藏的是人们心灵的一种渴求。风景是一方面，灵魂得到净化却是最主要的。这种森林文化、农耕文化、狩猎文化中纯净的、安宁的、美好的东西，可以医治当下社会唯利是图给人带来的各种顽症，抚平人内心的惊恐和烦躁。山里的孩子是怎么生活的，山里人是怎么待人的，他们的社会结构和对世界的认知，他们的生活态度、生存方式，他们的劳动，他们的欢乐，对那些走近他们的城里人，会产生巨大的冲击，主要是心灵的冲击，有时候会使他们彻底改变人生和命运。

以我为例，神农架应该是与我没有关系的，一个作家应该写他最熟悉的家乡。我过去写过，写过我们的江汉平原。但是，我有一次偶尔地与神农架相遇，就再也离不开它。我记得我第一次到神农架去的时候，就对它的自然景观产生了强烈的热爱和冲动。一走进神农架，树上全挂满了苍苔，那些人面目古朴，和善慈祥，那种表情是我这个长期生活在大城市的人从未见过的，跟我们江汉平原的农民也不相同，可以说，只有桃花源里的人才有那么一种安乐祥和的表情，他们的生活让我迷恋。上了山，我看见那些柿子树挂着一树树的红果，一队红腹锦鸡在天空中滑过；走进箭竹林，更让我惊奇，那些箭竹是一丛丛生长的，每一丛大致都是长方形，长方形与长方形的间隔又是大致相等，往山上看去，像是人工栽培的。问当地人，说是自然生长的。我当时就感觉这是神仙栽下的，这个地方绝非是俗人待的地方，而是神仙们住的地方。这个山有许许多多的神仙。看来，山是有暗示的。后来我才知道，神农架人是将一切如树木、石头、山、草，都神灵化了的，万物皆有灵。可以将一棵树拜寄成干爹，一块石头也可以当干爹。

从那以后，我就想到，以后我一定要到神农架去。这一愿望在新世纪初终于实现了，我突然决定，一定要去神农架挂职。在那里，我这个城市饥渴的人，一个作家，我认为我得到了前所未有的滋养。有评论家说过，你陈应松过去也写了不少小说，为什么一去神农架，你的小说就突然受到了关注？一个作家的写作应该是有连续性的，可我的神农架小说与我过去的小说完全不同，找不出一点蛛丝马迹。比如《松鸦为什么鸣叫》《狂犬事件》《豹子最后的舞蹈》《望粮山》《马嘶岭血案》《太平狗》，几乎篇篇都被选刊选，获得了包括鲁迅文学奖在内的各种中篇小说奖，这是什么原因呢？我自己也在问自己。

原因就是，神农架是一块极有营养的土地，而最大的营养，就是它的文化，它的人民。就是这些山民和他们创造的文化，你深入进去了，你对这座神奇、神秘、神话般的大山就有了更深的体会和了解。你所接收到的文化信息就非常丰富。我记得我在神农架之初，一个当地朋友对我说，凡是到神农架来的人，各行各业的，最后都是满载而归，都搞出了名堂。他举例，有研究鱼类的，到神农架来，就发现了几种山溪河的新鱼种；研究植物的，也会发现新的植物；研究民间文学的，还有外国汉学家，回去写神农架，引起了轰动。上海华东师大一个叫刘民壮的教授，九上神农架，写了一本五十万字的书，叫《中国神农架》；十堰有个摄影家，开个破吉普，在神农架山里钻来钻去，后来出了三本精美绝伦的风光画册，把神农架的神韵拍得淋漓尽致。那位朋友说："你回去后肯定能写出好东西来。"结果此言不虚。我想，原因多种多样，最主要的就是神农架的东西太深厚，你去挖掘，有无数丰富的宝藏。我的小说也只不过证明了神农架朋友的预言是对的。虽然目前神农架是个旅游热门地，但它的人文景观绝不比它的自然景观差，我认为还依然是养在深闺人未识。重要的是，我们要去发现我们自己本土的文化，用它来抵御外来文化的入侵。我们的文学必须深深地植根于我们自己的土壤，它才会有振聋发聩的力量、高瞻远瞩的目光，它才

123

能发出它独一无二的声音。

三、现实的生存和草根性

作为一个小说家，我在这里讲的文化，是一种活的文化，是活在当今人们口头中和生活中的文化，而不是一种僵死的、成为历史的文化形态。文化只有流传，只有使用，才能有光芒，才能进入文学作品中。就算某种文化是死的，作家也要将它复活，它才能有意义。我这里要讲的一个最重要的观点，就是：文化是一种现实生存。

有研究地域文化的说，神农架文化也是一种楚文化，而我的小说明显是带有强烈的楚文化特征，这个我不否认。但一个作家，为了去在作品中有意突出他的地域文化，他肯定会失败。写作者只能关注现实中的生存，而比楚文化更加深奥、繁杂、特殊、神奇的某一狭小地域的文化，对作家来说，也许更有益处。真正激发作家创作灵感的，也许是一首民歌，也许是一个传说，也许是一个民间故事，也许是在山里碰到的一个人，一件事，或者一只狗，一棵树，这些都有可能成为作家活生生的素材，引发他的创作灵感。

地方文化只是一种小说的经验，而不是小说的全部。也就是说，地方文化可以使小说更丰满，更丰富，更丰厚，它是为小说服务的。何况，地域的文化本是从人们的饮食、习俗、宗教、道德的坚守中透出来的，他坚守着这些东西，才形成文化形态，而不仅仅是某些形式，如宗教的仪式、婚丧嫁娶的仪式。一个作家所要书写的文化空间，是靠物质填充的，也就是说是用整个生存现场去演绎完成的。

不知道我说明白没有。换言之，不要去刻意表现文化。我们过去看到过许多这样的小说，靠文化来堆砌，写什么风景的，写码头，写里巷，写来写去就是不写思想，不写真实生活的严峻性，不写现代人们思考什么，我们的社会究竟向何处去。沉浸在地域文化的品质中固然是一种热爱，但作家必须把你的灵魂加入进去，浸透进去，这样，你才可能体会得到更深邃的文化所蕴含的民间智慧，它里面所透出的巨大信息。以我的一个长篇为例：它叫《到天边收割》，前面引用了一首神农架民歌："娃儿乖，你各睡，隔山隔水自己回，虫蛇蚂蚁你莫怕，你的护身有妈妈……"这首民歌有着许多令人遐想的内容。它是一首摇篮曲，唱的是怕小儿梦中睡着了，他的魂走远了，小孩子玩性大，回不来，魂就掉了。做妈妈的就这样唤回小孩子的魂魄，不让他迷失。千万不要走远，走远了要回来呀。你看，我这么说了，是不是有广阔的书写空间了？我先是从这里虚构了一个中篇叫《望粮山》，现在则是把它写成了一个长篇。这个小说就是写的寻找母亲的故事。这位神农架母亲是被这孩子的父亲打跑的——神农架深山老林中家庭暴力是很厉害的。后来这孩子就去找妈妈，妈妈找到了，由于对原来家庭的恐惧，母亲不认这个孩子。这孩子去时剃了个光头，而这孩子的父亲过去也是剃光头。母亲离开家时这孩子才五岁，现在是二十出头了，极像他父亲。这就吓倒了他妈。他妈就不认这孩子，内心的恐惧本来忘记了的，一下子又唤醒了，就给了这孩子六千块钱。这母亲过去在神农架喂猪，现在喂猪发了，成了养猪场场长。孩子拿了这六千块钱哭着离开了母亲，到十堰市去打工。山里的孩子，没见过世面，不会忍耐，因为长期没有母爱，人格出现问题，性格变得乖戾、狭隘，思维还停留在母亲离开时的五岁的时候。后来与人生了仇，被人打伤，但他也把别人杀了，开始了逃亡之路。后来跳崖捡了条命，但最后还是被抓住了，判了死缓。他要求再见一次妈的面，这个愿望实现了。我写的是一个没有母爱的孩子的悲惨经历，这个小说就是一首民歌给我的启示。

我的另一些小说，有的是根据某个事件有感而发的，比如《狂犬事件》《马嘶岭血案》；有的是一个民间故事的启发，比如前面提到的《猎人峰》；有的是因为认识到某一个人，比如《云彩擦过的悬崖》，就是采访了几个神农架瞭望塔守塔人后，写了这么一个恪尽职守的守塔人。

有了这些灵感、素材和构思，你怎么保证你能把这些小说写好呢？光讲文化，别人还是无法对你的文化产生兴趣。我前面用了一个词叫"生存现场"，用通俗点的话就是要有大量的好故事、好细节来填充你的小说。许多看过我的小说的人说，你的小说中有那么多神奇的东西，神农架真是神秘呀。这就对了，我表达了神秘这种神农架文化的特质。比如《松鸦为什么鸣叫》中那块挂榜岩上的天书，还有一到要死人翻车前松鸦就会大叫，路上会有与你开玩笑的死去的冤魂；《狂犬事件》中，人得了狂犬病会怀狗崽，吐出的血块儿和屙出来的血块儿都是狗形的，死后肚子爆炸，炸出来的是三个小狗崽；

《马嘶岭血案》中一遇刮风下雨山顶就传出来的万马嘶鸣声和枪炮声、喊杀声；《吼秋》中，快滑坡时大山开裂，千万只蛐蛐跑了出来；等等。这些看似与文化无关，可它就是实实在在的文化，是形象化的文化，是神秘文化，是生活化的文化。有的人正是看了我的这些小说中神奇的故事，才跑到神农架去旅游的，我多少为神农架旅游做了点好事。

此外，我还在小说中尽量原汁原味地写了山民的生活，虽然有点贫穷、脏乱，但对神农架文化的宣扬和传播，起到了正面作用。

我认为，一个作家不是刻意地去写文化，但用鲜活的艺术形象去顽固地宣扬某种文化，是这个作家成熟的表现。因为地域文化的混沌状态和民间智慧，它的草根性质是文学真正的筋骨，也是文学的氛围，失去了它，文学就失去了特色，就会变得贵族化，没有生机，失去活力。通过文化的这一个通道，我们很容易进入我们中国社会的深处，与时代形成紧密的呼应，就可以参与中国社会变革的进程。在现实生活中汲取创作灵感和营养，汲取激情和思想。

草根性正是我们地域文化的又一特质。我们的文学目前正在成为某种社会发展进程的障碍，还不仅仅是边缘化的问题。前几年我说过需要寻找一种野生的小说，就是说在小说中找到一股很浓的大野草莽的生存气息。作家在这几十年里，渐渐地去迎合和适应主流话语，让文学变得乖巧；有一部分是主动迎合的，有一部分是通过摸索，找到了一条适者生存的路。因此，文学的气候与政治的气候合流了。二十世纪八十年代不是，伤痕文学当时远远走在政治的前面，它唤醒了社会的良知，才有了一系列的社会变革，但是文学永远是被动的，政治有可能会带给社会意外的惊喜，但文学的这种迎合姿态，就当然只能永远成了某种附庸，甚至是累赘，不会有什么惊鸿一瞥。但是有些作家正感觉到这种危险性——这种姿态可能会毁灭自己，于是尽量地使自己保持战斗的、野性的、草根的、散养的、民间的姿态。小说必须是粗粝的，而不应是精致的；是民间的，不应是官办的；是山野的，不应是庭院的；是底层的，不应是上流社会的。基于此，我们只有走到田间地头，深山老林，去拥抱地域文化，就像杂交水稻一样，用野生稻作为父本，这样它才有抵御病虫害的能力，植株强健饱满，才会有优良的品种。

我希望在座的朋友中，有立志于文学创作的，应该多研究我们的本土文化，多进入底层的现实生活中，让我们的作品成为底层社会的代言人，成为具有生气勃勃和大野草莽气息的"草根性"作家。待在家里客厅里阳台上是不会有什么出息的，不要抱侥幸心理，不期望有捷径，不指望胡编乱造能让自己名利双收。只有你的双脚沾满了泥巴，你才真正懂得了生活，懂得了什么是文学，你的作品才有可能是好作品，这个文坛才有你的立足之地。

文学乡土及写作的理由

——在长江大学的演讲

一、乡土和乡土文学

乡土和乡土文学是两个概念。乡土文学是鲁迅提出来的，后来茅盾又把它进行了规范，但依然显得偏颇。我当然是乡土小说作家，这是没有疑问的。有人会问，题材那么多，你为什么偏偏选择写乡土，或者乡村，或者农村题材这么个东西呢？问得好！我先说乡土，有了乡土才会有乡土小说。

说我陈应松是有乡土的人，这个是作为一个作家最自豪的。一个作家倘若生在大城市，我认为是一个悲剧。乡土就是有根。我回到荆州，大家说我是荆州作家，荆州的骄傲。回到公安，说我是公安作家。回到我的出生地黄金口，说我是黄金口的，一个很小的地方。在武汉，有几次朋友说出差经过黄金口时，很想去看看我的旧居。我给他们说我的旧居没有了，看以后我更有点名气时当地会不会恢复，这自然是玩笑话。黄金口曾是一个非常之小的公社小镇，现在是一个村，所以说我们是乡下人。武汉人认为，除了武汉，都是乡下，你荆州，你公安县城，都叫乡下。我记得我到武汉之初的春节，别人问我回不回乡下过年。我说我不是乡下的，是县城的。但武汉人不这么看，统统是乡下。何况我们在更小的地方，是乡下的乡下。我每年回公安都要坐车去村里走一走，我的故居，在冬天总是长着绿油油翠生生的油菜。你说这样的地方，怎会不出乡土作家？它绝对不会出官场作家、城市作家、私小说作家、下半身写作的作家，不会的。

在中国，有一个奇特的现象，就是很多大作家都出生在小镇。不知道你们做文学研究的注意到这一现象没有。我是在去湘西沈从文的家乡凤凰时突然想到这个问题的。凤凰是一个县城，也应是一个小镇。比如，鲁迅、茅盾、沈从文、李劼人（写《死水微澜》《大波》的），李劼人虽不出生在小镇，但在郊区小镇生活了二十多年；还有萧红，写《呼兰河传》《生死场》的。而且他们都是乡土作家，写乡土的、农村的。这是一个很奇怪的很有趣的现象，在国外好像没有。"乡土"这两个字，本身就很深厚，这两个字，本身就是文学的。这些作家所生活过的小镇我去过一些，我感到，这些人生活的环境，就是出大作家的环境。我姑且把这些作家称为有"乡土感"的人，也可以说是"乡土情结"。乡土是有土地滋养的，有土地滋养，它就有大地的灵气。再者，乡土是一个人情醇厚的地方，你在一个小镇，有七大姑八大姨的。大城市它就没有，他孤孤单单的，一个人在城里谋生，举目无亲。在自己的乡土上，村子也好，小镇也好，亲戚客人来往不断，它有浓厚的人情世故在里面。世故在这里是一个褒义词——世故是一个作家很需要的。人在这里有一种根基感，是可以回乡的，有乡可还。少小离家老大回。还有一个乡音，凭这个可以找到许多老乡。

我在去了沈从文的凤凰之后，那里的山上，当地修了很好的墓，我当时写了几首小诗，有一首是这样的："凤凰幸有大师冢，大师幸有凤凰城。纵然世界多寒意，家山殷殷暖我魂。"世界对沈从文是充满着寒意的，世态炎凉。沈从文一生该多么坎坷悲凉，他这么大的作家在新中国成立后竟没写作的权利，被安排去研究中国古代的服饰，世界对他寒意凛冽，但是"家山殷殷暖我魂"。他还有一个家乡，还有一个凤凰小城。我说一个作家出生和生活的地方要小，太小太小，如有些乡村太封闭没有用，太大了也没用。最好是小镇，往往这些小镇成就了一些作家。他有厚土的依托，越小，越温暖。很多人很多年大家都记得他，有他的故事。我回黄金口至今还有人叫我的乳名、小名。"哦，大平巴回来了！"我乳名叫雪平——生我那晚雪把门槛都平了，小镇上的人简称我大平巴，我还有个弟弟叫小平。"巴"是对小孩子的一种昵称，乳名后面都带个"巴"字。你想想，有人叫你的乳名和小名该多么亲切！你若是大城市的，茫茫人海，没哪个喊你的乳名。我自己真的忘记了我还有乳名小名，多少年没人喊了，回到家乡，当有人叫我小名时，哟，什么都唤醒了，非常亲切温暖。其实，国外作家也是深谙此道的，他不写大，而是写小。马尔克斯写马孔多小镇，福克纳写杰弗逊小镇，都是因为小。而他们的出生地也是因为小，成就了他们。也因为小镇，才找到了小说所需要的重要的东西，找到了他倾吐的方式。

　　乡土有小乡土，有大乡土。我以为一些有成就有追求的乡土作家都属于大乡土作家。鲁迅写的阿Q难道仅仅是那个未庄的绍兴的阿Q？未庄也未必是某一地的未庄，"未庄"的意思就是一个不确定的村庄。有人就说过，究竟是鲁镇的未庄呢，还是未庄的鲁镇？像马尔克斯，别人不会说他写的是哥伦比亚的哪一个省啊，哪一个市啊，哪个县，哪个村啊，人们对他的评价是：他写的《百年孤独》是拉丁美洲百年历史的一个缩影。是一个洲，它是大乡土，他把拉丁美洲整个洲都当作一个乡土。我认为，有成就的作家应该有这样的襟怀。鲁迅也是，我们不会说他写的阿Q是江浙农民的代表，他不是农民代表，而是中国人劣根性的代表。真正的作家很聪明，他的视野，他的胸怀，他的眼光，都是大格局的。所谓乡土，对作家来说是一种借代，利用这个乡土来抒发他对整个世界、时代、民族，整个生命，对社会的一些认知，乡土就是虚拟的东西。那么我为什么要写神农架？神农架是我的大乡土。不是说我对我的出生地荆州没有感情，不是这样的。其实对荆州的许多东西我都把它移到神农架去了。大家看了我的神农架系列作品，我不会只写神农架一地的风俗，我把湖北的许多东西全揉进去了，全发生在神农架，包括风俗。我写的风俗是找不到出处的，虽然也有哭嫁，也有五句子山歌，但那不只是神农架的，恩施有，荆州一样有五句子，荆州各县的民歌中五句子占大多数，并不是鄂西独有的。以公安为例，我们的民歌几乎都是五句子。每个作家都是怀有野心的，没有野心的作家不是好作家。因此，神农架对我来说，就是我的乡土，是我心中的乡土，是含有我对乡土的全部的看法和认识，一些根本的东西都包含在里面了。而且神农架离我的实际距离和心灵距离，不远不近，恰好够那个距离，既亲切又陌生，既遥远又近在咫尺，是我心中所想象的乡土，也是现实生活中非常真实的乡土，或者用他人评价我的话来说，是当代中国农村的缩影。我知道我的写作还远没有达到这样的高度。

有人又会问，你写神农架就够了嘛，一个缩影就行了，写得那么好，为什么又要回来，写你真正的家乡荆州呢？这里有我对读者阅读的考虑外，更多的是自身的原因。神农架很少进入我的梦中，但近些年，随着年龄的增大、老去，我出生的那个小镇却时常进入我的梦中，折磨得我夜不能寐，夜夜惊梦，我以为这是一种暗示，虽然我已写了一本散文来回忆这个小镇的人和事，但仍然没解决问题。这本书叫《小镇逝水录》，百花文艺出版社出版的，是写二十世纪六七十年代我的童年少年青年的，写那个时代的记忆，神奇神秘的事情。我以为写了之后这个心魔就解开了，轻松了，但我依然做梦，梦的还是那个地方，那些儿时的玩伴。其实我与他们根本就没有交往了，也很少想到他们，只不过过年的时候回去走走，到河边捡几枚铜钱。我们那个小镇在水运兴盛的年月是很热闹的，被称为"小沙市"，河边一色的吊脚楼。这一是因为那儿就是湘鄂边，二是我们小镇里湖南人多，我们的主街就叫益阳街。但吊脚楼因河水冲刷，一个晚上就坍塌了二十多家，全被河水卷走了，人与屋无影无踪。我每次回去在河边走走，能捡到铜钱，再挖几块老砖带走作个纪念，是个安慰，如此而已。但梦纠缠我，让我不得安宁。你不想它，它不请自来。这究竟是什么意思呢？是不是冥冥之中有什么暗示我要我来还这份感情债呢？要我回来写写故乡？现在我才明白，我真正的乡土是荆州，是公安。

对乡土的挥之不去，梦萦情牵，很大一部分是出于记忆，且是童年和少年的记忆。童年时代的记忆是最深刻的，年龄越大越老越清晰，是无法磨灭的。记忆中的乡土，是真乡土，是经过岁月沉淀之后，发酵之后的诗意的乡土，醇厚的乡土，美丽的乡土。它可能把许多东西过滤掉，最后留下的是快乐和幸福。

另外，生活教会人回忆。在外头的人情冷暖，利益纠缠，或者对官场的厌恶，对城市的厌恶，使人回过头来歌颂乡土中的故乡，当然也含有一份对大自然的感情，对自己童年少年生活环境的一种怀念，就算是情有所归吧。

比方说古代，陶渊明，三次辞官，放着县长不当了，要去到庐山脚下种地。后来他经常处于无油无米的贫困境地，但他的精神却得到了极大满足与张扬。古代人已经做出过这种表率。我们中学时学过他的诗："羁鸟恋旧林，池鱼思故渊。开荒南野际，守拙归园田。"

还有我们荆州老乡、晚明公安派"公安三袁"中的袁宏道，更是为辞县长达到了疯狂的地步。他当时在吴县，就是现在的苏州，才二十七岁，还是个小青年，被誉为"二百年无此县令"，深得当地人爱戴，但他七次写辞职报告，并且威胁说如不批，唯有逃遁而走。按现在的观点，这青年前途无量，可以向上爬，二十多岁就是正县级，以后弄个厅局级、省部级不是顺理成章吗？可这些人为什么要辞官，归隐田园？就像袁宏道说的："潇然于山石草木之间。"袁宏道回到公安之后，在斗湖堤柳浪湖建了一个柳浪馆，植柳万株，他有一句写柳浪湖的诗说"一春博得几开颜，欲买湖居先买闲"。

我认为，他们都应该归于乡土作家、乡土诗人之列。袁宏道也写了那么多公安的、沙市的、荆州的诗。我在荆州乡下跑，每到一地，就听人讲起袁宏道写当地的诗。因为是文人，对故土，对自然，心有灵犀，难解难分，甚至他们本身就是乡土，乡野之魂，厌恶官场，避开人群，回到亲情与儿时记忆之中，"池鱼思故渊"。这使我想起了我们荆州另一个也应是第一个乡土作家、乡土诗人屈原。现在有许多证据证明屈原是出生在荆州的，就算这个有争议，但他一生中大部分时间是在我们荆州郢都为官，他有"鸟飞反故乡兮，狐死必首丘"的诗句，这都是乡土情结所致。他关心的是"惟草木之零落兮，恐美人之迟暮"，美人在他的意识里，也是香草的一种，香草与美人是一类的，也以此自喻，常佩芝兰于身上，让自己沾满自然的乡土气息。在他的诗中，也写了我们的城市，写了宫廷生活，但更多的是写了乡土，像《九歌》，突出的有《山鬼》，而《九歌》就是根据楚地民间的祭祀歌创作而来的。还有其他一些诗，里面大量的用词、大量的场景，渗透着荆楚乡土气息；里面的大量植物，我们的后来者——荆州的本土作家却少有触及，在作品中没写过，但却是依然生长在我们荆楚的大地上；他写的大量的饮食，现在都找得到出处，也依然是我们现代荆州人生活的一部分。所以，在台湾作家柏杨的《中国人史纲》里，称《楚辞》是"具有异国情调（相对于北方《诗经》）

的南方乡土文学"，是很有见地的。

写乡土，就意味着对乡土的还情和情归，这种还情是自觉的。乡土的记忆是一个人生命的一部分，是身体印象的苏醒，特别是在城市生活过后。泥土和自然的记忆会因为某种刺激强烈地醒过来，强有力地暗示和改变你，从而扩大为一种人生态度。

这里让我想起荆州还有一个画家李青苹，她被尊崇为中国印象派画家、中国彩泼画派创始人。她一生坎坷，孤苦伶仃，在街道糊盒子，卖冰棒，捡垃圾。但她在南洋时出的画册却是徐悲鸿作序。我说她也应是荆州乡土主义画家。有人说她的绚丽的色彩得益于她对南洋的印象，但其实荆州自然四季变化的丰富色彩没给她潜移默化的滋养？荆楚出土的漆器、丝绸没给她耳濡目染？这些漆器、丝绸的色彩之艳丽，之绚烂，就是我们楚地乡土艺术的极致，就是一些民间艺人的作品嘛，也是楚文化浪漫主义的表现。如果李青苹出生在大西北寸草不生、色彩单调的地方，她能画出这样色彩如此热烈如此浓艳如此绚烂的画吗？也因此，李青苹的画，同样是对乡土的一种诠释，一种大胆的传情、表白，是一种乡土记忆的现代方式的色彩讲述。

我们也可以把它说成是对乡土的反哺和回馈。但我认为这种反哺不是一种感恩，是一种再次对故乡的触入，高境界、高层次的触入。你本身就是这里的一块土嘛，一块活动的、有灵感的、有生命的、有感知能力和表达能力的土。你把对土的眷恋、理解、相亲相爱的感觉、触觉、听觉统统诉诸文字。也就是说，你这根苗要喷吐花蕾和结果，只能是这块泥土适合你。不是你选择了它，而是它选择了你。这是一种极其自然的生命生长的规律和生命存在的方式，不必要弄得非常神秘和作过度解读。

那么，作为文学的乡土究竟包含了什么呢？大学教授们分析的跟作家感受的可能有所不同，但也可以拎出个一二三四来，这是研究的结果，不是我们创作最初的冲动。一个作家将乡土写入文学、写成作品，这种乡土已经远不是真正的乡土本身，南美作家马尔克斯的乡土跟北美作家斯坦贝克的乡土该有多么不同！这反映了作家对写作的认知、写作方式和对世界的看法是根本不同的，这种不同造成了文学的乡土是千姿百态的。马克尔斯的乡土充斥着怪异和传说的魅力，斯坦贝克的乡土充满了对生活严峻性的认知。同样是写山东乡土的，张炜的葡萄园是在海风吹拂中的浪漫气息迷人的乡土，莫言的高密东北乡的乡土是沉重的同样也是诡异的乡土，他们的山东乡土竟然是完全不同的。

文学的乡土当然包括方言、地域的风情、民俗。但一个优秀的作家是不会仅仅把这些当作书写的主要内容的，他必须以极其独特的进入方式，甚至是有点偏执的方式为自己笔下的这一个"乡土"定调，找到自己最佳的表现方式，认定：此乡土才是此地。如我的神农架，过去也有写神农架，也有写鄂西山区的，小说很多，作家很多，但写法大多大同小异，分不出你我。我必须寻找我的文学神农架，这一点非常非常要命，找不到，就没有你，找到了，你才存在。抓住它的精髓，抓住它最富表现力的、人们感兴趣的东西这才是根本。别人所理解的神农架跟我理解的神农架是完全不同的。我写出了，也没有人说这不是神农架，恰恰别人说这才是真正的神农架。让乡土进入文学，成为文学，要走的路是很远的。不是任何乡土都能进入文学，不是所有乡土都适合小说去表现。

譬如现在我回到江汉平原，我深感进入的困难，究竟怎样写出别一个江汉平原来，这是个巨大的困难，我到目前为止还没有找到很好的感觉，无法进入。你就是这样轻易写了，那也不是让别人有阅读期待的陈应松式的小说。它当然与神农架不同，荆州比神农架先进至少二十年，但也不能割断我过去的创作。它有平原生活的一切特征，这是没有疑问的。比如，他吃的肯定是鳝鱼甲鱼鱼糕油焖大虾加沔阳三蒸荆州八宝饭，不会吃熊肉狼肉野猪肉，不会再有猎人，结婚也不会再唱哭嫁歌，也不会有夏天冻死人、在森林里迷路这样的情节，种的不再是苞谷洋芋而是油菜棉花大麦小麦水稻。不过我想先打个预防针：不要以为我写的平原就是今天我踏着的这个平原，它是文学的平原而不是生活和现实中的平原，跟神农架一样，只能是虚拟的，所有的乡土都是虚拟的。因此，文学乡土的虚拟性是它的特征。它还有一个适合自己书写和表现的问题。不过有人担心我是否适合写平原，因为在人们的印象中，我是个只写蛮荒的贫困山区的作家。我要挑战自己，作家要为自己设置难度，有难度才有高度，才有新的世界新的境界。我自认为自己是一个进攻型的作家，总是充满着越界的企图，在我这个年龄进行一次写作的移位和转变，是我的一点野心，希望得到各位的鼓励。

写作是一种身体的需要，当然我们可以把它称为一种写作策略的调整，一种变化，但我认为是身体自身的需要。我今天回到荆州，回到与神农架完全不同的田野时，我的那种激动是无法用语言表达的。史书上说荆州"平畴千里，膏壤腴地"，"地势饶食，无饥馑之患"，"沃野千里，士民殷富"，是全国公认的鱼米之乡，也是给这块地方定了调。她与神农架对我的感受是完全不同的。大片大片的油菜花、桃花，青山绿水，犁耙水响，菜籽黄了，大麦收割了，秧插了，都在拼命唤醒我过去的记忆。神农架是另外一种感动，是一种比较坚硬的、遥远的、严酷的、朴素的感动，荆州的感动是比较热烈的、温暖的、亲近的、有几分俏丽的妖媚的感动。首先是我的生命需要它，至于写不写，能写出什么，那是另外的话。

二、我的写作理由

我之所以讲这个问题，是因为在家乡的长江大学有不少喜欢和研究我作品的老师和同学，你们对此问题比较感兴趣。

写作的理由我曾经回答过不少，也写过文章说过类似的问题，有些是顺着别人的暗示说的，有些是根据某一篇作品的创作心得说的，都不是很真实，也以偏概全。

我写作的理由既不崇高，也不神圣，更不灵魂——将一个名词当形容词用用。说写作崇高神圣和为灵魂写作，这种将文学推到至高无上地位的人，不是居心叵测就是对文学一知半解。我自己也会在某些场合说"灵魂""崇高""神圣"这些字眼，但这要看当时的语境是什么。

我刚开始是比较喜欢文学，爱看书。因为我的性格比较内向，不爱说话，在人的面前，不管是生人还是熟人，是家人还是家里来的亲戚，我都一概不爱搭理。我的性格是从我父亲那儿遗传下来的，我父亲是个有严重口吃的人，不善交际，家里交际的事全由我母亲操持，比如我弟妹就继承了我母亲的性格。这样因为我从小非常腼腆，别人说我像个女孩子，家里一来客，我就躲到房里去了，吃饭时端个碗也到房里，或是屋外，边吃边看书。就是这样，我爱看书是为了打发家里来人的时光，是为了弥补我先天的性格缺陷。我的父亲可能认识几个字，他是裁缝，因为来人了要开做衣单，也就小学二三年级的文化，母亲则是文盲，家里根本没有书，书都是找人借的。因此我庆幸我出生在一个小镇而不是纯乡下，小镇上的人，有书的多，千奇百怪的人都有，同学之间总能借到书。还有一个供销社的收购门市部，经常收很多旧书，我们可以用破烂换。我们那个镇叫黄金口，虎渡河边一个热闹的码头。我前面说了，为什么那么多大作家都出生在小镇，真的是有原因的，小镇对文学的滋养的确是非常巨大的。小镇是风俗的交汇地，信息也灵通，不像乡村那么封闭，南来北往的人也很复杂，令人眼花缭乱，一个少年对世界的好奇心很容易满足。但是这种信息啊，人的来往啊，又是在一个小的空间里，大多属传说，不像在大城市，说有什么事什么事，传得快，也多，但都是未经证实的。来了个什么外地人，也很快能知道，但同时是神秘的，你不知道这人是来干什么的，他与这个小镇的什么人有什么联系、瓜葛。各种奇怪的传闻有些在纯粹的乡村里绝对是听不到的，还有茶馆，各种各样的说书人，打渔鼓唱道情的讲评书的，玩龙灯划龙船的……比如，我们那时就能知道许多稀奇古怪的事，说在东北冬天拉尿，拉出的尿立马就会变成棍子；拳击运动员首先要把鼻子里的骨头全部割掉；等等。你年纪很小，足不出户，就知道这些怪事，这对小镇的少年真的是一种刺激。小镇因为水路畅通，一些外地人到来，会有许多让我们兴奋的事，我在我的《小镇逝水录》里多有记载，可谓形形色色，他们的身世，他们为何来这里，都会有许多传闻。

书当然是很重要的，但小镇的生活和熏陶对我同样是重要的，非常重要。

因为家里穷，买不起书，除了借，也偷。老话说，偷书不为偷。"文革"时学校放假，我们就到学校去偷，办法是翻窗入室。所以，那时候，在当时流行的和批判的小说我们都看了一遍，那时候也没有作业，不像现在的孩子这么苦，我们唯一的事就是看小说，好像我们小镇的孩子都喜欢看小说。当时能看到最好的书就是鲁迅的，我们镇书店隔三岔五就会进一本鲁迅的书，当时鲁迅的书不是一次出齐，这个月是到《彷徨》，过两个月来《呐喊》，再来什么《朝花夕拾》《故事新编》，又是什么《野草》《两地书》《而已集》《且介亭杂文》《且介杂文二集》《中国小说史略》等，因为时间间隔长，又不贵，一般一两毛钱，我都买，现在，我四十多年前买的这套鲁迅的书依然保存完好。也可以这么说，在中国真正有特点，语言能吸引我的只有鲁迅，其他如茅盾、巴金等的小说只有故事，而没有让我们在写作上可借鉴的东西和模仿的冲动。鲁迅的风格真的非常怪，非常具有黑色幽默，非常孤俏，有一点恶作剧，有一点偏执，有一点恶搞，有一点不近人情，但这些都深深地影响了我。我以后写日记写点不能发表的散文，基本上是模仿《野草》的，《野草》把人的孤独感写到极致了。当然还模仿他小说中的语言和行文风格。他的语言和行文风格适合青春期叛逆、孤傲的我，对年轻人，绝对是有吸引力的。

那时真正的写作几乎没有，谈恋爱，为打动女方写点故作伤感的文字，这也是鲁迅风格很擅长的。能写点东西的人，在当时的社会中很受人尊敬，就算是不写小说，也能迅速改变命运。我数次改变命运都是因为能写，还包括能画。1974年我十八岁，去闸口电排工地推石头，上水利，因为能写，我被弄到工地指挥部政工组。第二年到公安县电厂搞外线工，因为能写，包括写标语，又被弄到了政工组，而我当时不过是亦工亦农，坐了办公室，许多正式工还得在外爬电线杆。又因为我能写，这一年被派到县委工作队给一个副县长当秘书，驻队。1977年正式招工，所有人都上了船当了水手，又因为我能写，留在了岸上办公室。后来又因为我发表了一些诗歌，被借调到公安县文化馆。

我是一个高考落榜生，在当时，我其实是不甘在县城工作的，想到外面去，像我的那些考上大学的同学那样，这也是促使我拼命写作的动力。那时候的写作，根本就是跟风式的写作。写作的理由其实是非常实际的，任何人都如此，每一个时期写作的理由也不同，但总的是没有那么高尚，境界也达不到那个层次。后来因写作，漂亮老婆也得到了，工作问题也解决了，又考上了武大插班生，写作一步步改变了命运，终于去了省城，当然就想把小说写得更好一点，名气更大一点，钱赚得更多一点。于是，和所有的写作者一样，去拼命地打通一些关节，挖空心思地修正写作策略，我也写过电视剧，写过流行小说，想写系列，有一个水手系列，有一个郎浦系列，怎么写都不火，后来干脆不写了，跟人去搞生意，赚钱。二十世纪九十年代中期，有一年还赚了十来万。后来还是想写小说，有点模仿他人的写作，追求短语、黑色幽默，写了十来篇，也没有引起什么反响。那时我的写作是绝望的，那种绝望的情绪左右了我许多年，导致我出现了幻听，耳边总听见有人唱歌，这种情形持续有两三年，竟不治而愈。真正治愈我的就是神农架，就是去神农架之后，我的许多身心疾病都好了。到神农架也不是为了去反映人民的苦难的，不是为了成为圣者的，因为当时我小孩考取了大学，人生有一种解放感，没了事，心情非常松弛，就想出去走走，这样就去了神农架。这一去，使我的写作出现了翻天覆地的变化，出现了飞跃，竟然一篇比一篇响亮，几乎篇篇都在文坛引起了反响，什么中篇小说奖都获得了，成了获奖专业户，连我自己都懵了，不知道是怎么回事，也没有什么狂喜，心如古井，非常平静，只是感觉过去我渴望的都得到了，人也牛了，有了点派头了，可以对人爱理不理了，可以发点小脾气了，可以很直率地批评人了，可以跟人谈文学了，也可以说什么"灵魂"啊、"崇高"啊这些过去不敢说的字眼了。

但是我要说，我对写作的认识依然是在世俗层面的，谈不上什么神性。我想得到的就是希望受人尊敬，给自己那个普通的家庭带来一些荣誉，为生活带来一些改观。自己做一个有身份的人，不再是那种背景非常复杂，什么乱七八糟的事都做过，什么单位都待过，船古佬、电工、农民、编辑、乡下人、生意人、二道贩子、给人配制药酒的假郎中，还有各种不良的习气，给人的感觉就是一个社会闲杂人员、流窜犯，因为我们也不上班，也没人管，又不修边幅，弄得不好，就是一个游四五荡的街头混混——游四五荡是我们荆州话，就是甩袖子玩的油子哥儿。

作家的不良习气是很多的，一般都容易激动，感情用事，不计后果，在我们的生活中，一般人都不喜欢作家，觉得大都是举止古怪、性情偏执的人，约一半的人有精神病征兆。有的是天生的，有的是因为写作而导致的精神紊乱，比如我，我今天在这里说，多年前我就吃过抗抑郁的药。这样如果你不写出一点东西来，写出一点让人佩服的作品，不仅会让人讨厌，也基本是个废人。

寻求尊重，就必须在作品中显示自己，追求一种比较高尚的、宽厚的人格，比较注重以诚相待，以真诚的力量去打动读者。这样，逼着你的人格完善，不断调整自己的精神状态，向崇高的、高尚的东西靠拢，让自己的精神乃至那个虚幻的灵魂平静下来，得到一种慰抚，一种休息，这倒是写作的功劳。

就算是打扮吧，美化吧，他也要把自己打扮成一个比较完美的、有学养的、有教养的、有道德的，甚至道德高尚的人，让自己有一些光辉。的确有一些作品看起来受人尊敬而人格人品低下甚至龌龊的作家，这些作家的人格是分裂的。并不是说你写了高尚的东西你就很高尚，文如其人有时候也并非如此。

另外，在写作中迫使你不断提升自己的思想水平和语言能力，思考一些别人来不及思考的东西，那你就得走在别人的前面。写作的确能使自己达到一种完善状态，并能为自己的形象产生很好的塑造作用。因为社会给了你荣誉，别人也尊敬你，你要想我可不可以再完善一下自己，这么多缺点可不可以改正一下。写作的确也能让自己进入一个新的境界，常常能为自己努力的成效累积自信和本钱。写作是有光的事，是有面子的事。写作者他写作，就不可能去贩毒了，去盗墓了，也不可能去卖淫当妓女了。因为那是黑暗中的、阴暗角落的事，而文学是阳光下的事，充满光芒的，能把人镀亮的，有时就是为人镀金的。

我说过文学是有光的，我今天回顾自己，我真的庆幸我爱上了写作。我这些年也常常回到我的那个小镇，因为没了房子，家人也搬走了，房子早拆掉了，故居之上成了别人的油菜地，我每次都是过年回去，过年回去总是看到那儿栽种着油菜。我看到那个小镇非常颓败，我家左右竟出现了一个陈年垃圾场和两个坟堆，荒凉不可名状，而当年那个小镇是非常热闹的。最让我吃惊的是，我见到的一些儿时的玩伴和当年的同学，那些做手艺的依然在做手艺，有的在修车、补胎、打铁、搬运，一个个都老了，表情呆滞麻木，小镇的生活是很容易让人衰老和迟钝的。这些人房子做大了，家里没有一本书。看着他们麻木的、没有朝气的神情，随便肮脏的穿着，真的很难想象我们曾经是相同的人。

我还看到另一类人，吊儿郎当的，抱着个茶杯，叼着烟，趿着破拖鞋，在街上乱窜，这家坐坐，那家站站，典型的游手好闲的小镇人，老油子，老混蛋。我就想，如果我当年也不读书，也不努力走出去，我现在的结局是不是与他们一样呢？答案是肯定的。在他们的身上，我看到了自己的另一个影子。如果我不是踏上了文学的路，让文学改变了我的命运，我现在会像今天这样人模狗样地站在大学的讲台上，且还是家乡的大学讲台上，会跟你们胡吹乱侃文学这么高雅的问题？我还不是在小镇上混吃混喝混阳寿的老油子、老混蛋、老不死的！想起来都害怕，背脊发寒。真的是文学照亮了我，为我镀了一层金子，让我今天成为受人尊敬的长者。就是这么一个低贱的人，由蛹化蝶了，得道成仙了，身份变了，有了头衔了，与过去的生活完全不同了，吃起饭来还有可能坐在上席了。其实，这不过是高攀文学的结果。

让自己成为一个人，一个不要太过堕落的，不要太过颓废、太过早衰老的人，一个能受人尊敬的人，一个享有自己独立意志、心灵自由的人，这就是我写作的理由。

当然，现在已是人在江湖，身不由己。为了保持自己的荣誉和名声，不要让别人说你江郎才尽，你还得不停地努力，不停地行走、寻找和写作。我今天来到荆州挂职，就是自己这种写作心态和存在状态的体现。不停地显示自己，虽然是一种虚荣心作祟，但它也给自己的写作提供了新的动力，使我心态永远年轻，永远有着进攻的冲动和表达的欲望。在此，我真正要说一声：感谢文学，感谢写作，是写作拯救了一个人。从这一点来说，文学对人的作用是十分巨大的。这也就是文学的成功大家明知道十分艰难，但爱好者却源源不断、前仆后继的原因吧。

我的写作，我的世界

——在湖北省首届青年作家高级研修班的演讲

　　作为这次研修班的策划者和组织者，我主要是为你们鼓劲儿，为你们喝彩的，增加你们写作信心的。在秋天这样的季节，这样的湖畔，我们大家从全省各地来到这儿，研修文学，聆听讲座，应该是幸运的。还有许多写作者是孤军奋战，躲在各自的角落里，没有这样一个机会聚集在一起，呼朋唤友，谈文论道，讨论我们共同面临的问题。昨天早上，我想去湖边看看，给外地的朋友回了个短信：晨光如婴儿，湖光如飞绸。当你注视着这片远方深邃、广大、宽阔、遥远的水时，也许我们的内心更加迷茫和伤感，但它使眺望成为一种可能。在生命中的某一天早晨，你眺望着远方，也许远方什么也没有，但眺望是一种多么美妙和优雅的生命姿态。我们的这次研修就是一次对文学远方的眺望。

一、以写作面对现实

　　文学只有一个世界，对于写作者，它就是唯一的世界，是我们赖以生存的世界，其他都是浮云。为什么这么说呢？作为一个人，我们的生活常常处于虚无状态，特别是一些具有写作者人格的人。这些人有些孤僻，有些古怪，有些固执，有些脆弱，有些恍惚。就像常人评价他们的那样：他好像活在另外的世界里，与我们不是一个世界的人。其实，具有写作者人格的人往往生活在虚无中。当我不写作的时候，我似乎在这个世界中并不存在。我不研究现实，对现实的一切漠然，甚至躲避，排斥，置身世外，用一道紧闭的门把自己隔绝开来，人有一些迟钝，脑子不太管用，就跟不存在是一回事。自己也会看轻自己，甚至成为泡沫，与我们所处的时代和社会无任何关联，"宅"在家里。说白了，就是一个多余人。

但是，一旦写作，面对一个题材，就与现实世界发生关系，这个社会就与我有关了，甚至是火药味儿十足的敌对关系，是一种对峙关系。从开始构思、动笔，会把一个人变得实在，有用，有意义。我开始审判、评判，开始思考这个社会。虽然写作是一种带有虚构性的幻想，一种超验，一种梦游。一旦写作，人会活在尖锐的痛感之中，就像一个人走夜路，精神高度集中紧张且敏感，正视现实的一切，突然找到了爱和恨。排除掉任何技艺磨炼所造成的痛苦和折磨，这个人会觉得生活有了方向，有了一个明确的目标——虽然是一段一段的。

年轻是好事，年轻的不确定性让人有一些清醒的足够的理由拒绝写作过程的到来，远离文学。蓬勃的活力和旺盛的生命可以消耗精神的倦怠和颓靡。但是你依然是在虚无中奔跑，在生活中没有角色感。你什么都不扮演，你只是生命的原生态，是一个自生自灭的符号而已。

用写作面对世界，对我是这样的。因为我许多的时刻就处在一种惶然无措中，惴惴不安。年龄越往上走，越是这样。所谓功成名就的淡定，都是假的，不然的话，怎么解释那些获诺贝尔文学奖的人前仆后继地自杀？一旦拥有，就是过去，一个人要不断地写作才能获得自己，才能肯定自己还生活在这个世界上并担当一定的社会角色，以及由此产生的责任感。生命每一分钟的感觉都是要把自己从惶恐迷茫的深渊里拽出来，让他回到现实。这样，对于我们这种人来说，只有写作是最好的方式。最后，写作成为一种生活，一种常态，然后，你才能叫作家。

智利诗人聂鲁达说，"写作就像呼吸，不呼吸我活不成，同样，不写作我就活不下去"。马尔克斯说，"写作是莫大的享受"。葡萄牙作家萨拉马戈（写过《修道院纪事》的）说，"写作是一种工作"。他认为，写作与激情和灵感无关，就是一种平常的工作，跟上班、下班一样。他还有一个观点：写作就是做椅子，每个人都想把这把椅子做好。这跟王安忆说的写作就是做木工一样。我其实在很早就说过，写作就是做木匠活儿。生活也好，工作也罢，木工也好，木匠也罢，就是让你清晰地展示你的存在，然后可能会受到这个社会的善待和尊重。

写过《蜂房》和《为亡灵弹奏玛祖卡》的西班牙作家塞拉有一句很逗的话：“那些什么事情也干不了的人才致力于写作。”据我亲身体会和我的观察，事实确实如此。我身边有一些青年作家是不会做人的，也就是不懂人情世故，比较怪异，与人打交道常常叫人难受。说他们的时候，我自己何尝不是这样！我痛恨自己，也痛恨这种青年作家。但是他们的作品却不错，小有影响。但也有小说写得好，也很会做人的，知事明理，八面玲珑，讨人喜欢，善于注重他人的感受。可见，写作是一种十分复杂的行为，有的人真的什么都能干，又能当官，又会挣钱，却拼命往作家队伍里挤。我所知道的做很大生意的，小说写得好，创作产量比专业作家都高。跟他们比，我真是个什么都干不了才干这一行的。做生意，没有经济头脑；当官，也没人提拔；人本身没什么亲和力，孤僻、情绪化，缺少与人沟通的基本能力，也没掌握到现代人生活的技艺，什么都不懂，不懂电脑，不懂手机——一个新手机要摸索半个月，就是个废人。想靠一支笔、一本纸——这种极原始、简陋、陈旧的劳动方式和劳动技艺讨生活，它比较不要空间——比如我在一个阳台的缝纫机上就写过九年；不要交际——因为我不会与人打交道；不要忍受太沉重、太巨大的精神压力，就可以养活一家人。对于我们这种没有背景，出身贫寒，既不是官二代，也不是富二代的人来说，真是太好不过了。

另外，我说了，写作是一个人内心的选择。当我不写作的时候，不仅我无法面对现实，我面对的世界也是灰暗无趣的。而写作让我们自己为自己布置的、创造的、构建的那个世界，充满了鸟语花香、五光十色，就像我们学习的这个环境，空气清新，景色优美，充满了有意义的事情，一些能留下足迹的事物，一些能细细回溯的时光，一些想探索的历史，置身另一时空与古人对话，与不朽的意境和永生的人物对话。因为写作是千古流传的东西，唯一不被时光摧毁和打败的世界。李白的床前月光依然在照耀着我们，苏轼江边的裂岸惊涛依然在我们耳边轰响，杜甫脚下的无边落木依然让我们感到寒意袭人。

完美的叙述形成完美的世界。作家陶醉在自己编织的世界里，以绝对的安全感和自恋保证身心的愉悦，让心灵有了一个私密的花园。所以，美国作家霍夫曼说："即使我的眼睛合上，即使我只是身处于一个阴暗的房间，为了寻找美好和方向，为了了解爱的可能、永久与真实，为了看见萱草和泳池，忠诚与奉献，我写作。我写作，因为这就是存在核心的真我。"只有在这里，你才是真实的，真实的自我。霍夫曼后来发现自己患了癌症，她更加拼命地写作，相信写作有治疗作用，用写作克服患绝症的恐惧感，后来她成了畅销书作家。

二、靠作品说话

写作没有窍门，没有捷径。靠作品说话，靠实力安身立命。但这只能自己走，别人帮不了你。美国作家柏奈斯说，写作是靠严格的自我检视锻炼出真正的实力。西班牙作家塞拉在有人要求他给准备写作的人以忠告时，他这么说，忠告是令人惧怕的，让每个人自己失误去吧。

写作不是一件简单的事，你明知道他这么写是错误的，你也不要去指责他、提醒他。许多写作的人都是犟骡子，只有他撞到了南墙才会回头，才长记性。写作其实是在一次次失误中累积经验。不仅仅是技巧，也不仅仅是教训。土耳其作家帕慕克说的是"把内心的自省化为文字"。很多的失误能增长他对自己各方面储备不足的认识。

一个作家的成功，无论这个人有多么坏，多么无耻，多么会经营自己，但总是凭实力得到更大范围的认可的。靠作品说话，有作品清清楚楚地摆在这里，即使你有一些缺点，甚至不地道、不正派，也可以被原谅。文坛就有一些这种人。有人说，某人的得奖是用钱买的，全是关系。但这种情况只能得逞于一时，不能得逞一世。一两次会有这种情况，不可能次次如此。如果这个人太差劲呢？只能写点小东西，写点豆腐块，怎么包装也没用。你花很多钱开个作品研讨会，会开完了，人也完了。实力不够，就算你有翻云覆雨的本事，很能闹腾，那也不是一个很有名的作家，只能是个很有名的文坛混混。

一个人要有超强的自我检视能力太难做到，要放弃自己心灵上的、情绪上的、笔下的写作方式的陈腐习惯，非常难，说穿了就是要放弃过去的自己，经常否定自己的历史。我经常就嘲笑和揶揄自己的过去，这是发自内心的。嘲笑和揶揄自己需要很强的自信，因为我清楚地知道今后我将怎么做。我将怎么做，会做得更好，也相信我会更好。我清楚我要超越自己，从哪儿下手就成。要脱胎换骨才能成长。否定自己就意味着创造力的醒来，准备与虚拟的敌人进行搏斗。写作的确要靠天赋，也要靠写作对自己天赋的再次发现。许多隐蔽的天赋藏在被写作唤醒的路上。我自己的记忆力并不出众，但有人说："你写东西为何这么细？对场景的描写，对动植物的描写为何这么生动？你到一个地方一个小时就记下了那么多东西？你是个天才？"我可不是天才，我只是比大家的观察力强一点，我只是比大家对记忆的挖掘深一点，我只是比大家的笔头勤一点。我走哪儿记哪儿，其实这是我多年的习惯。我在神农架和荆州各一年，记了几十万字的日记，外出特别是出国，都有一本日记，这些全被放在抽屉里封存着，等我百年后希望有人帮我整理出来。

2009年，我与诗人于坚被请去广西讲课，我发现他跟我一样的习惯。我相信好记性不如烂笔头。美国作家辛格就说过，他记得两岁半的时候所发生的事情。他当时住在一个叫利昂卡茨恩的小村子里，搬走的时候不到三岁，后来他跟母亲谈起这村子里的事，还说出了一串这村子里的人名，他母亲惊呆了，且不相信。我想，这一定是他当作家后，因为对记忆力的长久锻炼而被唤醒的。许多儿时的记忆在不写作的人那里是沉睡的，死去的，在写作的人那里却是鲜活的，会突然重现。许多作家在作品中不断地挖掘他们童年的事情作为故事，这就是对记忆的强迫锻炼。

要把自己从庸常人中挣脱出来："我是一个独特的人，我非常独特。"这种意识应该很自觉，不然你的作品不会独特。当然不是要你一意孤行，神经兮兮，以为头发蓄长一点，裤子穿脏一点，举止怪异一点就是独特。作为写作的独特性，要在作品中表现出的却是对世界，对人，对读者的亲和力。这种亲和力就是理解世间万物的谦逊情感，一种谦卑的写作分寸的把握。你要想到，为什么你的作品写出来读者不喜欢，别人的却广受关注，让人喜欢？

145

人家的充满魅力，你的让人乏味？要研究。小说讲述的魅力真的与题材，与现实，与语言都没有关系，这些不是好作品的前提。好作品就是有亲和力，能穿透人心，也能融化人心。越独特的人对世界就越宽容，越能理解他人，气质越优雅，越有朴素的感情；作品越刁钻，表达越谦和。

真的，什么都不重要，你什么都没有不要紧，你一无所有，你是个农民，但只要你手头有一部重要的作品，或者有几个，这就行了，比你怎样发宣言，怎样走关系都有用。有了作品，就有了大气，有了很高的人格，内心也会干净无比。那种内心的静谧，是好作品所赐予的，是幸福的根源。

小说已经够多了，出名的人也够多了，这没错。但不要怕，不是一只老虎就能吓倒一群羊的。在文学界，老虎与羊是互变的。只当他们是远去的风景，即使他们在台上，每天上蹿下跳，发表作品，发表讲话，出席各种会议，并且好像控制着某一地的文学，这都是假象。因为你的作品可能颠覆这一切，何况还有时间的优势。在一种似乎漫长的、无休无止的疲倦中的文学，在一条固有的轨道中运行的死水微澜的文坛，好像没有发现你的可能，好像根本不可能接纳你，承认你。但哪一天，说不定你会打破这种沉寂和秩序。在别人都心不在焉，都人云亦云，都大声喧哗沉不下心来的时候，你有可能以你的有心，你的努力专注，改写历史，偷袭成功。

有些已经没有心思写作的作家在散布一种谎言，说小说已经死了，说谢天谢地，小说时代终于结束了。还有代表更广泛的社会基础的言论，认为小说像城堡和弩弓一样，沦为历史，认为小说这种虚构样式的东西代表着一种已逝的文明。还有一些江郎才尽的人，也会到处蛊惑说小说死了。可是，作家们依然层出不穷。小说或者说文学是不会死的，永远都是文学的时代，你说死了，就证明你内心深处是关注并且敬畏文学的，你说文学死了你不写作了，那你还不给正在拼命写作的更年轻有为的作家们让路，这是为什么呢？要我说：让他们在嫉妒中看着你的作品一篇又一篇地发表、一本又一本地出版吧，让他们不再出声吧！这些心怀鬼胎、心胸狭窄的文学已死论者，最希望的是在他们之后就再也没有人写作了，那块地盘就永远是他们的了，他们那点过时的、发黄的、越来越稀薄的名声已经不堪一击，你随便一下就可以比他们做得更好，写得更棒。因为，大量的新的技巧是在这个时代出现的，这个时代的人视野更开阔，大脑更发达，更善于接受新事物。最重要的是，如今的人更加自信。

三、太多？太远？

当我们今天来讨论作家形成的可能和读者形成的可能时，有这样一种观点，说是作家最好少写，以免引起文学的焦虑和恐惧。文学和作家们之所以失去读者，一是他们写得太多，太多太多；二是写得太远，太远太远。

写得太多的确让人厌倦。文学接受本来是让视觉疲劳和身心疲劳的文字欣赏，一个作家连篇累牍地写作，好像主要是想保持出镜率，害怕被人遗忘。但人们对毫无创新能力的文字生厌进而会产生恶心。写得太多并不能证明你是大作家，有的作家的成功恰恰是因为他适可而止，写得很少。突出的例子是陈忠实。现在出了个更大的作家——瑞典诗人托马斯·特朗斯特罗姆。他今年八十岁，一生只写了一百六十三首诗，获得了诺贝尔文学奖。他一生的产量可能不足一个中国诗人一年的产量。我最初是写诗的，十年就写了五百多首，基本是半成品，除了大家还记得我的一组诗《中国瓷器》外。还有的在二十多岁就终止写作的，比如海子，以残忍的终止生命的方式告别文坛，以便让历史疼痛地记下他的名字和作品。但写得多的有的不是为了名，是为了赚取更多的稿费，让生活更好，这无可厚非。

阿根廷作家埃内斯托·萨瓦托说过："没有必要写很多，如果你要阐明生死、命运、希望与生存的理由等问题，写两三部书足够了，无须写一百部。"在当下的文坛，写得太多的人往往是重复自己的过去，从语言、形式、结构，到内容、叙述方式，都不再有惊鸿一瞥之感。弄得不好，就会让人生厌，让人产生他是个生活和现实的一个低劣的伪造者而不是作家。在那儿满嘴陈旧过时的话。有一大批这样的所谓作家名家在文坛穿进穿出，令人反感。每一次露面都是抄袭上一次的表情、滥情、夸张、没有思想、故事乏味，表现着并不高明的责任心。而作家本人也被这种循规蹈矩的过度写作弄得鼻青脸肿、精神呆滞、枯黄憔悴。现在的小说已经无法刺激起人们的阅读欲望，是巨大的问题。

我有几年没写短篇了，前年我们所谓底层文学作家在清华大学聚会时，想搞个同题短篇小说《底层》，我就感到短篇有到了尽头的感觉。我就想弄个不像短篇的短篇，要跟所有短篇都不同，这就是去年发表的《祖坟》，《天涯》发表时加了这个题目。小说不是以时间顺序写的，想哪儿写哪儿，从想说的话开头。有时一句话一章节，没有故事顺序，用大量的排比形式来推进小说，比如用"还记得吧？还记得吧？还记得吧"，一长串的。没有开头，没有结尾，开头就是结尾，结尾也是开头。我的结尾是这样的：

> 如果你忘记了故乡，如果你无情无义，总有一天，你会在凌晨突然接到一个电话：
>
> "×局长，你家的祖坟被挖了。"

另一个短篇《送火神》也是，也不像小说。第一小章节只有两句："这伢！大人们说。这伢要把整个村子废了。"

谁告诉你小说应当怎样写，怎样结构的？不这样，难道就不是小说吗？要有强烈的陌生感，要变换姿势，要随心所欲。要有一点儿调皮，要有一点儿坏水。小说不坏，读者不爱。坏就是有趣，不坏就是无趣。面对一个无趣之人，肯定是无趣和绝望的。对文学一绝望，我们大家的饭碗就完了。有人跟我说，一进书店，成千上万种文学书籍，感觉太多太多，这些人真能写啊，写疯了。觉得自己多写一本少写一本完全没有意义了，会被书籍淹死，这些人因别人写得多而至绝望，放弃了写作，落荒而逃。

但是没有"量"是个大问题。一个作家出名后被人诟病、指责、说三道四，但指责别人的人你没有新作品出现，被指责的人却一篇篇一本本地出版发表，你再怎么贬低诋毁他也没用。因为"量"，使作家站得更稳，知名度更高。不必要为了精而舍弃量，一些青年作家要求精是为自己少写、懒惰找借口，最后消失了——结果只能是这样。没有量，就没有一种写作的常态，你很难将写作作为一种生活习惯和工作。我年轻时一年写十多个中篇还加十多个短篇，现在看这些作品基本是一堆垃圾。但没有这些大量的制造，我能将写作、将每天的码字当成生活的习惯吗？有的人每天在牌桌上，也会成为一生的习惯。我每天在书桌上，也成了习惯，才有了今天的我。一个作家，没有一件作品是多余的，他会在漫长的写作途中，全面掌握小说的技巧，掌握对语言足够的驱遣能力。就算是打基础的写作，也是有意义的。二十岁为三十岁打基础，三十岁为五十岁打基础，五十岁为七十岁打基础。

写得太远的问题。

我们的许多作家常常认为远就是厚重、深刻、思想性、大视野。这是一种简单的思考和结论，把重大题材、社会关注的问题当大作品来写，追求轰动效应。比如辛亥革命，比如新农村建设，比如改革开放。还有的写遥远的西藏，写三代人，写家族，写革命，写某个战役，等等，有一种野心。我们的有关部门也要你写重大题材，宏大叙事。太远，太远，远到不着边际。人们在大量的故纸堆里，在档案里去寻故事，挖空心思地编造一些自己不曾激动也打动不了读者的大故事大情感。那些东西一概与自己的内心没有任何关联，看不到这个人在想什么，也不知他的创作动机。如果写起创作谈来，就是大话，比如出于一份历史的责任感、一个作家的使命。你的肩头也承受不起这些东西，何况这些重量是虚假的重量。没有谁重视我们自己内心山重水复、起伏跌宕、颠沛流离的路程，没有谁想怎样描写一朵花的开放，一个季节从播种到收割的所有细致过程。那些被人们忽视的写作盲区，才是离文学最近最近的。没有最远，只有最好。不否认有写远的高手，但什么是远？什么是文学的距离？文学最远的距离是自己的内心。可以走最远的路，比如像我去神农架。那样的远，除非与心灵的渴求有关。题材的远不算真远，比如为了写所谓几代人的命运，动辄百万字，把时间的跨度拉长，但你写的主题，你想表达的内容，无论是正的还是反的，都是别人写过的。写神农架有很远的东西，我可以写野人啊，这是多热门的题材，我可以写几十年砍伐森林再到保护的历程啊，神农架还有一个题材是川鄂古盐道，我想都没想要写这些，我写的是与我最近的小人物。写那些太远的东西还不如写一处风景，写一个村庄从早晨到晚上云彩景物的变化，写一株无名植物，把自己细微的情感带进去。就算小，你把它写透，就是大，天大。没有什么重大题材、宏大叙事。一只蚂蚁搬运一粒米到巢穴的过程，写好了，就是历史性的书写，可以进入文学史。法布尔的《昆虫记》肯定是一部伟大的书。

写近不等于写窄。有的作家写一个国家、一个民族（包括少数民族），也显得很窄。有人写一朵花、一只鸟却显得大气磅礴、气象万千。这里可以用英国BBC（广播公司）拍摄的《地球脉动》来作例子，虽然它不是文字，而是画面，但绝对是文学的。我的一个朋友给我寄来了一套，五片装的，我真是喜欢。也叫《地球无限》，央视第九频道也在热播，我又看了一遍，网上也能找到。他可以拍蓑羽鹭飞越喜马拉雅山时的壮观的场面，也可以拍一朵蘑菇从诞生到死亡的壮丽悲怆的过程。整个地球的脉动是由一个又一个神奇的小小的生命个体组成的，你的落脚点应该在这儿：近，近到极致；远，远到极致。为什么不能让我们的作品、我们的小说也有一种宇宙的膨胀感，像《地球脉动》那样的感觉？

太近不好写，这是许多作家尝试过的。美国作家米勒说："不管小说中的事件多么贴近他的生活，总还会有某种距离存在。"甚至，你会觉得有跨越不过的鸿沟。有人干脆就舍近求远了，一个出身于农民家庭的女孩子，却喜欢写豪华别墅，写吸毒——也许她连吸毒见也没见过，写富婆内心的无聊哀怨，觉得写西藏、宗教是一个时髦的话题。我倒是问问你，为何总不写村庄的泥泞的小路？不写农民父母身上的衣服？不写他们晚上睡的铺盖？不写你的母亲在烟熏火燎的灶膛前添柴的情景呢？哪一种更具有宗教感？哪一种更美丽？哪一种更动人？哪一种更文学？

四、写作改变自己的世界

写作是一种累人的、枯燥抽象的、令人泄气且大多是毫无回报的工作。

在许多作家那儿，写作是一种痛苦的职业，如果你想干得好一点儿的话。许多作家在作协、在这个行当被文学折磨着，惊扰着，一辈子勤扒苦做，一事无成，灰头土脸。既受不到尊敬，还被人怜悯。

美国一个作家叫莫斯利的说过一句很形象的话："写作就是收集烟雾。"这句话怎么理解都行，反正很精彩。我的理解是，写作是在迷茫和混沌中，在虚拟的冰凉的世界中捕捉真实生活和人间暖气的一场黑夜马拉松。写作总是被突然降临的灰暗时刻搅翻。一个写作者一辈子只能碰到一百次圆满的结果，却会碰到一万次的失望和绝望。在抽象的语言文字里孤苦伶仃地游荡，要保持旺盛的斗志和激情，恰到好处的倾诉欲望。一个小小的振奋会把写作的喜悦无限放大。有的作家只能靠虚构的成功来安慰自己。比方说，有的回忆文章称，某某在火车上在商场一下子被人认出来了。虽然是作家的朋友写的，但肯定是作家本人说出来的。但我认为可信度不高，甭说是一个地县作家，就算是国内任何一个大家，也不可能走在街头被人一眼认出。作家不是影视明星，文学在当下这个环境中，跟没有是一样的。索尔·贝娄就沮丧地说过："无怪乎我们社会上真正有权有势的人，不管是政治家或是科学家，对作家和诗人都嗤之以鼻。原因在于他们从现代文学中看不到有人在思索任何重要问题。"不喜欢的原因很复杂，不止贝娄说的这一条，但不喜欢是实实在在的现实。这个世界是轻佻无聊、情趣低下、哗众取宠、娱乐至上等流行文化占了上风的世界。这种情形在《尤利西斯》诞生之初就如此。美国作家杜罗曾经披露过，他当时是因为看到了英国诗人艾略特对乔伊斯这部小说的极端赞美才开始阅读这部小说并开始写作的。因为这部书不仅在英国，已在全世界炒得火热。艾略特说，这部书是那个时代最重要的表述，是一部伟大的作品。《尤利西斯》写的是都柏林一个小市民、广告推销员利奥波德·布卢姆在1904年6月16日一昼夜之内在都柏林的种种日常经历。现在已经被誉为二十世纪十部最佳英文小说之首，每年的6月16日还有个纪念日：布卢姆日。当时杜罗艰难地读完后产生了极大的困惑，因为他是当地图书馆里这本书的第一个读者，很长时间，也是唯一的一个读者。也就是说，没有人阅读这部"伟大的书"。杜罗质问：这部书究竟有什么作用？为什么让读者厌烦甚至不屑一顾？后来他写作了，明白就算《安娜·卡列尼娜》也会让人厌烦。但是一个作家用他的作品改变了文化的历史——他的作品成为事实，加入这一以文字千古流传的伟大传统中，虽然在自己生活的时代遭受到冷遇，也不能改变这个无聊的混乱的世界，但他改变了你自己、你自己的生活方式，也改变了文化现存的格局。

写作是我们唯一的世界，失去它就失去了与现实对话的机会，失去了对生活的一种热情，就像爱一个人，在幻觉中崇拜、尊敬，保持绝对的从不怀疑的神化。有一种误解，认为写作投入较少，试着写写，不成拉倒，也没什么损失。不像开一家店子、一个公司，不会弄得人财两空。事实上，一支笔、一本纸——现在是在键盘上了——创造的投入比干其他事更大，身心的投入

151

就是巨大的，要超水平发挥你的才智，保持创造的活力，还要背负起一定的、正儿八经的角色感和责任感，明确你的身份，清楚地描绘你所处的现实。

不花气力的写作不具有阅读乐趣和存在价值。它不能提供一些经验性的东西回馈给读者，比如在语言使用上的经验，在结构、故事上的经验，以及生活本身所呈现的面貌。找到写作的内在自由就是要找到某种叙述的规律。我认为，所谓灵感，就是发现某种文字出现的内在规律，试图让语言飞起来，让文字驱遣有一种飞起来的感觉，让自我消失，化为大野中的光和雾。

适当地让我们身上带一些毒素，比如焦虑和忧郁。一个满脑子高兴不懂忧愁的人，固然可以过一种健康正常的生活，但作家不是这样，他要在一种极不确定的虚拟构思中开始一部作品的创造，想得无比美妙，跌得无比悲惨。事与愿违是大多数作家的结局。一部作品的完成，充满了精神的颠簸和折磨，有时候是咬牙切齿地完成一部作品。写作就是在自残的过程中自我疗伤。既自残，也自疗，让其慢慢愈合。让自己痛起来有什么不好？有一种较为特别的、崇高和不与庸俗为伍的信念在推动着我们的内心，指挥手上的笔。这种自我赏识的冲动更重要，甚至不要人鼓动和支援，有时倒是，你越泼冷水越贬损我，我越有反抗的决心，没有什么能够阻挡得了他。

我为何要写作？这其实不是一个问题，而是一个伪问题，逼迫人挖空心思地回想自己当初为什么走上写作这条道路。他已经写了，再去回想已没有意义。我为什么写作？因为我想写作，我挺过来了。就这么回事。

写作是写作者唯一的世界，是因为，在我们写作的时候，在虚拟的过程中，我们发现这个世界对于我们，有着惊人的可操控性，这个世界是属于你一个人的，可以扩展我们身体所达不到的疆域，还可以为自己找到最舒适的位置。写作带给我们自我放逐和鞭策的快乐，让记忆把我们内心久已封冻的温情调动起来，从而串起一个真正属于自己需要的、美好的、充满了人道情怀和伦理高度的世界。写作是让我们深刻地领受生命和精神的缺憾，而不是尽情挥霍生命的圆满。从这一点来说，写作对于我们认识人类自己，认识我们生活的缺陷，开拓了更加幽深、更加迷人的通道。

写作是一种搏斗

——在湖北省第二届青年作家高研班的演讲

在讲课之前我想问你们一下：你们谁是背着蛇皮袋子来上课的，像农民工一样的。没有？绝对没有。那我就放心了，我们的活动没有把你们引向歧路，我们问心无愧。二十世纪八十年代文学的写作者许多就是一些想用文学改变命运的穿着破烂、贫穷潦倒的农民工人，这表明写作者的构成发生了根本的变化。你们衣着光鲜，时尚靓丽，基本是白领，在单位都担任一定的职务。在后文学时代，文学不能改变你的命运，只能改变心灵，而且是自己的心灵。

"后文学时代"，是秘鲁作家略萨的一个定义。他说，现在也许进入了后文学时代，或者这个时代仅仅是虚构的。略萨是在为文学进行辩护的人，但他的担忧不无道理。同样，我们今天的活动，这么大投入的、这么时间持久的文学研习，也是在为文学进行悲壮的、坚定的辩护。人类的心灵因为有文字的回响，而变得干净、纯洁、美好，充满了浪漫和梦想。这就诚如略萨说的，因为文学，使人类的语言不断进化，达到了精致和美妙的高度，这增加了表达快乐的可能性。我可以补充的是：语言文字进化的微妙程度，写意的程度，不仅使人类表达各种快乐成为可能，也使我们在表达内心深处的爱和各类痛苦与悲伤成为可能。有时候，表达痛苦就是一种快乐，而且是非凡的快乐。譬如作家，用诗，用小说，一抒心中的郁结块垒，岂不痛哉快哉？

153

我还想引用略萨的一段话，他说，一个缺乏文学熏陶的社会，就像是聋子、哑巴和失语症患者组成的社会。

噩梦笼罩在没有了文学的后文学时代的头上。

在你们的父辈或者在你们出生的那个年代，一些人嗅到了文学对于这个社会巨大推动作用的气味，包括文学可以迅速改变命运。他们超凡的嗅觉突然唤醒了体内的创造潜能。读一读从新疆流放归来的当年的王蒙的小说，如《春之声》《海的梦》《夜的眼》。读一读徐迟在六十岁以后写的《哥德巴赫猜想》，读一读张贤亮的《绿化树》、孔捷生的《在小河那边》，这些激情澎湃、才华横溢、横空出世的作品，就知道作家释放的能量对社会的震撼和对旧有秩序的摧毁绝不亚于原子弹。那真是文学的盛宴时代，因为社会和人性有了改变，整个社会从狂暴的革命中解放出来——我永远记得那一天晚上，从我县城的县政府出来，走在黑暗的大街上，突然从县广播站的喇叭里，传来了《洪湖水，浪打浪》的歌声，那真是觉得有一种变天的喜悦，一种天籁之声。那种音乐对人心灵的灌注，有一种想呼喊、想哭泣的感觉。生活终于变了！街道还是过去的街道，黑暗也是过去的黑暗，但突然觉得世界美了，路宽阔了，人的内心突然变得跟那歌声一样柔软了，夜色无比美妙。一句话，世道终于变回来了！一个人——如果你有足够的敏锐和接受能力的话，在那种社会剧变的时刻，会对爱，对欲望，对未来，对生命，对越轨和反叛的能力，有新的认识。

但是经过了三十多年的冲击，文学已经开始进入一个生理低潮期，人类各种技术的进步和对技术过分的依赖，使得我们对心灵关注的功能在逐渐弱化，人们不再倾听自己的内心，完全屈从、听命于生活环境的驱使和各种科技制造出来的操作器械，它说是一，我们就摁一，它说是二，我们就摁二。甚至我们根本不懂得是什么意思，如××兆、××像素、××G、什么3D、B超、CT、核磁共振。技术，只要记住一个名词，可以不望文生义。在这样的社会环境和经济车轮剧烈反复的倾轧与蹂躏下，我们的灵魂所剩无几。心灵开始提前困倦，价值失范，位置错乱，灵与肉因为世俗社会的填充，渐趋饱和，其他的东西如文学进不去了。何况文学本来是弱势的，像一个羞涩的村姑，躲离人群很远。我们完全麻醉在世俗生活与技术成就的奴役中……

边缘化是一个好听的名字。事实上，在强大疯狂的经济战车和娱乐至上的社会狂欢中，文学被扔出了我们的生活，被摔得鼻青脸肿，成为当代一些无知的人嘲笑和恶搞的对象。一些想编造故事的人，企图在这个信息爆炸的时代分一杯羹，但网络和报纸、电视等的平台更勾引人们的兴趣，使得虚构成为马后炮；有一些想抒情的人，发现愿意倾听和理解他们的纯朴心灵不再。没有倾听者的抒情就是疯子和神经病，虚构与抒情成为一部分人心灵寄托的乌托邦。

我们自己获得的唯一自由就是让语言解放。但是，人们尊敬的是语言本身，或者说人们感兴趣的是语言自身的魅力，他们忘记了语言呕心沥血的创造者，那些语言幕后的英雄，那些每天吸着劣质烟，喝着浓茶，熬更守夜、遣词造句的作家们。而阅读成了一种稀有的缘分。你是偶尔听到、偶尔见到、偶尔淘到、偶然读到的一本书，不是商业炒作的、让人失望至极的书。有的人干脆不再读书，不再相信文学有宗教救赎和慰抚灵魂的力量，有的人干脆去宗教里寻找，完全失去理智。

金钱与权力以强大的征服方式，重新为我们的生活确立了铁一样无情的规则，成为最为凶猛的行为主宰。它暗示的就是，它们的结合是不可战胜的！鼻屎大点的不受约束的权力，如果他运用得当，最大化，它分分钟就可以不动声色地毁灭掉千百年来人类累积的至为善良的古老美德，权力正在撕裂社会的底线。为所欲为的权力造成无数人心中的痛苦与幻灭乃至绝望，当找不到解救时，会变成无可估量的破坏性力量。

不可能让权力和金钱让步，它们实在太强大。有时候，文学的确是脆弱的，只有靠暴力与革命才能改变这一切。但，某一个时刻，权力与金钱被抬到最高点的时候，文学对它的反击和折磨就开始了。

对于真正想从事文学的、喜爱写作的人，我只能祝福。如果你做好了准备，你得要接受写作的持久挑战和虐待。常常讲一个作家总是有强大的内心支撑。一个看似柔弱、瘦小的人，一个小女子，或者一个残疾人，几十年如一日的，通过他们的作品你完全能感受到他们内心强大的力量。人虽弱小，作品却像一座山！写作的信念就是靠信仰来支撑的，精神的力量比之身体的力量往往强大数百倍。

那么，写作就是一种搏斗，以弱小之躯与庞大的、虚拟的巨兽搏斗，与文学所产生的各种悖论搏斗。你休想走得很顺，每一次提笔都是一场肉搏战，生死之争。不是他死，就是你死。没有轻松的写作。谈不上解惑，我们共同来梳理一下我们在写作过程中时常会遭遇到的一些悖论：

一、自卑与自信的关系

写作因其操作大脑的特殊性，更需要天赋。一个人对语言的感受和表达方式几乎是恒定的。就像一个人写字的字体，年轻时怎样，到了老年大致还是怎样。有人说，写作就是天赋，后天的努力全是白搭。但在文学史上出现的结果也有颠覆性的。大家熟知的罗琳，写《哈利·波特》的那位。有一篇文章说到，她把这个故事讲给她身边的女友听时，女友根本不相信罗琳能写出这本书。那时候，罗琳快三十岁了。有的文章说，罗琳小时候就有写作的天赋。但我看到的文章说，罗琳本来是一个教师和家庭主妇，没有文学写作经历，也没做过作家梦，但她却成了世界上最畅销的作家之一和最富有的作家之一，《哈利·波特》给她带来了10亿美元的身价。还有的是在默默的写作途中被突然发现。这种发现的故事有多种多样。但是，你必须表现出足够的写作能力。能力与天赋不同，比如绘画天赋很多人都有，小时候可以涂鸦出很有意思的图画，可是你不经过大量专业的训练，没有技巧能力，你的天赋就会萎缩，直至消失。作家也是。因此，什么都有可能。我说的内心的强大和不可战胜就是你的能力，就是自信带来的。充满自信的作家，他的作品肯定是与众不同的。

不自信会使人变得胆怯和颓靡，自信过度又会使人变得狂妄和油滑。这种被自信与自卑撕扯的疼痛每天在写作时都会伴随我们。必须在你成就的范围内，保持适度的自尊与自信，要得体。如果超越了你的成就，妄自尊大，会遭到周围人的嫉恨和嘲笑。

狂热不是自信，虚幻的、虚构的浮名只能满足自己的虚荣心。自信是建立在宽阔的生命观、爱恨观上的，建立在坚定的信念和娴熟的操作技艺上的。美国作家华利兹说："大部分作家被野心勃勃和自我质疑撕成两半。"他举了伍尔芙对自己作品《灯塔行》（又译《到灯塔去》）的例子。《灯塔行》

是一部极端现代主义的小说，整部小说的布局极不对称。三个部分：第一部分写一天，第二部分写十年。据说，伍尔芙完成这部小说后，极度不自信，在手稿上写下了对自己的疑问："这是废话吗？这是聪明的吗？"现在看起来，它确实有太多的废话，但它成了意识流小说的经典（她还有一篇短篇《墙上的斑点》也成了意识流小说的经典）。但自我质疑是建立在曾经的野心勃勃之上的。没有野心勃勃的试验，你的自我质疑只能是自怨自艾、自我哀叹。可见，作品在这里，成败才可由后人评说。自我质疑是充满了意味的自我审视，是对自己一堆产品的过分挑剔。我给一句忠告：你的任何作品都不会是毫无意义的。只有垃圾才是垃圾，空想才是垃圾，而作品不是垃圾。

二、天真和成熟的辩证

一个作家固然要以丰厚的阅历、坚定的人生看法来使自己成熟，因为文学是人类心智极其成熟的表现。它提供对世界的看法，可与神灵媲美。文学既可以像镜子，反射现实，也可以像梦境，预言未来。在文学上，太过于成熟，就是油滑和重复自己。而真正的成熟，是天真未泯。我们可以举庄稼和瓜果为例。当麦子和稻穗太过成熟就倒伏了；瓜果太过成熟就稀烂了，软趴了；藜蒿成熟后是一堆杂草。作家的内心必须有一种童贞般的敏感，对世间的万物葆有一种好奇心。这样，他的观察才会细致，思维才会敏锐，包括对痛苦和欢乐的敏感程度，有时候要超过孩童，他才能接近真相，才能让作品新鲜、细腻，细到他人无法模拟的地步。我看到有些作家到了一地，特别是新的地方，表情很麻木，目光无神，没有兴趣。结果，大家到的同一个地方，有的作家会写出非常细致的东西，纤毫毕现，没有遗漏，但有的人写的却无甚新意，语言乏味，缺乏细节，没有激情与感叹。这种人，基本是废人，一辈子不可能写出惊艳的东西来。要哭，就要像婴儿那样号哭；要笑，就要像婴儿那样傻笑。

作家在作品中描摹和猜测万事万物，深入各色人等的内心，因此小说要懂得世故，但不要老于世故。否则，只能是油嘴滑舌、言不由衷的废话。帕慕克说过，好的文学都来自一份充满童贞的心。托尔斯泰强调感受和理解的重要性，他说一个人学得越多就越愚蠢。我现在就是这样一个人，知识的累积和对文坛的了解，让人越来越累，如果像当年思想单纯地去神农架该多好。如果是现在去，我肯定什么也写不出来了。有时候，有一种单纯的拼劲儿和拗劲儿，一往无前，啥也不想，会出好作品。对大自然，对人，对生活的感悟，不是知识能够帮忙的，而是好奇和贴近。倾听自然和他人。当我们说，要对这个世界进行反叛的时候，是否感到这个世界全是敷衍，没有真话，缺少可以交心的人？当你遇到悲痛时，孤立无援时，是否会找到一个愿意聆听你内心苦闷且真正能在意你的悲痛来安慰你的人？大多数的答案是否定的。世界在你失意的时候最令人茫然。平时朋友满天下，关键时刻无人理你。一些天真单纯的人最容易感受到这个世界的冷漠、圆滑、敷衍、无情，也容易受到伤害。有时候如锥刺心般地感到困惑、惊恐、挣扎和绝望。文学家的童贞会有拯救和震醒社会的功能。至少，他说出了真相，有如《皇帝的新装》中的孩子。

湖北在明代有一个文学流派，这就是我家乡的公安派，主张性灵说，以性灵为文学创作的圭臬。圭臬是法度的意思，但"公安三袁"不承认法度。文章发乎性灵，何来法度？我手写我心，如稚儿语。信腔信口，皆成律度。果然，他们发明了各种各样的语言，如"由断桥至苏堤一带，绿烟红雾，弥漫二十余里。歌吹为风，粉汗为雨，罗纨之盛，多于堤畔之草，艳冶极矣"；如"高柳夹堤，土膏微润，一望空阔，若脱笼之鹄。于时冰皮始解，波色乍明，鳞浪层层，清澈见底，晶晶然如镜之新开而冷光之乍出于匣也。山峦为晴雪所洗，娟然如拭，鲜妍明媚，如倩女之靧面而髻鬟之始掠也。柳条将舒未舒，柔梢披风，麦田浅鬣寸许……"；再如"山色如娥，花光如颊，温风如酒，波纹如绫"。"灵性说"是从哪儿来的？是从李贽的"童心说"来的。李贽主张文学要写"童言"，即"真心"，是未受过虚伪理学浸染的"赤子之心"，认为凡天下至文，莫不是"童心"的体现。他在《童心说》一文里说："然纵不读书，童心固自在也；纵多读书，亦以护此童心而使之勿失焉耳，非若学者反以多读书识义理而反障之也。夫学者既以多读书识义理障其童心矣……童心既障，于是发而为言语，则言语不由衷；见而为政事，则政事无根柢；著而为文辞，则文辞不能达。"他的意思就是若失却童心，便失却真心，失却真心，便失却真人。简言之，就是要提倡真人真心真性情。可以想见，在明代，有前后七子，如李梦阳、何景明、李攀龙、王世贞等，都是大学问家，文章其实十分了得，又身居高位，岂容得下来自荆楚偏僻之地的几个年轻人的文章？但是"公安三袁"一出，在其"性灵说"的旄下，聚集了一大批有叛逆性格的作家诗人，他们的学问也许并不是最好，但他们的文章，让文坛为之一亮，为之一振。

美国作家汉斯·康宁说过这么一句话："要书写你心里听到的声音。"学问和经验都不会告诉你怎么才能听到庄稼拔节的声音，深夜里土地的呢喃，甚至我们祖先在泥土里继续说话的声音。或者在一个老宅，从老红木家具里听到古老幽灵窃窃私语的声音。在马尔克斯的《百年孤独》中，布恩地亚这个孤独家族来到马孔多小镇延续他们的历史，背着祖先的骸骨，小说写到泥瓦匠把他们祖先的骸骨砌进墙里后，他们寻找的办法就是贴在墙壁上倾听，果然听到了深沉的咔嚓咔嚓声，于是找到了祖先的骨头。这里就是只有作家才能听到的声音。

三、感伤与快乐的转换

写作是在不停地转换感伤与快乐。我刚从土耳其伊斯坦布尔回来。读过帕慕克的作品，知道他写过一本自传体书就叫《伊斯坦布尔》。这部书里有一个关键词叫"呼愁"。帕慕克解释说，呼愁就是心灵深处的失落感，或者失落所伴随而来的心痛与悲伤。其实，他在讲话中说到的呼愁就是一种感伤。"在我开始写作时，具有天真和感伤两面，其实所有人都有这两面。天真来自我们自然的本性，这时我们不会考虑自己是否鲁莽，我们就像孩子随便乱画一样写作；而我们的精神中还有非常复杂的部分，需要考虑美丑、道德困境等艰难的问题，我管这个叫伤感的属性。我认为，要写一部好小说，我们必须同时天真与感伤。"帕慕克的感伤，就是面对伊斯坦布尔古老的街道，马尔马拉海和博斯普鲁斯海峡上轮船烟囱里冒出的黑烟、深夜夜航船的沉重的汽笛和落日下倒映着奥斯曼帝国的城堡与残垣断壁时的粼粼波光。这样的感伤像我们住在江边和河边的孩子也遭遇过。

你可以看到伤感对一个作家作品的深度与浓度该有多么重要。让他的作品有一种忧郁的、优雅的、高贵的气质。一个作品本应该是有质感的。我们

写作是一种搏斗

没有他那样的呼愁，我们有夕阳，但没有那么美丽的海峡和那么多的、密集的断壁残垣，没有那么多的历史痕迹和当代混乱而蓬勃的生活一起展示的风景。因为后朝对前朝的毁灭，我们丧失了呼愁的权利。那些新的高大建筑的夹缝里的夕阳，没有情调。古代的，庙拆了，碑砸了，宫烧了，城扒了，墙毁了，砖垫猪圈了，石头修路了。我们到哪里伴随着这些消失的景观呼愁？连忧伤也没有依托，只剩下迷惘。只剩下想象。那些稍微能占领我们视线的高大历史体积的建筑，都成了过去，不会夹杂在我们的生活中，与我们一起变老，一起成为伤感和幸福的热流。

　　我在荆州挂职时在荆州城里住过一年，我也和朋友登上过城墙，在城墙上行走。像老南门上有一个宾阳楼的遗址，只剩了柱础和大致的当年建筑的轮廓，据记载，当年是非常壮观的。还有那些留着岁月痕迹的巨大青石板，以及老南门外的曾经壮观过的老教堂，成了木材场，欧式雕花窗户也破落了，钉上了木条或砌上了红砖。这是信仰的破败，当然也是文化的破败。可是我很纳闷，荆州城里有许多作家，却没有一个可以为此感伤和呼愁的。我们看到当地的文章都是为这片城墙的历史自豪和骄傲。这种自豪和骄傲显得多么轻薄，多么没有分量。

　　"人只有在痛苦中才更像个人。"孟德斯鸠说的。把痛苦升华为快乐，而感伤就是一种幸福，一种特别的、充盈在写作者心中的更为深沉的幸福。在写作时体味那种常人忘记的苦痛，那种悲伤，都是一种幸福。何况你将这些感情浸泡在你喜欢的，你自己寻找来的字眼、语气、风格、意义之中的时候，快乐就被制造出来了。美国作家华利兹有个形象的比喻："写小说是孤独的职业，但却不一定寂寞。作家的脑袋里聚满了角色、意象和语言，这使得创作过程有点像在舞会上窃听别人的谈话。"想一想，当你书写一个场面的时候，揣摩着人物内心的活动，是不是有点偷窥的味道？这种窃听、偷窥，是语言摆布的乐趣，它比真正的窃听和偷窥更有着想象的愉悦，有着内心爆发的快感。作家皮尔西说："当我写作的时候，'我可能正在处理我的愤怒、我的羞辱、我的热情、我的快乐。'"但如果用梳理、整理更为贴切。

　　书写生活中的悲剧，揭示生死轮回中生命逝去的感伤，你用动人的文字把这一切留下来，何尝不是一种快乐？生命会因此变得强大，不再害怕孤独。

应该说，生命中我们的快乐远多于我们的悲伤，我们所有的努力，我们所有的故事，是要通往天堂，也就是通往安宁、平等、理解。这是一种精神在假定状态下的演习和虚拟的美德。无论是悲剧、喜剧，是好人蒙难，是坏人得到惩罚，在焦虑地收集材料和构思情节、塑造角色、选择语言与风格、模拟语态、寻找语感、营造语境，挑起语言冲突，从而与世界进行的沟通中，在与现实的对峙中，你是主动的，你掌握着所有的节奏和结局，充满着战斗的快乐。最后将混乱肮脏的现实环境转换成了干干净净的文字，用感伤的情绪虐待自己，你获得了从未有过的快乐。就像那些以刺舌头蘸血写《血经》的和尚，用自己的血，说通了世界的道理，这就是语言和文字的神圣之处。美国有个剧作家大卫·马梅说："文学的目的在于使人愉悦。为了建立或取悦学术是胆小鬼的想法。学术也许可以制造低层次的自我满足，但怎能比得上伟大作品带给我的喜悦？又如何能比得上我们在简单直率的作品里发现的乐趣呢？"法国作家皮埃尔·米雄说："写作就是改变事物的符号，把往昔的痛苦改变为现今的愉悦。"

四、仇恨与大爱的并存

我说要有一些仇恨的时候不是煽动仇恨。用"憎恨"这个词替代也可以。爱憎分明难道不是一个作家起码要具备的素质吗？但，爱憎分明是一个立场问题，而我说的仇恨与大爱并存是胸怀问题。仇恨不是狭隘。憎恨有什么不对呢？憎恨人间的丑恶，憎恨贪腐，憎恨社会的不公，憎恨压迫、专制。一个外国作家说，专制与作家是一双仇敌。虽然托尔斯泰在遗嘱里最后宽恕了这个世界，但也有伟大的作家如鲁迅却在遗嘱里说："我一个也不宽恕。"他们完全不同的人生态度并不影响他们成为各自民族的伟人。说因为仇恨就是心胸狭窄，他们把仇恨一厢情愿地、简单地诬为阴暗、森冷，认为作品中充满仇恨就是冷漠的，内心没有温暖和大爱的作家。我的看法恰恰相反。那种义愤，那种义正词严、那种凌厉痛快的诅咒与反抗，莫非不是一种对社会，对国家，对民族的大爱？

有些仇恨是与生俱来的。许多挑起仇恨的人才是我们仇恨的根源。恨一个人，或者恨一个集团，恨一个阶级，是在长年的磨难与迷惘中慢慢滋生的。

二十世纪是一个教会人仇恨的世纪，也是一个觉醒的世纪，暴力是觉醒的一种象征。但暴力让更多的人加入仇恨的行列，使人们愤恨的东西愈来愈深，愈来愈广，使恨成为对社会的疯狂报复。偷盗、拦路抢劫、滥杀无辜……骚乱是无序的仇恨，而思想是有序的仇恨。我欣赏有序的仇恨。民谣、段子的幽默同样是一种仇恨的表露。恨才是历史火车的轮子，而爱只是润滑剂。想一想，一个一个朝代的灭亡更替，是爱造成的，还是恨造成的？

我们许多作家特别是青年作家下手总是太轻了，笔下绵软无力，写的不是大爱，写的也不是大恨。卡夫卡说："我们应该阅读那些让我们受伤或者捅我们一刀的文字。"这里面，爱与恨的分量是足够的。敢爱敢恨的作家，立场分明的作家，他的作品有着替天行道的力量，有着拦路鸣冤的正当性。对我们渴望的世界形态具有强大的推动作用，而不会成为另一种社会形态所期待的脉脉温情、用陈词滥调掩盖正在横行的罪恶和真相的作家。

恨是需要境界的。这是我许久说过的一句话。恨到深处便是爱。仇恨需要胸怀。有些仇恨一钱不值，只会平添烦恼，让你偏执，让你的内心被绞杀。有些仇恨纵然把牙齿咬断也毫无意义。

写作其实也是在寻找虚拟的对手。写作不是面对虚空，写作是一种对垒，前面有你的敌人。还是卡夫卡说的："一个真正的敌手能灌注你无限的勇气。"面对大量的不满、怨愤、厌恶，作家岂能沉默？一个好的作家，敢于仰天长啸，敢于长歌当哭。

五、远离与拥抱的调适

当你拥抱你热爱和衷情的东西时，你也就远离了另一些东西。这又是一个悖论。这些悖论的处理，就是写作的真谛。你热爱山冈，你就远离了平原；你热爱大野，你就抛弃了城市。文坛有时是可以远离的，这样你可能用全身心拥抱文学。

我自己是一个爱远离的人。远离我不喜欢的城市喧嚣的生活，去拥抱我自己认为值得的、有助于我的精神健康的东西。

其实，文学疆域何其宽阔，你完全可以对别人的所爱不屑一顾，自己去寻找心中的文学信仰、文学世界、文学乐园。当我们的文学信仰一旦建立，那就意味着你必须远离另一些文学的表达方式、语气、视角、生活场景、好恶、语言氛围，甚至在语言的选择上有了强烈的排他性。在结构上，在文学生成的理念上，与他人渐行渐远，踏上了一条孤注一掷的险途。而这时，你的文学梦想就有了实现的契机，创造的欲望被唤醒。对旧有的、庸常的、卑下的、人们趋之若鹜的东西不是远离，而是将其摧毁和抛弃。这种远离是为了更深的、更专一的、持久的拥抱。这种远离是一次最终拥抱的选择，一种写作信念的突变。如果你做对了，远离就是一种写作操守，一种镇定，一种清醒，一种向更大世界拥抱的期待。

通俗的说法是，换一种方式你就会成功。远离诚如美国作家华利兹说的，保持一种创造的本领，"这是我们容易稍纵即逝的资源，最可能在功利社会里萎缩的能力"。

六、迷茫与笃定的抉择

每一个作家在他独自追求的路上都有无数个迷茫的关口，写作的分分秒秒都是抉择的时刻。作家最大的迷茫是他虽然是成年人，却不知道自己写什么，怎么写。写出来后，他纵有旷世的才华，却得不到承认、喝彩，得不到真正高手的赏识。迷茫会出现在动笔前，也会出现在作品完成后。写作中充满了自信，写完后精神崩溃了，失去了对文学的基本判断能力，就像做了什么亏心事一样，直到有一个人承认："嗯，不错！你写得真好！"你这时才会活过来，像一个孩童一样开心地咧嘴大笑，又把自己刚才认为很糟糕的作品重新读一遍，欣赏一遍。

作家很多时候的心智只有孩童水平。我在网上看到关于游行中暴力行为的专家解释，认为一个人只要上街加入游行的队伍，就只有十三岁的智力了。这种智力不是指智慧，是指他的控制能力、心智水平、喜怒情绪，如过山车一样升跌。没有人研究写作者在动笔写作后的心智。我认为，不会超过十岁。迷茫时刻就是写作的灰暗时刻。你对于题材的选择、技巧的运用、作品深度与狠度投入的多寡、分寸的把握……各种权衡呼啸而来。写作又是自愿的，像理查·佛德说的，写作的确经常是灰暗寂寞的，没有人真的非得写作不可，不写作就活不下去。放弃写作也许是解决迷茫的最彻底方式。因为你太过于思虑，思前想后，一个题材到了你那里，反复折腾，不敢下手。犹豫是写作的死敌。你只当过日子一样，一日三餐。写作就是反复过日子。这是作家的经验之谈。美国作家玛琳·霍华德说："写小说与热恋无关，它的热情与坚持无关。一种经常混夹着欲望和乏味工作的矛盾组合，比较像一场历时很久的婚姻，它需要不断重新燃起心中对写作的热情，它要求对孤独时刻的奉献。"海明威也说过类似的话："一个在孤独中独立工作的作家，如果他确实不同凡响，就必须每天面对永恒，或者面对永恒缺乏状态下的那种孤独。"

其实这还是指技术性的迷茫，而心灵的迷茫是最要命的，他找不到对手，找不到要表现的对象，找不到要抒发起来让人接受的感情。就好比你有了一双强壮的手臂，却不知道要拥抱谁而不被别人打耳光；有了一只坚硬的拳头但不知道要击打谁而不被别人打倒。技巧总是有的，只是悟性有高有低。我也时常会听到写了几十年还在坚持的朋友说，现在不知道写什么好，总得不到承认。其实，我也不好劝这些朋友，只能安慰他们。他们也写得很苦，头发比我掉得多，脸比我黄，牙齿比我黑，神情比我沮丧。他们也有不错的才华，技巧也很娴熟，但就是迷茫。一些青年作家的迷茫是立场问题，没有形成自己的写作立场。他们下笔时是犹豫的，躲闪的，时隐时现的。当你的形象亮相的时候，没有笃定和决绝，表达的东西也不肯定，就像你不敢挺身而出，想得到人家的喝彩和赞美就是困难的。就像上台表演，你吼一嗓子，你那一嗓子吼好了，架势出来了，底亮出来了，掌声哗哗；没吼好，喝倒彩。就这么简单。容不得你忸忸怩怩，曲眉小眼，矫揉造作。好的作家的书为什么招人喜爱，时时想拥入怀中，并且心存感激？想一想吧，读者喜欢什么样的作家？肯定是那种语言非常精彩，思想非常深刻，有着坚定写作信仰和越界想象的作家。你的作品能够唤醒他们的某些思考冲动和反叛情绪，增加他们的灵魂重量，你就会受到欢迎和尊敬。那些像江湖独行侠的作家，躲在我们谁都不知道的角落，犹如藏在江湖的深处，以作品作为他们飘忽行踪的现身。而读者一旦喜欢上了他们的作品，就会不停地去寻找他们。就像索尔·贝娄说的："我们无法猜测究竟有多少独立、自学的文学鉴赏家和爱好者还存活在这个国家的各个角落，但我们手边的些微证据显示，他们很高兴，也很感激能找到我们。"

写作总是侵入别人的空间，你既会招致人的攻击，也会招致人的喜爱。因为你创造出了文学的尊严，你还有可能会成为真理和正义的化身。

写作是一场抗争，一次对正义和美德的声援。作家苏珊·桑塔格说："我期待写作中的搏斗。我以为一个作家应具有一种英雄的禀性。"是的，你可能被写作打败。有宿命，有机遇。但真的猛士，敢于直面人生，正视命运。不要紧，因为铁肩道义、妙手文章的英雄气质就是为了造就一个作家的。希望你们既然选择了写作，就不要当孬种！不写就回去经商赚钱，写就写出个样子来，好吗？

小说的远方气象

——在海南作协 2015 年读书班的演讲

当我一到博鳌，入住玉带湾大酒店，推开阳台的门，大海的涛声就向我涌来。我知道，我来到了天涯海角，来到了远方。而在前几天，我还在海拔四千多米的稻城亚丁。这里呢，海拔一米吧。但这都是远方，有各自的远方气象，稻城亚丁是雪山的气象，大雪飘飘，空气稀薄。而这里是大海的气象，涛声如雷，一碧万顷。我们的写作，无论是什么题材的作品，都要有远方的气象，这是我的一种想法，不知道今天能否说清楚，我试着说说吧。

我们的文学局促于眼皮子底下的景观，已经让我们的读者感到有些厌倦了。无论是什么主义，文学都是要向远的，是指向远方的。但我们丧失掉了对某一种主义的固定程式的警惕，似乎你不从一而终，你就不是一个好作家。据我分析，它不源自于官方的提倡与压抑，我们的青年作家缺乏自我抉择的狠劲儿，还因为现实处境和利益的考量，使许多作家失去了对一种高远气象的追求。

以我对我接触到的一些青年作家的观察，许多人都是没有什么远大追求而仓促走上写作之路的。一开始，与他们奢谈文学的终极意义是很可笑的，对他们要试试看。如果有所造就，带他们走一段，走得远的最好；如果不堪造就，小眉小眼，就让他们自生自灭。

　　文学似乎仅仅追求的是一种声响而不是沉潜，在各种追求声响的商业阴谋和体制规劝之下，在各种所谓写作成功的美好幻觉诱惑之下，短平快的写作模式更容易被人接受，湖北人把这种行为称之为"吹糠见米"，甚至也被他人称赞为有智慧，很聪明。有的是生活所迫，有的是名利所诱。仓促成军的新写作人借助商业和网络的灌顶和加持，体制的激励和重赏，打造了一些明星，逐渐成了气候。文学新一代的格局一旦形成，体制内外的权威声音就只好容忍和接纳。

　　另外一种，纯文学领域有追求、有才华的一类青年作家，也是未来将被文学史召唤的，在官办刊物竞相重赏和求稿的催逼声中，匆忙成文。当下的刊物因历史负担从来就有着谨慎的选稿标准，不会对出格之作、叛逆之文开绿灯，这助长了一些依靠刊物成名的作家采取中庸写作策略，适当地展现自己的才华，却不会孤注一掷；细水长流，而不会心力交瘁。相信挖掘身边小事也有意义，也会被慢慢混熟的文坛承认；还有的是从他人的小说中寻找灵感……这种缺少读者参与评判的纯文学圈里的小众生活、小众情趣、小众艺术、小众欣赏，其稿费却日益上涨、丰厚。何况，只要靠近体制，在中央关于文化艺术扶持大力向基层倾斜的政策下，几乎每个省都有大量经费落到这些听话的青年作家头上。得奖、出书、挂职、研讨、签约、项目、采风、笔会、写作营、高研班、读书班，等等，都由政府埋单。我们省有的青年作家让作协为他们出书有三四本之多，这在我们那个时代是无法想象的，它助长了懒惰，鼓励了听话，几乎不要太辛劳，就可以得到至少省内的承认。

　　还有一种奇怪的现象是作家不谈文学，他们谈论的话题往往是电影，是《中国好声音》，而且读书太少，仿佛只有才华，不必经过艰苦的读书、思考和行走也能在圈子里混出个人样。

　　文学创作说到底，就是一个观念问题。观念是什么，你的作品就是什么。观念是一种综合视野，你有了视野和胸怀，你才能对写作进行有效定位。你不能突破，主要是在观念上不能突破。你的观念是否有高山大河的地质地貌，或是小桥流水，全在你胸怀的培育。观念在哪个疆域，你的写作就在哪个疆域。

　　我讲小说的远方气象，并不是要你仅仅书写远方。我说的远方气象是与我们身边的故事琐事迥然不同的，它是一种气象，也是一种气质。比如，我们读马尔克斯的小说，就像发生在地球上一个从未有人去过的角落，你觉得气象高远。不说长篇小说，说他的短篇。他有一个短篇叫《有人弄乱了玫瑰花》。故事本来奇特，他的叙述更有一种遥远的意境。这种叙述气质我们不知道是怎么形成的，但很明显，他不是按常规讲一个故事，所以这里面，出现了故事以外的独特味道，这正是作家非常稀缺的、难以言表的、无法学到的东西。这是一个很短的亡灵叙事小说：因为与妹妹掏鸟窝而摔死的哥哥，希望长大后卖玫瑰花的妹妹能拿些玫瑰去他坟上，但他始终没有等到。哥哥的亡灵总是来到老屋里，二十年，今天又来到老屋，想弄几枝玫瑰插到自己坟头，妹妹没有一丝怀念，也许她忘了很小的时候死去的哥哥。那些以为是被风弄乱了的玫瑰花，其实是一个亡灵在那儿摇动。有时候，好小说并不在于故事本身，故事只是叙述者的一个线索。

在座的作家有许多是写大海的，这是你们的强项。在世界文学中，要说写大海，我认为最好的作家是海明威和斯坦贝克。他们的《老人与海》和《珍珠》都是脍炙人口的，有远方气象的。我这里特别提到一个作家，是危地马拉的阿斯图里亚斯，他的长篇小说《玉米人》是我多年来执着喜欢的一部小说，且琢磨不透他作品中空旷的空间和深邃至茫茫远方的东西。一个小说的意境究竟有否边界，就像宇宙本身？它吸引我的持久力量和本事究竟是靠什么完成的？《玉米人》写到的故事虽然很动人心魄，开阔大气，但我是讲他小说中的一些章节，一些情节，一些场景，一些人物的奇怪举止。他写到在危地马拉的伊龙群山上的一场斗争，那个叫马丘洪的人外出求亲时遭到千万只萤火虫袭击的场面，不仅是好看，而且是非常奇艳，最后他竟然在萤火虫堆里骑着马消失了。在戈多伊上校带着人马去一个村庄处理命案的路上，出现了成千上万只野猫的眼睛，千万颗巫师的脑袋，无数的丝兰花。小说中出现两个寻找老婆的章节，第一个写瞎子戈约·伊克寻找老婆玛丽娅·特贡。老婆是喝了爬过蜘蛛的巧克力玉米粥而受蛊，丢掉家庭，带着孩子跑了；第二个是邮差尼丘，老婆也是喝了蜘蛛汤跑了，但尼丘一离开镇子就变成了野狼。他如果走到玛丽娅·特贡峰，就会因为思念老婆，让老婆的影子出现在石头上，于是他就会狂奔掉下万丈深渊。而这个特贡峰恰恰是一个传说：追赶自己离家老婆的瞎子戈约·伊克因为看见了玛丽娅·特贡，自己变成了一座山峰。传说和现实是交织在一起的。还有七戒鹿和一个叫库兰德罗的人是同一个东西；卡娅老太太肚子里被谁用蛊灌进了蛐蛐，不停地打嗝，于是她的孩子怀疑是萨卡通一家人所为，杀了八个人。当然有一个人太小未被杀，被戈约·伊克救出养大，成了他的老婆，就是玛丽娅·特贡。而邮差寻找的老婆叫特贡娜……这伊龙大地的鬼魅让这个小说扑向遥远的意境。特别是最后一章"邮差——野狼"，我认为最神奇。邮差尼丘不停地在山中行走，有时是人，有时是狼，走着走着，就成了狼。作家以这一个人的行走和寻找，即这个邮差——野狼的伊拉里奥的行走，串起了所有人。特别是写尼丘变成野狼后来到一个山洞里，到后来因为萤火法师烧掉他的邮件后不敢回去，只好跑到海边给海岛犯人送椰子酒，所有的人、所有的失踪和死亡的原因在这里作了交代。萤火法师、库兰德罗——七戒鹿、马丘洪和未婚妻、戈约及戈约的儿子，戈约寻找的老婆玛丽娅·特贡……我每次读到这一章时总觉得太奇妙、太伟大，小说的叙述简直太神，这个隐形的叙述者像是一个幽灵行走在深夜的群山之中，不仅把我们带向了历史的远方——比如关于危地马拉印第安人的传说，也把我们带向了地质学意义和文学意义的远方。仿佛根本不是人间写手所写，文字像传说一样缥缈，可望而不可即。这片伊龙群山的深邃难测，在文字以外有更多的东西，他的描写是我们无法用语言复述出来的，只有读者自己去感受，但是它扩开你的胸襟，一点一点地，把你的胸襟打开，成了群山。我想起了唱歌的一个词叫"打远"，一个作家的作品有打远的能力，跟歌唱家的打远一样，所谓天籁之音，是从天空中飘下来的。

远方的气象，是那种区别于太过实在的、太过现实的、死板的、短视的、不作生死思考的、不懂天地壮美行色的作品。大家可以读读《山海经》，这也是中国小说的始祖，那里面的故事，无论它多么古怪，多么荒诞不经，但从虚构小说的意义来讲，其高超的气象与境界是前无古人、后无来者的。作家有时候应该有这种架势，这大约就叫指点江山，穿行天地，为万物命名吧。

我想以这次我带我们省签约作家去四川稻城亚丁的行程为例，谈谈我对文学为什么要有远方气象的一些思考，这个"远方气象"也是在此行途中突然蹦出来的。

稻城亚丁被称为"蓝色星球上的最后一块净土""香格里拉之魂"。我过去在举办我们省每年一度的青年作家高研班和签约作家采风时，喜欢将他们带往有大山大水的地方，与他们平时生活有巨大文化形态和自然形态反差的地方。但一下子让他们到海拔四千多米的地方去还是第一次，也是充满了生命冒险的一次。加之汽车长途跋涉，到达海拔三千七百五十米的稻城时，有一半的人出现高原反应、晕车。症状千奇百怪，一片恐怖。有的不停呕吐，有的痛哭不止，有的心跳加速，有的只能站着睡觉。有的因为呕吐，觉得自己丢人、丑陋，不敢见人。那样的旷世美景，却没有几个人能欣赏。亚丁有三座神山：央迈勇、仙乃日和夏诺多吉。也就是被藏传佛教的祖师莲花生大师命名的文殊菩萨、观音菩萨、金刚手菩萨。据说，这是藏传佛教所有教徒一生都得到此转山朝觐的圣地。但这次旅行成了我们作家最为恐怖的记忆，让我着实焦急不解。央迈勇雪山，非常有名，被称为世界上最美的雪山之一。造型非常奇特，山峰的轮廓锐利简洁，洁白无瑕。我在日记中这样写道："这是诸佛之国，壮美的雪山，慈悲的天空，俯瞰着尘世苍凉的人群。吸取你暗中传递的能量，穿越崇山峻岭的羁绊，获得玉洁冰清的洗濯，在稀薄的空气里，在你不太亲切的召唤中，体会远方和高度的意义，获得圣者的智慧。我不是为了信仰，只是为了能够亲近到这样卓绝的大自然。这些奔腾的气象，迈向苍穹的雪山，远离尘世的圣者，远方的香巴拉之魂，穿行天地间，星月揽入怀，这是何等的快意人生！"不管你信不信佛教，雪山的威严圣洁对作家的心灵都是一次洗礼和冲击，除非你心中不想有神灵。作家的心中是要有一个神灵的，否则他靠什么来支撑他写作的信念，激发他的写作能量呢？也许这些地方并不适合一些人来，这不是他们心灵空间需要存放的东西，他们并不知道这一趟对他们究竟意味着什么。

高原反应，据说是身体好的人才有，身体不好的没有。但我更愿意相信，是青年作家们还没有做好准备，接纳如此高大的、遥远的雪山，这是一个令人震悚的高度，他们暂时还不需要这样的雪山来增加他们作品的重量，来刺激他们写作的灵感，也不需要通过这样悲壮的折腾来从事创作。虽然我很无奈，但我始终相信他们应该和我一样，热爱和喜欢这类远方高大的东西。我承认我是失望的。

在这条川藏线上，有一些磕等身长头的——至少我前几年去的时候还有很多，他们磕到拉萨，要一年的时间。现在更多的是骑自行车进藏的驴友，他们面色沉静，一路无语，骑着自行车艰难地翻越四五千米的雪山。他们一样会有高原反应，会遇到毫无遮拦的暴雨风雪，遇到饥寒交迫，露宿荒野。但因为他们做好了准备，无论遇到多么艰难的事也不会失态，不会中途折返，只有默默地承受，自己解决，不会痛哭，把眼泪吞进肚里，没有娇气戾气怨气。而这些人只是来高原故意折磨自己的，他们回去了也不会去写什么小说和诗。但一个作家和诗人，你太娇气，经不起摔打，没有奔向远方的激情，你的作品中有可能出现阿斯图里亚斯笔下的伊龙群山吗？有可能出现海明威笔下的那个大海场景和老人吗？作品中的远方气质肯定不是关在家里就能形成的。我并不是要大家永远流浪在路上，也骑一辆自行车与西藏来个生死之约，我是要大家将心放远一点，不要只盯着你单位、你身边的恩怨情仇。我之所以有时候不太喜欢卡佛、门罗、村上春树，甚至卡尔维诺，觉得他们的作品缺少一种天地魂魄的东西，缺少一种经受感和折磨感。

看一看山的庄严不可欺，海的浩渺不可测，听大海潮声、山中林吼，那种通彻天地的感觉可以隔绝和挣脱与恶俗世界的纠缠，把心中的毒素排个一空，从而给文学的世界腾出位置。一个人如果有了绝尘而去的气概，穿行风烟的决心，除掉琐碎生活恩怨的魔障，扑面而来的山水星月与我们相遇相知，冰川雪峰、大泽深谷、奇花异草、珍禽异兽、荒漠高原，都是我们心灵所到的疆域。有了这些，作品中的大气象就形成了。

艺术是一种冒险，它与生命的挑战是同一个类型。我前不久去了河西走廊和南疆，行程如果从武汉算起，差不多一万公里。知道了那些边塞诗人如岑参、高适、王昌龄等都有去往遥远边地戍边征战的经历，绝对是九死一生，于是一段非凡的生命成全了几首诗，如此而已。

我们讲远方的气象，就像是一个背负很重行囊的孤独朝圣者，有着无法预知的命运和谁也不知道的心事，走在天地之间。在南疆我听到了玄奘法师在沙漠中一路西行的动人传奇，这些在《大唐西域记》中都有记载。在他生活的时代，佛教鼎盛，西域三十六国还没有被伊斯兰教征服，凡是来自大唐的高僧都会受到尊重并被请为国师。有的国家不惜以其国王亲妹许配的诱惑，想让玄奘留下，但玄奘以绝食相威胁。后来他的随从都离开他或死去，剩下他孤身一人骑马西去，两个水囊落地破了，他四五天水米未进，在灼热的沙漠中奄奄一息，生命接近尾声。奇迹出现在那匹马上，马驮着他竟然找到了一处水源和青草，他因此而得救。还有在我们这次去的川西甘孜，有座贡嘎山，贡嘎山是蜀山之王，海拔七千多米，比珠穆朗玛峰还难攀登，至今只有二十多人成功登顶，登山途中死去的人比这多许多倍，死去的人中以日本人居多。可是登山者依然前仆后继。究竟是什么原因让这些日本人想征服这座离他们十分遥远的雪山？他们是否疯了，非要拿自己的生命开玩笑？我们可以想想这其中的道理。

一个作家，我们并不是要他们去穿越沙漠，攀登高山，只是希望他们在有人出路费的情况下，能走到雪山脚下。我们纵然不能登上雪山，但是我们可以仰望雪山；我们纵然不能到达某种高度，我们可以崇拜某种高度；我们纵然不能去更多的远方，我们可以书写远方。即使你无兴趣书写远方，你的作品中必须得有远方。

虚构，作为小说书写的灵丹妙药，我们过分夸大了它的作用，这种作用在一些作家特别是青年作家中用到了极限。有时我在看一些年轻朋友的作品时，常常为他们揪心，仿佛他们把所有虚构的想象力用尽了，常有脱掉裤子裸奔的危险。虚构和网上搜索并不能解决写作的根本问题，还是说到稻城亚丁。你尽可以百度搜索到比我知道得更多的资料，下载到最好的照片，可以写一篇散文，问题是你经受过漫长山路的颠簸吗？你感受到稀薄空气对心肺的挤压吗？你对突兀而至的风雪和寒冷有过绝望般的体验吗？你在高耸的立体的神山面前有过惊讶和自卑吗？我自己，写神农架小说，是在神农架爬过山、迷过路的，犯过病、挨过饿的，是被人用担架抬下山过的，我有过数次濒死体验，那些体验无法在百度上获得，那些体验就是生命，就是小说。

热爱远方就是有热爱山川河流的感情，并将这些感情诉诸细腻的、虔诚的、智慧的、经受过的文字，激发你感悟天地的能力。远方的气象，就是你作品中有一种风尘感、粗糙感，不是精致的生活所要求的规则和礼数。你的作品中的闪光不是一个小茶壶的闪光，而是雪山、高原、沙漠、大海的那种无边无际的闪光，是自然中的神圣光芒。

当我们在这儿反复说远方气象，当然是与做人的气质相关，气质又与素质相关，作品是一个人综合素质的表达。为此，我想了以下几点给大家参考。

一、把自己剥离出来

把自己从所有生活方式中剥离出来，培育自己独特的生活场域，独特的生活性情。性情是最好的风格，性情就是你作品的风格。在当今体制内，迫使你靠近体制的生活，与工资、奖励和晋升挂钩的生活，都潜藏着数只强迫你成为一个庸人的手。即使你想在文学上有所作为以对抗世俗的伤害，但有些作家的圆滑世故、长袖善舞，对我们都是一种负面遗产。

一个作家的性情直接影响他对素材的追逐与取舍，影响他表达的情趣，他如何看待事物、阐释事物和解决问题。比如，一个小说的走向，小说解决矛盾的轻重方法、人物语言的运用，甚至小说的结尾方式，都是由你的性情决定的。

剥离自己，就是要打破普遍的生存秩序，打破文坛生态的僵化格局。那种文过饰非、暧昧无趣，在会场上引诱你表达一钱不值的立场，恭维、迎合、取悦、献媚，都将影响你内心被守持的一点纯真。我也会听见人议论那些有点成就但左右逢源的人说，不过是个商人，不过是个政客，不过是个假神父，TA很势利，是个小人，两头通吃，没有操守，没有独立人格。也有对某人好评的，TA老实可爱，憨厚，不以色相开路，等等。有追求的作家就会有操守，作品是最好的证明，除此之外都不会长久。

在作品中，个人化的痛苦和悲伤的成分多于轻薄的欢乐，未尝不是一种守持。没有必要去关心别人怎么写，把自己的东西写到极致就是胜利。我们的爱恨立场不应一下子过渡到"时代""人民"这些虚幻的字眼上，从自己的内心寻找情感依据，积蓄勇气，敢下重手，决不走时尚，不跟风，不起哄，不抱团。

文学的最终目的，是探索人类的伟大品质，但在深处是写人类的缺陷给人性本身造成的困扰、痛苦和悲剧，比如孤独、悲伤、忧郁、焦虑和决绝。当我们无法斗争和申辩真理时，就理直气壮地表达我们的苦闷和愤怒，表达颓废也行，不要暧昧，不要假作乐观，不要作品中没有私人感情。正视我们这个时代精神的灾难和因为精神迷乱而造成的生命灾难，不要藏匿自己，警惕欢乐对作品品质的伤害，警惕小资情调的恶性滋生，否则将阻挠你成熟的进程，冲淡你本来可以唤起的创造力。

你把读者带向了阳台和咖啡厅，是因为你就在阳台和咖啡厅。带向一钵花和带向一片花海是两种不同的气象。你有没有勇气把读者带向雪山和大海，田野和高原？能否用文字带给他们风暴的气势和急流的呼啸？带给他们高原反应和呕吐，晕厥和恐惧？你在哪里，你的作品就在哪里，你的读者也就在哪里。

二、加进自己

青年作家必须在作品中加进自己，而不是像上一代作家躲闪和消失，以所谓的大格局、大主题的宏大叙事来完成全景式写作的野心，来为自己涂脂抹粉。格局是自己的才叫格局，动辄写国家题材，看起来高屋建瓴，穿越百年，实际上这类作品大多文中无物，空洞虚伪。

青年作家因为没有复杂的生命历程，也就没有凶险的心灵历程，没有经过恶魔阶段，也就无法成为天使。文字是应该有神灵操纵的，我们必须讲真话，必须袒露自己的灵魂。叔本华说这世上所剩无几的生命之所以存在，都是失足的结果和罪孽的结果，而作家作为一个特殊的群体，更是有着它本身的缺陷。写过《动物农庄》的英国作家奥威尔说："所有作家都是虚荣、自私、懒惰的，在他们内心深处埋葬着的动机是一个谜。"这话太有意思，我们应该坦荡真诚地揭开这个内心墓碑下的谜。怎么写作，为什么写作，没有什么好遮掩的。

有一个难以解释的也难以忍受的现象是：国外的优秀作家在他们的作品包括创作谈中，尽情地、尽兴地、真实地表达自己，直接地说出自己的好恶，因此我们才喜欢读他们的作品和创作谈。而国内作家几乎没有人写自己的内心和立场。有些作家总是谈他们一生学到的生活智慧，这种智慧说穿了就是圆滑与世故，说得不好听叫老奸巨猾，他们并且还沾沾自喜，引以为荣。如果我们顺着他们的路走，这个世界是可怕的，文学的品质将退化。

八〇后和更年轻的作家是被剥夺的一代，他们除了玄幻和穿越的空间，还加上一点点勤扒苦做的商业空间外，一切都只有循规蹈矩。不要犯傻地写一个地方的风俗故事与文化，写自己与这个世界的微妙关系，甚至是对峙关系都是靠得住的。当然，如果你发誓要循着这条路走下去的话，要写得像自己的故事，而不是像别人的故事和当地的故事。不是很像上一辈作家的故事，像某个村庄的故事，像听来的故事。你自己的故事会不伦不类，因为不伦不类，你才有可能杀开一条血路，成为一匹黑马。

三、独往独来

在艺术上不与任何主义套近乎，带着批判的眼光去改造它们，让主义为自己的一套说辞服务。一个优秀的作家都在打天下时有自己独立的语言表达系统、言说方式，远离公众话语和书写程式，远离那些加害于你的规范，从旁门左道逃走，挑最怪的方法尝试，强迫别人承认，磨炼文字硬功夫，什么风格都要别人佩服才能算得上风格。文字是最过硬的。

不要抱团取暖，小说写作就是大兽孤行，不是群鸟噪林，在同一棵树上叽叽喳喳，谁也听不清谁的。在一座山头只有一只野兽吼叫，这就是兽与雀的区别。

写作是沉重的仪式，毫无轻佻和恶搞的可能，除非你颓废过度。保持文字庄重的举止，给别人一个绝尘而去的背影。过度的聚会会让一个孤独者内心更加空虚和伤感，充斥着绝望。好小说的构思起源于孤独之时的爆发力，独处中有宽阔的精神高原才能免遭同行的伤害。有足够的空间才有足够的胸怀和文字，才有眺望和思索的可能。读者不是傻瓜，他一眼就能看到你的作品究竟付出了多少。你站在一个高度上，完成了山川河流的布置，获得了庄严的气象，然后读者在你的作品中会听见天空大地日月星辰的回响。有一句话是这样的："孤独者从自然和上帝那里吸取能量。"这句没找到出处的话，我希望成为大家的座右铭。

作家对编辑的期望

——在湖北省文学期刊主编培训班的演讲

我先讲讲我的编辑生涯。

我在二十四五岁时就在公安县文化馆当编辑，刊物叫《公安文艺》。那时年少轻狂，记得一到文化馆我就被叫去搞创作辅导，到一个叫玉湖的乡镇讲诗歌。因为没有经验，讲了之后嗓子完全嘶哑了，疼痛难忍，为了说清问题，估计是声嘶力竭。我们主要是通过来稿发现作品和作者，培养他们。其实当时我们也要别人来培养。我记得我当编辑的时候我们的陈善文老师——他是公安文化的功臣，现在已经去世了，他是研究古代诗歌的，写过一本《古代军旅诗话纵横谈》。他说，一个编辑，你在跟一个业余作者谈这个稿子的时候，你要谈他三个缺点，你首先要找出他的三个优点来。这句话我是受益终身。今天我在这里转述这个观点，千千万万不要伤作者们的自尊。作者需要的是什么？是鼓励。你先说出他的三个优点来，你说这个题材不错、生活不错、语言也不错等，然后你再谈他的缺点，别人容易接受。

1990年，我从文化厅到《芳草》当编辑，当时执行主编是朱子昂先生，一个对作者非常好的大好人。我在《芳草》当了六年编辑，这六年对我的历练很大。大家知道，有很多作家是从《芳草》走出来的，像池莉、我、董宏猷、邓一光都曾是《芳草》的编辑，后来成为湖北创作的主要力量，这是一个奇特的现象。一个好主编，对他手下的人要宽容。当时我们创作，朱主编是鼓励我们的：你的身份就是作家，你只不过暂时在我这里做编辑。因为当时专业作家轮不到我们这些小字辈，我们在《芳草》，就是"借得山东烟水寨，来买凤城春色"，我们是以《芳草》作为专业作家的过渡。我们因为是作家，约稿方便。像王朔、苏童、刘震云、叶兆言、范小青，全是我的作者，可以随时找他们约稿。因为一起开过笔会，大家都比较熟。这六年做编辑的工作使我发现了不少文学新人。比方说，山东的张继，张继当时还在一个乡镇做通讯干事，但小说写得很好，我是在自由来稿中发现他的。现在他主要搞电视剧去了，赵本山电视剧的剧本全是他写的，什么《乡村爱情》一、二、三部都出自他之手。每个星期我们只上两次班。周一去背回一大包稿件，都看，不像现在的编辑，现在他们不爱看这样的自由来稿，主要是约稿了。这样的来稿一百篇选不到一篇。在这期间，我接触了许多名作家和他们的作品，这样你就知道什么是好东西，你就会去学习别人。

现在我又在当编辑。《新作家》是我们文学院的院刊，我是主编，所以说我跟大家也是同仁。接手院长以后，我对《新作家》有新定位，首先确定了六字办刊宗旨：发现、交流、辅导。我认为这六个字对我们文学院的刊物定位准确。发现：发现我们新的青年作家。交流：就是给我们全省的作者，包括业余作家、签约作家和专业作家，提供一个交流的平台。辅导：通过这个刊物来辅导初学者，给正在文学路上走的人一些引导和建议。我现在自己办刊当主编，觉得办一个刊物不容易。

对市州的刊物来说，还面临着缺钱的问题。大多数刊物都有一个筹钱的过程，所以说编辑的精力不太集中，这也是没办法的事。

第二点我想讲的是我认识的一些好编辑。一个作家是编辑抬起来的，编辑对作家为什么如此重要呢？其实大家都知道它的重要性，所以有的主编就把刊物包括报纸副刊当作他自己的自留地、小菜园。发一篇作品现在的确不容易，我要讲的是一些好编辑。比如像韩作荣老师，他已经去世了。他长期在《人民文学》当编辑，过去是管诗歌的，后来当主编了。1986年我在武汉大学读书的时候，那时创作开始由诗歌转向小说，但诗是比较现代和先锋的，我写了一组叫《中国瓷器》的诗，就这样投过去了。当时在《人民文学》

发一组诗，那是不可想象的，他竟然给我全部发了。这组诗的影响很大。当时我跟他不认识，他也没抽过我一支烟，有很多这样大公无私的编辑。后来他当了主编，发我的中篇小说《马嘶岭血案》的时候我还没获鲁奖。我记得《马嘶岭血案》发表出来之后我才接到获鲁奖的消息。我当时的所谓"神农架系列小说"，还只是在《钟山》发了《豹子最后的舞蹈》和《松鸦为什么鸣叫》，在《上海文学》发了《狂犬事件》等不多的几篇，接着就是韩作荣老师接连给我发了《马嘶岭血案》《太平狗》，全是头条，到那时候我依然没有见过他。我的《马嘶岭血案》的题目还是他给我改的。他在去世之前极力推荐宜昌的毛子，让他获奖，据说他也没见过毛子。这就是一个好编辑的素质，甚至是品质、风范。

另一个好编辑是《钟山》的主编贾梦玮。他对湖北作家很有感情，湖北作家在那儿发表的作品非常多。我当时只跟他见过一面，他是到武汉来约稿的，当时是副主编，他回去之后给我发过一篇《人鳅》，没有任何的响动。我再把我的《雪树琼枝》给他，他在头条发了，那是 1999 年。我还没去神农架挂职，也没写神农架小说。这篇小说影响比较大，王安忆看了之后评价很高，在报纸上说《雪树琼枝》是她最喜欢的小说。然后贾梦玮推出了我的《松鸦为什么鸣叫》等一系列的神农架小说，我的最早的神农架小说全是在他那儿发的。他不遗余力地推我，真的让我很感动。并且他鼓励我说，王安忆赞过的作家没有不红的。他说话慢条斯理，鼻音很重，一种很让人信赖的感觉，其实他比我小很多。后来他又推了一些湖北作家，比如我介绍去的吕志青，推了他几个头条，还给吕志青组织了很多的评论，都是大评论家的。吕志青当时是我们的签约作家，我有这个责任来推荐大家的作品。

第三个是宁小龄，《人民文学》的副主编，当时是编辑部主任。我讲的《马嘶岭血案》《太平狗》这几个小说，宁小龄是责编。他会毫不客气地退掉你的一些作品，这个不行，这个行，很果断。这些大编有他们的特点，要你修改你就得修改，《马嘶岭血案》是修改了的，他还帮你修改。你们看《马嘶岭血案》有个别地方是连不上趟的，我现在出版书的时候把它恢复了。我觉得他的修改有些地方不大对，我就把它恢复了。宁小龄对我最大的帮助是，删了我许多句子结束时的"了"字，后来我发现他删得对，我不再在句子后头滥用"了"。

还要提到《上海文学》，当时《狂犬事件》也不叫《狂犬事件》。蔡翔，现在是上海大学的博导。他认为，我过去的题目《疯狗群》太尖锐，建议改个通俗点的，也好记的。结果，我认为他改得好。

被称为文学教父的李敬泽就不用说了，一个对中国文学有巨大贡献的编辑。《马嘶岭血案》《太平狗》在《人民文学》卷首语的评论据说全是李敬泽写的，他的推荐太好了，他抓住了你的关键的东西。其实你自己想都没想到，他在对《马嘶岭血案》的评论中使用了"人心的隔膜"一说，"隔膜"这两个字后来被所有评论我这篇小说的人用到了。因为他说到了关键的东西。在这个社会人与人之间的隔膜太深了，无法打破，最后只有靠鲜血来解决问题。

还有《小说选刊》的冯敏和秦万里，这也是我认识的好编辑，像《马嘶岭血案》《太平狗》《望粮山》等，都是他们定夺选的头条。而当时，我并不认识他们。你可以看他们在卷首语对我这些小说的评价，他们是根据整个文坛的走向、当时文学发展的方向进行某种预测和引领。后来，冯敏说："那时我推你的时候根本不认识你，你也不认识我。"我这人长期就待在武汉，或者待在乡下，我不串门，也不跟编辑过从亲密。我也没什么茶叶，因为我们公安不产茶叶。

还有《小说月报》的马津海、王俊石、刘书棋三位，也是真正为中国文学做了很大无私贡献的编辑。我碰到的好编辑真的数不胜数。一个作家遇到贵人，最大的贵人是编辑，所以我要在这里感谢编辑。

再讲我对编辑的期望。

第一点：懂行识货。

懂行，就是你懂得这一行——文学。你是作家，你未必真正懂行，你要不停地学习。有的编辑是作家，有的是分配到那里从事编辑工作的。大刊也是这样的，很多是分配去的，他未必真正地懂文学。要懂行，就是要虚心学习，不能太过保守，要不断提高自己的鉴赏水平。识货很重要，你到古玩市场去，真正的东西你没认出来，一个赝品你把它买下来了，这就叫不识货。一个编辑，不管是大编辑、小编辑，不要只盯着名家，好的作品在民间，要有这种灵敏的嗅觉。这个东西是好的，这个东西不好，要有快速的判断能力，不能漏掉好的。一般的情况是编辑一目十行,不会去认真地看你收到的作品。有人说过,你知道这个鸡蛋坏了,你可以不把它吃完嘛。你闻一闻就知道了,尝一口也就知道了。我是有这个经验,看个三五行,一页纸,不行,丢了。要是后面很好呢?有的作者不会开头,有的不会结尾,中间写得很好呢?要善于发现作者,你要根据他的特点去培养他,我这句话说了一百次:不是没有好作品,而是你没有发现好作品;不是没好作家,而是你没有发现好作家。每一个地方的作家都是很好的,我经常去下面走,经常看到一些作品,有才华的很多,在我们湖北唯楚有才、文化如此深厚的地方,好作家太多了,会写的,诗和小说写得很好的,又年轻,大家都不知道他,要去发现他们。他也许不跟你这个主流文学、不跟作协打交道。

再是,要把握文坛的动向,善于捕捉文学的潮流,要盯住那些有创造力的、有语言天赋的作者。小说、诗歌、散文,说白了就是语言问题,写得再深刻有什么用啊?你把现实写得再惟妙惟肖有什么用?人家真正欣赏的,是你的语言。没有好的语言不能成为一个好作家。一个是语言天赋,一个是创造力。他这个人就是怪,写得与别人不同,往往这样才能成为好作家。因为一个编辑他能引导一个人当个好作家,他甚至能引导一个流派或者一个时期的文学,而评论家那时候还不知道在什么地方。感觉到有某种大潮到来的时候,他嗅到了。当大家都这样写的时候,有个人不这样写,你要想想他为什么这样写,他这个作品可能还不成熟,但你觉得他是个可栽培之材,他这个人在你手上就出现了。否则,你就无声地把他扼杀了。扼杀是因为你的冷漠,你的麻木,你的不识货。因为没有人来鼓励他,作者的写作最初都是漫无目的的,都是不自信的,你如果看到一个作者在炒作自己,网络上、微博上有许多牛哄哄的,自称诗人作家的,还宣称自己创造了流派的,几天就弄出一个流派,说这个装逼,那个二流三流,其实他自己还流都不流,一个局外人而已,吃了咸饭操文学的淡心,其实也是一种内心自卑的表现。真正好的写作者大多数是沉默的,他不会去争论文学,去宣传自己,去攻击别人。不知天高地厚的,大多是无知者,无知者无畏,另外是些变态狂。好作家不会说我这个如何写得好,也不会随意去议论他人,什么北岛死了,顾城死了,绝不是内心有很深的东西的人,在一个河里闹得水响的是浮头刁子,大鱼都沉得很深。还有些作者，他就是埋头写作，从不表达他自己，我们要去发现他，关心他。

识货的问题，不能以你的标准成为文学的标准，因为你是主编，在一个地方，你的标准就成了文学的标准，我喜欢什么我就发什么，不喜欢什么我就不发，万万不行。我讲的好作品，可能你接受不了的恰恰是好作品，一个好的作家就是要这样，要有一点承担，要有一点出格，要有一点冒险，要有一点歪才。比如说，荆州的袁小平，《荆州文学》的主编黄大荣向我们推荐，他给我写了一封长信推荐袁小平。我把他的诗拿来一看，真的又好又怪。袁小平生活非常窘迫，孩子是脑瘫。他从不跟人打交道，奇怪的人总是有一些奇怪的生活方式。他不像另外一些人八面玲珑，跟大家都打得很火热。要允许那些怪异的人和作品存在，在一个地方，没有这种怪异的东西是不行的。这些人，你可能不喜欢，你的那个小圈子，都是顺着你的喜好来的。这些人又听我的话，也是主流文坛的。但是我有一点担心，从我到下面了解的情况来看，就觉得有些主编可能这样想：发了那些怪人的怪作品是不是助长了他们的嚣张气焰？会有这样的想法，你又不听我的，你的作品又能吸引眼球——凡有歪才的人都是有号召力的。你甚至想：我这个刊物的风格适不适合他呢？我当地的一个文学的风格早就形成固定了，会不会影响几十年我这个刊物打造的威望？但是，我们要承认这样一个现实：长江后浪推前浪，前浪注定死在沙滩上。这是文学的规律，未来是年轻人的。他们就是有反骨，没有反骨，他跟你一样的，这个时代还需要他们干什么呢？我已经多次呼吁了，我对签约作家说，希望你们写得不像我们。方方主席也多次呼吁，你们要打倒我们，要写得不像我们，七〇后、八〇后太乖了不行，不能写得像我们，五〇后作家的优点就是不学四〇后，不学三〇后，道理很简单。尤其是八〇后，你为什么要学五〇后那样写呢？作为主编，应该有容忍度，要识货。我们举个简单的例子，你要识货，你的刊物就会精彩，就会焕然一新。像方方办的《长江文艺》，刘醒龙办的《芳草》，过去这两个刊物是没有他们上任后这么火的，为什么他们一上任，《长江文艺》和《芳草》就会声名鹊起呢？答案显而易见，他们识货，知道什么作品好，什么作品不好。

第二点：公平无私。

文学跟社会一样，绝对的公平是不可能的，但是你可以做到相对的公平，每一个作者都在抱怨自己受到了不公平的待遇，没有不抱怨的，但到后来你不抱怨了，那是获得了一定的肯定之后，在没获得肯定的时候每个人都是抱怨的。他们对不对呢？也对，也不对。说不对呢，还是要从自身上找原因，是不是你的作品不够，我认为文坛不会埋没人才，特别是写小说，诗歌有可能，因为诗歌是一个圈子的文学，在一个诗歌圈子里面，大家互相欣赏，小说是不会被埋没的。

　　我长期有这个观点，我自认为我是一个例子，我是一个跟别人不打交道的人，埋没了吗？过去有人为我抱不平，说写了那么多年为什么文坛不承认你，这是文坛第一冤案。我认为，不承认正是因为你不够。有人说，那你过去的船工系列、郎浦系列都写得很好。错，写得并不好，现在看起来写得很不好，别人不承认你是对的。如果那样一些作品被承认了那是害人害己，盛名之下，其实难副。只要你到了那个份儿上，文坛不会埋没你。现在是实用主义盛行，过去有那种热血的编辑，现在依然还有。你写了很好的作品，虽然你有可能不认识编辑，但你的作品也会发头条，发大刊，还可能被几个选刊同时选载。对一个地方来说，要推出作者，的确要做到无私和公平，因为大家老是认为文人相轻，因为都是同行。我的父母亲是裁缝，小时候他们就跟我讲，裁工师傅都是互相"水"生意的，我很小就听到"同行生嫉妒"这句话。文坛更甚，因为都是文人，一个笼子关不得两只叫鸡公。我们很多主编，很多都是搞文学的，文人相轻，也有文人相亲，是亲近的亲，这两种，我更倾向于后面。但你不能说他完全亲，他是亲一部分人，这种就是小圈子文学，毫不客气地说各个地方都有小圈子，这种小圈子是很害人的，他面临的就是：我欣赏这些人，是我发现的，我培养的，很听我话的，很抬举我的。我是这个地方的老大，我就只发这些人的作品。完了，你这个地方就没有公平可言了。另一部分人就因为你的轻视、你的疏远，被埋没掉了。我听到有一个报纸的副刊编辑，编了几十年，发了一些作品，小孩过十岁的生日，把他的通讯录所有的作者找来，盛况空前，搞几十桌，过去我发了你一篇豆腐块，现在你要还我人情。这太恶劣了，何必呢？一个不就上你二百块人情吗？不得了了？发财了？不能这样，会被别人看贱。我认为，这属于权力敲诈，我觉得这个问题要引起大家的重视。

我说我碰到过很好的编辑，也碰到过很不好的编辑，说起我们的写作史都是一部苦难史。我写诗的时候，西北有一个编辑，只要给你发一首诗，就要你给他寄邮票去，各种当时的纪念邮票。我当时给他寄的都是四联票，当时的猴票，八分一张，四联张也就几毛钱，当时发一首诗大概就是几块钱的稿费，买几张邮票也可以。我想这个编辑跟全国的作者可能都开口要了，就他的猴票都不得了了，太恶劣。还有的主编找我要过年的腊鱼腊肉，你要买，还得坐一天的长途车送来。一些刊物的主编和编辑他们掌握的权力很大。我在《芳草》当了近六年编辑，我失眠比较严重，不喝茶，那时候别人送我的毛尖我是用来沤肥浇花的。后来我不搞编辑了，没有任何人给我茶了。

所谓无私，就是对一个地方的文学要有一种责任感，要有一种责任心，不能顺我者发，逆我者毙。如果你看到比较有争议的作品，找另外的人去看一看，说这个作品我不能接受，你们来看看，最好找个年轻点的来看看。因为年纪大，有固定的审美倾向了，你作为一个主编是要容纳各种各样的东西出现。还有就是容忍，因为现在有一些作家，八〇后的比较自我，他不是不跟你打交道，他是不善打交道，他们因为都是独生子女，他们的性格比较怪，我行我素，独来独往，没有交际能力。我们签约作家中也有，这种人怎么办？很自我的一代，你能容忍吗？他就是这个性格，他从不给你发个短信，你下届就不签他的约了？他依然优秀啊，不仅给他签约，还给他出书。

第三点：理解作家。

我觉得仅有懂行和无私还不够，还要理解作家。要对他的作品去深入理解，要对他的人深切地理解。一个人他为什么这样写，他的作品为什么是这样的风貌，与这个人的经历和内心有关，不仅仅是看这篇作品。通过作品，我要看到一个人，去理解一个人，去走近一个人的内心，走进他的世界，这样你作为主编才会少一些遗珠之憾，因为"文章千古事，得失寸心知"。写作是很不容易的一个事情，熬更守夜，搞出一个作品来你不问青红皂白把别人毙了，跟作者打交道要有感情投入，这种感情投入就是要理解一个作家的甘苦。有一次，在易飞的作品研讨会上，我讲了一句很粗俗的话：不养伢不晓得 X 疼。一个作品研讨会，也还是要理解作家，不要老是说作家作品的缺点，让别人难堪。我不是说要一味地说作家的好话，有些评论家是很有个性的，在这种氛围之下，好像都去说这个作家作品不对的时候，作家的内心会非常沮丧。我辛辛苦苦写这么多作品，是希望得到大家善意的首肯和鼓励。不是要无原则地说他好话，你难道找不出他三个优点吗？仅仅找出一大堆的缺点来表明你见识的不凡，那有什么意义呢？现在的写作者更要鼓励，大家的生活没什么问题，都有单位，但有的为写作倾家荡产，老婆离开他了，房子也卖掉了，去出一本书。生活这么苦，很多写作者就是为了改变他的命运，想表达内心，让人承认自己的存在。马尔克斯说："我写作什么都不因为，我写作就是为了让我的朋友们更加喜欢我。"说得多好啊！许多作者也不求什么，他明明知道写作是没有前途的，哪里有什么前途？基层的作者，他不就想在当地圈子里得到承认！因为他太过卑微了，人都是想得到更多的承认以后，能活得像模像样一点。他也不是想去写作赚几个钱，他出一本书还要自己掏钱，所以我们要理解他们，同情他们，关心他们。

对于作者来说，精神的鼓励非常重要，还是要讲到我的老师陈善文。我写过至少两篇文章来怀念他，他是我们公安文化的大功臣，我们当时发作品，发诗歌，他有一个本子，每一个作者他都有一段话，放在他的抽屉里。我有一次和黄学农（雪垅）到他办公室去玩，他不在，我们就在他的抽屉里发现了这个本子，那时我还在水运公司当船工，写点小诗。我在他的本子上看到他对我的评语，大约是：此人文字功底深厚，很有前途云云。我看了真是好感动，并且决定要好好写。因为他是《公安文艺》主编，他的话就是金口玉言，给人的鼓励多大啊。而且一个作者的优点，还是要靠挖掘的。

当时文化馆不能写诗歌小说，我到了文化馆以后，只能写一些演唱材料，写歌词、快板书。有一次全县会演，馆里让我写一个节目，有一个人，也是我们的前辈，在那么多人的讨论会上，他竟然说，陈应松写的这个节目不能在全县会演，只能在乡镇会演。当时我恨不得有个地缝钻进去。这种不负责任的恶毒话对人的自信心打击是非常大的。但是好在有那位陈善文老师，他说："你们只管写你们的小说诗歌，不要写那些东西，那些东西是成不了气候的。"我要是听了别人的话，继续钻研演唱材料、故事和歌词，我现在还在公安县文化馆编演唱材料。要知道，你一句话，对一个人的打击有时候是致命的。要理解，作为前辈，要谨言慎语，鼓励为主，只能给他们添柴火，不要给他们泼冷水。

第四点：戒妒敬业。

职业编辑不存在妒，他不会去嫉妒作家，但身兼作家和编辑双重身份的要警惕。大家觉得可能我没有啊，但是你在自觉与不自觉当中会不会有一点？我见到的有些是作家的编辑对作家充满热情，我前面提到的韩作荣老师是著名诗人，还有《十月》的宁肯，是著名作家。我讲的嫉妒，是人性的弱点，每个人都会自觉不自觉地表现出来。特别是对作家同行来说，如果你跟他同等水平，他就要提防你；如果你落到他手上，他是不会让你比他风光的。我也碰到过，当着面说你的作品好得不得了，背后就说你的作品不好，他不否定你所有的作品，否定你给他刊物的作品。但是他说这个作品不好，可这个作品马上在选刊上成了头条。

在每个岗位上都要敬业，敬业就联想到信仰、信念、责任、使命等，但主编敬业应该还是对作家创作的尊重。曹禺写《原野》时还是个大学生，有文章说是巴金从字纸篓里拣出来的，一看，这个剧本好，结果成了现代文学的六巨头"巴老曹鲁郭茅"之一了。你想一想你不敬业的话，那现代文学就是残缺的。有些是分配来的，他也敬业，每天八小时，辛辛苦苦地看稿子，反正八小时到了，我就下班，这期刊物我编出来就行了，心态就是四平八稳、但求无过。这些刊物栏目的设置、装帧和排版，都是平庸状态。但是也有很多很好的，包括内部刊物、民间刊物，非常敬业。像《土家族文艺》、《荆州文学》、我们公安的《三袁》，也是获得省优秀期刊奖的。我说敬业，要有争办最好刊物的决心。现在文学刊物因为纸质书籍都处于式微阶段，慢慢在衰落，不像二十世纪八十年代，一份文学刊物可以发行几十万份，上百万份。现在的许多文学刊物没有阅读价值，寄我的好多没开封，马上转手卖给收破烂的。而恰恰有些内刊是我喜爱的。《神农架文艺》、《三袁》、恩施的《清江》、《女儿会》这些都是我喜欢的刊物，因为里面有很多关于民俗方面的东西。而小说诗歌散文，可能就是一堆大杂烩。

我收到的一些民刊，外省的不说，本省黄石的《后天》，江雪一个人办的，还有我们公安的《湍流》等，都办得非常好，非常纯正地道，有思想性、独立性，这样的刊物我是要永远把它保存下去，而不会卖给收破烂的。这种刊物有一种为伸张艺术的尊严、为保卫艺术而战的精神、为文学献身的勇气在里面。它是不顾一切的。我们是体制内的,我们有上级的要求,领导盯着,得找很多理由来拒绝民刊的办刊理念,但是我们不能拒绝他们为艺术献身的精神,这是纯粹的文学精神。要敬业就要承担风险,就要有牺牲精神。民刊并没有煽动什么政治问题,它是纯艺术的,它下了功夫。很多人都在大量地收集民刊,为什么?太好了。其实我们作为主编可以说服当地的官员,文联、宣传部的领导,我们要坚持我们的想法,在湖北办出一流的刊物。胆子稍微要大一点,要冒一点点险,要有担当,特别是对有争议的作品,你故意发点有争议的作品有什么不对呢?立此存照嘛。你再发表点正方意见,评论家再发表点反方意见,这不就平衡了嘛。

第五点:强力推介。

作家是靠刊物推介出来的,毫无疑问,百分之八九十的作家要靠刊物编辑才能出来,我们新时期湖北文学的主力军大多是从《长江文艺》起步的。现在一个刊物推出一个作家非常难,因为现在不是文学的时代,强力推介一个人出来也非常难,除非你是《人民文学》。我不赞成市州的刊物发外地作家的作品,有什么用呢?这样会分散你的精力,你的任务就是推介本地作家的作品。我的《新作家》说得很明确,现在全国各地向我们寄稿,不发,我只发本省的,我就是要发现湖北未来的作家,以青年作家为主。这样有一个好处,可以集中精力。你本地的作家,哪怕你的力量微弱,但是你在你的刊物一年推介两三个,总会有效果的。地方刊物又不存在创收的负担,一期发一两个作家,全发他的作品行不行?这样推介至少在你这个地方这个作家就站住了,不然你不能提高这个作家的能见度,你今年给他发一篇,明年给他发一篇,这个作家在当地出不来。你可能考虑到:我这个地方作者太多了,让大家都有上版面的机会。排排坐,吃果果,你一个,他一个,平均分配,这可不行。要在一地形成一个氛围,要有为好作品喝彩,为好作品击掌叫好,为好作家欢呼这种氛围。氛围是靠我们营造的,主要是靠刊物。当然你也可以推一个群,我认为有些群是靠你制造的,不是说真是自然形成的,当地有个什么作家群,你就可以打造。李敬泽也跟大家谈到了,他将《人民文学》的"非虚构写作"弄得风生水起;《钟山》推"新写实";《上海文学》推先锋小说……都有它的主导，一定要主推，不能让刊物成为万金油。

强力推介，还是靠发现。你推介谁呢？我前不久看了一本书，讲作家的投稿经历，我看了内心真的不是滋味，但是好在他们是写出来了。像迟子建的第一篇小说《北极村童话》，被好多刊物退稿，她当时只是一个师范生，后来这篇小说成为经典。就以我举例吧，我前面讲过我的小说《雪树琼枝》，最搞笑的跟王安忆关系比较好的，上海的一位编辑，给我来了一封信，是约稿信。她说："王安忆在上海的几次会上提到你的《雪树琼枝》，这样好的小说你为什么不给我呢？"我看了只有苦笑。我这篇小说最初就是投给她的，她看都没看或者看了几行就给毙了。我又不好明说。她当时的心态，可能就是觉得你陈某某名气不大，写不出什么好小说来。作家这种不被人发现的苦恼太多。迟子建的《北极村童话》是在一次笔会的时候被朱伟发现的，她的这篇小说后来在《人民文学》上发了。1986年我写的短篇《枭》就是朱伟发的，我当时也不认识他。像阿来的《尘埃落定》，当初投给十几家出版社，每投必退稿，且全是铅印退稿信。还有麦家的《暗算》，也是投了十几家出版社，全退稿，现在也是很火的经典。这些大量被退的小说都获得过鲁奖和茅奖。

强力推介，需要一个编辑有持久的热情，我认为现在很难。一个人长久地喜欢一个东西很难了。但是你对一个作家抱着持久的热情的话，你一定会强力去推介他。可悲的是，现在的编辑、主编们，精神都不集中，很淡定麻木，不像八十年代，充满着对文学和发现作家的热情、激情。我在神农架办青年作家创作读书笔会的时候，《小说月报》原创版的副主编邓芳，她说现在看稿子，一进办公室就头皮发麻，看小说看到令人恶心的地步。现在的小说不好看，不好读，没有冲击力。你想想，《小说月报》的原创版，给她的稿子都是成名作家的好稿子，她头皮发麻，恶心，那基层刊物的稿子可能更恶心。怎么办呢？你还是要把好稿子沙里淘金选出来，还是要去发现作者，保持对文学的热情。我在微博上看到有个北京的编辑说，今天看了一天的稿子，看得头昏眼花，快下班的时候，终于发现了一篇好稿子，眼前一亮，然后在编辑部传阅。这就有激情，看到一篇好稿子的时候，整个编辑部会欢呼。终于没有辜负我的一天八小时，这样的激情要保持，这才是好编辑。

以上五点，纯属跟大家交流谈心吧。大家都是文坛中人，你们见证了湖北怎样成为文学大省的一个历史。湖北虽然是文学大省，但也有青黄不接之虞，这种担忧是存在的。除了靠作协的各种努力，靠文学院的签约，还要靠刊物来发现新作家。每一个县市都是大有可为的，可以做更多的活动。比如说，可以多办采风笔会，有什么好处呢？

一是把这些作者凝聚起来，让大家增强写作信心。写作者都像是大兽，独心独肝的，不像羊群一样扎堆，大家都待在谁也不知道的角落里写，苦思冥想。搞一个笔会去采风，他们有一个身份认同和确定的意识，感觉基本上受到当地的承认了，会给他一种鼓励。大家待在一起多了，会形成一个沙龙式的圈子，大家一起谈文学，即使不谈文学我们做个好朋友，也是一种互相的关照，互相的支持，互相的鼓励。还有作品研讨会，比方说这一期有个什么样的作品，搞一个小型的作品研讨会，到一个茶舍、咖啡厅这样的地方，以这种比较高雅的形式，大家一起对某一篇作品进行讨论，讨论出什么结果不重要，只要大家以这种方式多聚，这个地方文学的氛围就浓了。还是要靠主编来邀，也有很多主编是常务副主席、主席。再就是，可以跟大刊联合，举办一些笔会，跟文学院联合开作品研讨会，我们都支持。

二是多与周边地区进行联系，发挥各自的地域优势。湖北有一个很怪的现象，它有不同的文化形态，网上段子很多，说襄阳说起来是湖北的，实际上就是河南人；恩施，就是重庆人嘛；荆州跟湖南的饮食习惯、风土人情一样，土语跟常德一样，同地域的可以跨省联合举办活动。像我们公安文化系统就跟湖南安乡、澧县、华容都有紧密的联系。这样的交流很重要。比如，我们荆州荆南三县，也可以搞联谊，这三县出了很多作家，是一个有趣的现象，可以探讨，可以研究。要互相走动，比方说，这三个县市的刊物可以共同办一个栏目叫"荆南三县作家群"。包括一些城市，可以搞城市文学大联展，我们一起来开个笔会，大家轮流坐庄，这样就壮大了声势，让文学更加活跃。像我们《新作家》就与许多地方搞过几次笔会，每次都为当地写出了一批优秀的作品。前年我们在恩施办笔会，我写的《恩施大峡谷记》《土家摔碗酒》，当地很喜欢，上次恩施文联换届的时候，王海涛书记指示给与会者每人发了一份我的《恩施大峡谷记》。如果没有笔会，就不会写这些文章。

最后，我要说的是，以刊物为中心，以刊物为根据地，可以把一个地方的文学搞得风风火火。刊物对一个地方的作家有足够的凝聚力。刊物是一个地方的文学符号，是文学的化身，是一个地方文化的形象展示。有一个刊物，这个地方的形象就会不同。什么是文化？文学就是文化的最高成就，你整个地方的文化就是用文学刊物来展现的，也是一个地方文学实力的显示。

写作的两个问题

——在广西北部湾作家群高级研修班的演讲

　　鬼子给我打电话，要我来广西给大家讲讲课，等于是给我出了个难题。我说，我讲什么呢？在广西你跟东西讲就够了，你们可是全国重量级的作家，莫非应了一句老话，远来的和尚会念经？他说，你给大家讲讲怎么样在生活中发现写作灵感的问题。这个问题我一直没有细想，说多了像报告团一样的，不停地宣传你自己，我怎么深入生活啊，我怎么写作啊，讲多了会让别人很厌烦的。每个人都有他写作的本事。我既然答应来，我还是要说说我的思考。寻找这个东西，是受内心指使的，它是一个清晰的行动，你要在心里想明白。我今天想讲两个比较重要的问题：一是为什么写作；二是寻找什么。

一、为什么写作

　　我在来北海的车上跟鬼子说我要讲这样一个问题，他说在二十世纪八十年代初的《世界文学》上，有几年有一个对中国作家的问卷，即你为什么写作？可惜我没看到，因为二十世纪八十年代初我写诗，没订这个刊物。我这两天刚好看到有一篇文章，提到法国的《解放报》曾经为各国作家设计了一个问卷："你为什么要写作？"问到你们广西籍的作家白先勇——他是白崇禧的儿子，白先勇回答："我想把人类心中无言的痛楚转换成文字。"这只是一种说法。如果我现在给你们一个问卷，你们都可以回答，但回答了，并不表明你们已经清楚了为什么写作。写作的理由是千奇百怪的，有的是从小爱好，有的是受周围人影响和刺激，有的是受虚荣心的驱使，因为要出名嘛，雁过留声，人过留名。有的是写着好玩儿，写着写着，也写出点名堂来了，越写越喜欢。但再往上又上不去，这种情况最多，处于不上不下的黏滞胶着状态。

我们先不管你是什么原因爱上写作的，既然你踏上了写作这条路，既然你承担了这么一个社会角色，被人称为作家，你就要承担它所有的鲜花与荆棘，你就要像个作家。有的社会角色是很清楚的，比如律师，就是替人打官司的，作辩护的；老师是教书育人的，传道、授业、解惑的；医生，救死扶伤的。作家呢？一句话说不清楚，不知道作家是干什么的。有时候像一个心理咨询师，为别人的心理疗伤的，安慰大家的；有时候像江湖侠士，替天行道打抱不平的；有时候又像太监，专门给主子献媚的。面目非常含混，也没有一个在人们心目中的准则。这也导致了作家太多太多，加入作协的标准也不统一。一般来说，作家就是给社会提供虚构性文学作品的人。但是一个社会角色他有权利要求这个社会什么，比方自由写作，但他也有义务和责任。

为什么写作，反过来推，就是这个社会需不需要你的写作，作家是不是一定非要存在的一种人，一个行当。

不可否认，作家一直以来是受人尊敬的。"文革"结束后，我们记忆犹新的一个奇观，就是连夜在新华书店门口排队买外国小说，像巴尔扎克的《欧也妮·葛朗台》《高老头》，小仲马的《茶花女》等。在书店门口排一整夜队购买一本再版小说的情景，确实算得上千古奇观，这反映了人们对作家的尊重和对文学作品的一种久旱逢甘霖的渴求。

从读者的角度说，我们要读书。要读，就要有人写。现在，我们一些人已不要读书了。现在什么都好卖，但书不好卖，文学刊物不好卖。一个省花那么多钱、那么多人编一本文学杂志，在一个近十四亿人口的大国，竟然只有千把份订户。文学处于供需严重失衡的状态。我们就非常糊涂和纳闷了：

我们为什么要写作呢？人家又不需要啊。

古代作家为什么要写作？他既不想出名，也不想在经济上、政治上捞一把。曹雪芹为写《红楼梦》愁了上顿无下顿；写《金瓶梅》的老兄干脆搞了一个"网名"：兰陵笑笑生。是怕惹祸？怕文字狱？既然怕，他为什么又要写呢？这就是他非写不可了，他的人生就是要写这本书，他憋得不舒服了，像鸡要生蛋一样。他对那个时代、那些人必须有话要说了。那么，我就要问问大家，你们为什么要写作呢？是不是有话可讲，非讲不行，不讲会憋出病来？翻开《小说月报》《小说选刊》后面的"报刊小说选目""报刊小说概览"，人都会发晕，一个月竟有这么多人在制造这么多的小说，还不包括不计其数的内刊、报纸，不包括网络小说。你一上网，上那些文学网站、读书网站，你肯定会发晕，小说现在是铺天盖地，人们为了写小说，好像到了发疯发狂的地步。但，我们的小说没人看，就证明文学对人的兴趣不大，对社会的进步、民族的兴衰没任何作用，连消遣娱乐的作用也非常有限，甚至会给人带来阅读的厌倦和恐惧。实话说，现在的一些小说的确难读，不用说中短篇，长篇有几部好读的？在座的青年作家老实告诉我，你们写作是受到什么样的作家和作品的影响？肯定是外国的作家和外国的小说，这是毫无疑问的。那么，中国的小说怎么这么难读呢？

造成这种问题的根本原因就是我们的作家没有搞清楚为什么要写作。结果作家把自己写作的标准弄得很低很低，很茫然、很茫然，很随便、很随便，写得千奇百怪，莫名其妙。

其实现在青年作家的眼界和素质都不低，起点比我们当年高过不知多少倍。在文化层次上，你们是高的，又赶上了什么书都能读到的年代，什么好的外国小说在网上都能买到，又没谁反对你写什么，你可以搞后现代，可以搞先锋，可以搞奇幻魔幻，可以搞批判现实主义。这样的好机会，为什么作品却上不去呢？问题就出在他没有明确的写作目的，写到哪儿算哪儿，作品一构思，出发点是极具个人化的、琐碎的、无关痛痒的、连自己可能都提不起兴趣的东西。当然谈起国家、社会的问题矛盾，他们往往慷慨激昂，可是却无法与被自己称为心血的作品联系起来，总是避开写。我们承认还有一个技巧的问题，但在青年作家中，有一种极坏的集体认同，就是：艺术是艺术，现实是现实。特别在一些小圈子中很严重，互相影响，以为他们的作品才是纯粹艺术的，别人的都不纯粹，是为了肮脏的目的写作的。这是一种狂妄的自卑。据说这种圈子艺术在诗歌中更严重。

关于小说创作，我认为它必须要借助于民意裹挟的力量写作，这点非常重要。其实，你与民意和来自民间的力量、来自民间的情绪站在一起的时候，你大约才能明白为什么写作。没有这样一股外来力量的推动，无论你的写作技巧多么强大，内心多么自信，你的才华如何高，你的作品一定是上不去的，无法达到一个时代所要求的高度和境界。有些人的脑子是进水的，有的说我是为个人的内心生活而写作，有的说我写作是为了休闲。这都是糊涂的认识。我身边的青年作家就有，但我不会反驳，我认为你同这些人是讲不清道理的。越是不开窍的作家越顽固，越出奇地自信，到了自恋狂的地步。

说写作是一种很随便的生活，很轻松、很平淡的很舒适的方式，我无法苟同。写作是很苦的事，绝不是休闲打发时光。我在《小说选刊》的《〈巨兽〉创作谈》中，第一句话就是："小说对人体是一种摧残。"当然我不是说它会把人弄得病病歪歪，甚至摧毁你的身体，我说的主要是对精神的摧残和折磨，有时真的会让你心力交瘁。我的第二句话就是：不过我也找到了一种对抗这种摧残的办法，就是到乡下去，拼命地补充能量。

现在我们的青年作家很容易成为咖啡厅、酒吧、迪厅、歌厅、茶寮，或者旅游度假村的常客，动不动就会出现在这些地方，非常时尚。跟柳青、赵树理、周立波时代的作家判若两人，完全不同了。你现在很难在田间地头、在工厂矿山、在昏暗陈旧的居民区里找到一个作家，能看到作家的身影，看不到了，完全看不到了。我们的写作方式跟前辈作家比，发生了根本性的，也是十分危险的改变。而过去作家却是走向守旧和传统的，披一件放羊人的皮袄，与农民抽一锅旱烟，与工人在一个矿井里吃饭。那可不是作秀的。他需要那样。我想提醒大家的是：生活可以时尚，但是我们的文学是不能时尚的，它必须与时尚保持一定的距离，因为文学是一种古老的传统和坚守，它必须有一种高贵的、古雅的、朴素的品质在里面。文学是要渗透到民间和我们生活的角落中去的，它与商业亢奋等制造的假象都要保持相当的距离。我们往往在不知不觉中成了它们的俘虏。

由于资讯非常发达，也比较开放，我看现在也没有哪一个青年作家还躲在象牙之塔里，比如都知道城乡差别是怎么回事、贫富差别是怎么回事。你不能仅仅知道是怎么回事，你作为一个作家，要呈现，要非常详尽地、真实地、细致地呈现这些，要接近这些，这就是作家作为一个社会角色所要做的，所要表明的态度，所要发出的声音，所要书写的文字。你明白，并不等于你感受到了，你感受到了，并不等于你强烈地感受到了，你强烈地感受到了，并不等于你自己遭遇到了，你的内心受到的冲击是不是到了非要写出来不可的份儿上？你撞到那个痛点没有？你可能觉得这太难了，也许有另外轻松的写作走向成功的，都一样，你抱着这种侥幸，有点自欺欺人的味道。很多人被这种写作的难度吓倒，退而求之，转向另一种活法和另一种写法，渐渐熄灭了心中的那团火，不再有介入生活的欲求，因为没触到那个痛点，他也没有向大众或者向历史向现实倾诉的渴望，认为走向小众也是一种美妙，有一个知音是一个知音，甚至不要知音也行，自我欣赏也是一种不错的选择。这样的话，你的发言谁会在意？你的作品谁会去读呢？

因此我说，现在我们的作家其实还不如一个网民，一个无名的网民揭露的某个骇人听闻的事情真相，受到关注，在一个庞大国家里掀起的连锁反应比比皆是。而作家却躲在谁也不知道的角落里，写他自己的哀怨情愁、孤独无聊。在互联网时代，这种反差愈来愈大。有许多中国作家感觉不是置身在中国现实中的人，他们的写作情绪与老百姓完全不相干，这真是咄咄怪事，令人不解。美国作家斯坦贝克有《愤怒的葡萄》，人不仅愤怒，连葡萄都愤怒了。拉美作家中谁当年没有作品抨击军事独裁者？马尔克斯就写过《族长的没落》。如果我们的情绪没有一点越轨的话，我认为文学就死了。

作家现在也不如记者。许多有良知的记者，为了揭露某个事件的真相，什么造假、贩毒、骗局，不惜冒着生命危险进入现场，会受到死亡的威胁。国外作家甚至比记者还勇敢，同样具有一种社会调查癖，受到死亡威胁、流放、追杀，这种例子很多很多。但是在中国目前这种现实生存环境中，我们的作家不是在战壕里，不是在第一线、前哨阵地，而是节节败退，退守，把我们的写作现场紧缩，写作空间紧缩，紧缩到我们的书房，紧缩到我们的内心。中国作家的从业方式在现阶段是最没有危险性的，他肯定不如一个建筑工人吧？不如一个煤矿工吧？不如一个记者吧？不如一个农民吧？不如一个警察吧？不如一个医生吧？医生有时还有医患纠纷而出危险的；一个运动员运动过量会猝死、受伤。作家没有风险，这样的职业所创造出来的产品——我们的作品有什么价值呢？绝对没有价值，没有分量。

而我们的作家，为了简化写作，还喜欢把尖锐、严峻的现实平庸化和温柔化。他懒得去找麻烦，找罪受。我们的作家在处理他的写作问题的时候，是非常势利的、算计的、小心眼的。他不是不计成本地大投入，而是企图以最小的成本，获得最大的利益，甚至想干无本的买卖，空手套白狼，企图毫不费力，投机取巧就能一夜爆红。如果不能的话，一再破灭这种幻想的话，他就甘居平庸，在毫无风险系数的写作中苟且文字。

没有风险、没有责任、没有痛感、没有难度的写作，没有是非观；没有感情投入的写作，是没有任何意义的写作。我认为，对许多作家来说，当下最需要的是端正写作态度，学会敬业。

作家应是他的时代的激烈中心，如果这句话没有错的话，对任何主义任何流派任何技巧的写作者都是适用的。就是不以现实为猎取对象的作家，比较自恋和个人化写作的作家，他的内心也应有时代的激流和风暴。

二、寻找什么

在生活中寻找灵感，我认为这只是一个技巧的问题，不是写作最关键的问题。我前面说到了寻找的问题，以及真相问题，即寻找真相。我认为一个写乡村题材的作家首先应成为山野的调查员。再就是，任何一个作家，必须成为事件真相的知情人。所以说，当我们谈到某个事情的来龙去脉后，谈到如今的农村现状后，有人往往会感叹："噢，是这么回事啊！""真是这样，不可能吧？与事实差距太大了吧，我怎么不知道？"其实许多作家对现实的真相几乎一概不知，全凭道听途说。就算你从网上新闻报道上知道一鳞半爪，那些深处的令人心痛的细节你也不知道，全部要靠你自己去观察。真相包括细节，这正是我们作家最需要的。寻找创作灵感，这个问题我从来没细想过，我只是保证我的写作是鲜活的，像刚从田野上采摘的菜蔬，不是蔫巴拉叽的。很多作家的作品是蔫巴拉叽的，不知道是从哪里翻箱倒柜搞出来的东西，霉味儿扑鼻。但要我总结怎么发现灵感，我可能不好讲。灵感这东西本来就是有些玄的，来无影去无踪的，稍纵即逝的。但我也慢慢试着来说个一二三，谈谈自己的一点经验吧。

我认为在生活中寻找和发现，是给那些有准备的人的，你如果不是一个有心人的话，那么你跟我一起下乡，我可能发现了很多东西，你一点也没发现。另外，发现啊，寻找啊，首先需要你内心有急切寻找的渴望。有的人没有这个渴望，甚至有的青年作家反驳我说，写作根本就不需要材料，不是材料的问题，你陈某人不就是满世界找材料吗？我无言以对。我承认现在的青年作家有这方面的天才，全凭想象和虚构就能把小说写得很好。后来我发现某个所谓写得很好很牛的年轻女作家，她构思得精巧无比的故事，还被选刊转载过的，是根据碟片，很老的一个法国的故事片来的。她以为全世界的人都没看，或忘记了。年轻的作家还是要材料，只是他（她）要的方式有点机巧，有点黑暗，有点侥幸。

现在小说的原材料来源五花八门，这当然是时代的进步，也让一些作家误入歧途。当然也不排除一些作家尝到了甜头，尝到了大甜头。原材料或者姑且叫灵感来源吧，有的是靠回忆写作，有的靠虚构写作，有的二者都有本事。八〇后，九〇后，可以写唐朝的宫廷生活，写江湖武侠小说、盗墓小说。这类书很多很多，很容易找到模仿来源，这类游戏也很多，大部分游戏转换成文字就是一部精彩的长篇——有些人的灵感是从这里来的；有的是靠读外国小说找灵感，这还是比较好的；有的就是靠碟片，许多很有名的作家也是靠外国的碟片来刺激写作，构思故事，这些人比较老奸巨猾，借鉴得天衣无缝，不像某些青年作家那么蠢，常常原样照搬；有的是靠网络、新闻，有报道作家之间出现了"撞车"，就是根据同一则新闻写的；还有的就是靠生活写作，靠从生活找材料和灵感，这一类人又分成两类：一类是完全写生活而不注重艺术的；另一种就是以生活充实他的艺术力量，补充他的艺术能量，我以为本人就是这样，用生活来武装自己。

我认为，与其说是找灵感，不如说是寻找真相与事实、立场与激情、语言与人情世故。再就是，所谓寻找，就是占山为王。

第一，寻找真相与事实。前面我说到了重要性，比如现在的农村，早已不是税费时代"三农问题"十分尖锐的农村，后税费时代出现了各种各样的新问题。你必须去倾听了解和深入调查，甚至今年油菜、小麦、稻谷、瓜果的价格行情你都要清楚，用什么农药，用什么化肥都要弄清楚。有几个问题你非要弄清楚：土地问题、乡村民主建设问题、乡村社会保障问题，还包括民俗风情。村干部是一个什么概念，乡镇干部是一个什么概念，农民又是一个什么概念，种田又是一个什么概念，形势变化非常快，发展也很吃惊，一切处在变化中，你有大量的事实真相烂熟于心，还愁写不出作品来！写不出来，就是你没搞清楚。

第二，寻找立场与激情。真相事实找到了，立场就找到了。"哦，原来是这样的！"你就知道站在哪边，站在哪个地方说话。作家必须有非常鲜明的是非立场，爱憎分明。当然也有人评价我说，现在我在进步，立场出现了混沌，陈述出事件的真相，不作道德判断和是非评判，让小说的情感更加复杂，既不诅咒什么也不歌颂什么，你既不说他是英雄也不说他是狗熊。但作品深处的立场还是非常需要的，没有立场你怎么构思小说？混沌也是一种立场，混沌不是模糊、含混，不是茫然。一个作家是根据你的立场构思作品的。

激情。小说需要激情，需要持久的激情和书写的冲动。比如，我一个中篇要写至少两个月，长篇写了三年，激情不能中断，必须保持旺盛的生命活力和语言活力，还要每天保持那种强烈书写的冲动，这从哪里来？还是从生活中，从田野中来。我觉得城市里的书写，比方散文、随笔的书写真的好可怜，为一棵路边的小草感动，竟能写出几千字的文章来，拿武汉话来说：我信了他的邪！为墙缝里生出的一种无名小花感动，甚至为一只蚂蚁能过马路感动，令人瞠目结舌。他没什么感动的东西了，他看到的新鲜玩意儿就是这些。你为什么不到田野里去？为浩荡的野风感动，为大片大片的野花感动，为铺天盖地的油菜花、麦子和秧苗感动？那不更加壮观？一些人是没有条件下乡，每天八小时工作；一些人是不愿意，大量时间在家睡觉上网，睡觉睡到自然醒，上网上到天地昏。我自己习惯了下乡，我在城里是蔫的，不讲写作，人像死了一样的，一到乡下就活了，先不说写作的冲动，人活了，生命和激情又回到了体内，有了一种与自然和农人交流的感情，理解他们，同情和欣赏他们的感情，然后就有了一种想替他们说话的冲动。因为农民在这个社会基本上没有话语权，当然作家也没有多少话语权。但作家总比农民好点儿。在这样人人可以说话的网络时代，你也很难见他们说话。你有这样一个机会替他们说话多好。这种理解，就是在那种真实得令人发抖的现实中，在与他们的交往中，在对土地的访问中，对乡村、对劳动、对劳动人民的生活，产生了感情。哪怕这种感情非常复杂，但不是麻木的，有隔膜的，不搭界的，无知的。

第三，寻找语言和人情世故。我们现在的小说语言当然有当代的风貌，但不可否认的是，我们的语言离老一辈作家老舍、赵树理、周立波等有相当的距离，我们在语言上下的功夫远不及他们。他们是在生活中寻找语言的人，他们的语言与他们的题材可以说是完美地、天衣无缝地黏合在一起，包括人物、人物的语言。什么人讲什么话，三言两语，呼之欲出，现在作家有这个本事的不多。我们应该承认他们。我把人情世故和语言放在一起说，因为这种人情世故是一个作家非常需要也必须懂得的，生活的琐细之处，描绘的生动之处，对人的拿捏，全在对人情世故的把握中。你不到生活中去，不到民间去，你不能得到，比如我认识一个八〇后的村官，1986年出生的，湖北大学毕业的，他陪你到农民家中去，他跟什么人寒暄什么，都恰到好处，这还不是语言拿捏的功夫吗？非常有礼貌，比我还老练成熟，你需要什么，他也是总能满足。吃饭时给你摆放碗筷餐巾纸，要添饭时抢着给你添饭，因为八〇后大多是独生子，是最不懂人情世故的，也是不会说话的，以自我为中心的。但我见到这样一个孩子，刚刚毕业两年，这都是在乡下锻炼出来的，这样的孩子一定会有出息，干什么都会有出息，从政、从文，都具备了必要的条件。

这些寻找其实是一个作家必需的基本功，我们很久都不再提这些了，仿佛说这些是一种落伍的表现，说一些"消解""解构"之类的名词才是时髦的、新潮的、跟上形势的。可是，对于一个作家，说这些词又有什么用呢？还是得拿作品说话。

最后一点我要说的是，所谓寻找，就是抢占山头，占山为王。我们的作家没有占山为王的土匪意识，我希望大家多一点土匪意识。你想过没有，你寻找什么？你寻找的目的不就是自觉自愿地把自己同别人区别开来吗？就是要找到与其他人都不同的写作，认清你不能走他人的路。特别在一个省，一个地方，别人去写市民生活，你也去写市民生活吗？不行。别人去写军旅生活，你也去写？不行。别人去写历史题材，你也去写？别人写底层，你也去写底层，那已经晚了，过了这个风头了，你又是重蹈他人覆辙，拾人牙慧，别人已经捷足先登。过去我们听说过什么作家群之类，什么红土地作家群、黄土地作家群。许多省都有作家群、×军之类的说法，就是在写作面貌、写作方式、写作题材上大致相似。作家群，作家群，结果这个地方一个作家都出不来。原因很简单，大同小异。过去写工业的也有这种说法，什么石油作家群、钢铁作家群。湖北就有钢铁作家群的提法，但最后也没见一个特别有影响的，而且这些"群"最终导致集体沉沦甚至是消失。原因简单，它是违背艺术规律的，一个题材不能一窝蜂，一拥而上。

写作说穿了就是各自为阵，占山为王。你想干点事，你总不能在别人的地盘上打打杀杀，除非你有一剑封喉的本领，把别人杀翻了，取而代之。比如，你把鬼子、东西杀掉了，你坐在他们的位子上，但这是不可以的，他们已经在文坛上获得承认了，有了自己牢固的位子。土匪是可以的，你把他杀了，把他的小老婆抢来做你的压寨夫人。在文学上一旦别人有了他的地盘，你必须尽快远走，远离这个人——我是说在写作追求上，远远地到一个荒无人烟、不为人知的地方去开茅荒，写别人从来没涉足过的题材。比方写山，我们湖北我看没有写得很好的，不怎么样，我就去了神农架，海拔并不高，三千米，可现在神农架在文学上总有了一定的高度吧。我想，我占了这个山头，我把自己同别人分开了。湖北作家何其多，何其厉害，你惹不起躲得起，躲开他们的光芒，到远处去，不去扎堆，不去凑热闹。这块地盘没人写，我来写一种与你完全不同的小说，你有了你自己的山头，你用作品竖起了自己的旗帜。广西的作家也是何其多，鬼子他是鬼子，你就写八路；东西写了东西，对不起，你只能去写南北，是不是这个道理？太平天国就是在广西起事的。作家不一样吗？你是在哪儿"起事"的？你有没有你自己的地盘起事？要说我有什么经验，这就是一点小小的经验，同样是被逼出来的，在强手如林的文坛上，到处都是武林高手的情况下，你没有什么好温柔的，你必须杀开一条血路，抢占一个山头，趁早建立起自己的根据地，有了自己的老巢，成为一山之主、一寨之王，那么你在文坛上才有一丁点立足的地方。